1 なれそめ

1

二十数年も生きていると、いいときもあれば、そうでないときもある。そんな僕の〝人生曲線〟を描けと言う……。

いや、もう少し事情を説明しておかないと、何のことか分からないだろう。

・カウンセリングや探偵業まで幅広く手がけている、〝ネオ・ピグマリオン〟とい
の新入社員なのだが、自分も将来、カウンセラーになるべく、ネットなどを利用し
している。今回、その講義で出された宿題が、〝人生曲線〟というわけだ。
ほど難しいものではなく、白紙の中央に、まず横線を一本引いてみる。これが時間
過去——つまり生まれてから、現在までとなる。そして左端にも縦線を引いておき、
か幸福度や満足度に相当するレベルを表す。時間軸と交わる点がゼロで、上がプラ
かマイナスという具合である。そうやって自分のこれまでの人生を客観視し、現在
の問題をかかえているとすれば、原因をそこから探り、解決のヒントを得ようとい
た。

というわけで、僕もアパートのキッチン・テーブルに白紙を置き、出生から現在までの人生の起伏を線で引いてみることにする。

多感にして能天気な子供時代を過ぎた僕の人生曲線は、ゆるやかに下り始めたかと思うと、思春期あたりで中央の時間軸を突き抜けた後は、投げそこなった紙飛行機のように低レベルで白紙上を漂い続けていた。

このまま墜落してもおかしくないと思いながら線を引いていたところ、ある時期から突然、まるで地震の震度計のごとく線が激しく上下にブレ出し、とても曲線と言えるものではなくなってしまう。その振幅の大きさと周期の短さは、ハイレベルとローレベルの極端な二つの人生が重なり合い、共存しているかのようでもある。つまりこの約一年半というもの、僕という男の人生は、幸せの絶頂なのか不幸のどん底なのかまったく確定していないという、珍しい状況におかれていることが僕の人生曲線から読み取れるのだ。

しかしところどころ、かつての〝紙飛行機〟時代を彷彿《ほうふつ》とさせるように、水準となる時間軸のやや低め付近で安定している部分もないわけではない。〝退屈な日常〟という感じだろうか？　むしろこの部分が、僕の人生曲線を激しく揺さぶっている原因を端的に物語っていることに、僕は気づいた。

〝あの女〟だ——。会っていない期間もあるので、僕の人生曲線も、おかげでそのときだけは落ち着いているというわけだ。

僕は時間軸の先、つまり未来方向を見つめながら、考えた。この天国と地獄が重なり合ったみたいな人生曲線の原因があの女だと分かっているのであれば、いずれ彼女によって、僕の人生はどちらかに確定されてしまうのだろうか？　そう、量子特有の性質のために二つの運命が重なり合い、その生死さえ箱のふたを開けてみるまでは分からないという、あの〝シュレーディンガーの猫〟のように……。

僕は首を横にふった。いかんいかん。カウンセリングの勉強のための人生曲線に、量子力学的解釈を持ち込むなど、完全にあの女に毒されてしまっている……。

僕は自分の人生曲線をテーブルに置いたまま、ベッドに横になった。

「もしもあのとき……」というのは、自分の人生を思い返したとき、誰しもが考えることかもしれない。ああしていれば、あるいはこうしていなければ、自分の人生は、まるで違ったものになっていただろうと。

僕もそうだ。すべては去年――二〇二八年の三月、僕が大学の四回生になる寸前のあの日、ゼミ担当の鳩村由子《はとむらよしこ》先生に、不登校になっている一人の女子学生を大学に来るよう説得してほしいと頼まれた時から始まった。

もしもあのとき、それを断っていれば、僕があの女と出会うことはなかっただろう。そして留年ぐらいはするとしても、いずれは大学を卒業して平穏に暮らすことになっていたかもしれない。少なくとも、今ほど起伏に富んだ人生曲線を、何度も登らされたり突き落とされたりはしていないはずだ。すべては鳩村先生の依頼に対する、僕のイエスかノーかの答え次第だったのだ。

それはあの女についても、同じことが言えてしまう。あのときの僕の返事がノーだった場合、彼女は今ごろ、一体どうしていただろうと思わないでもない……。

〝彼女〟とはもちろん、現代物理学の天才児、穂瑞沙羅華《ほみずさらか》のことである。

その才能は、アメリカのゼウレト社の精子バンク・サービスを利用したことに起因する。カリフォルニア州のサンノゼを拠点として世界規模で事業を展開している、バイオ・ビジネス業界の最大手だ。

そして彼女は、天才児が欲しいという母親、穂瑞亜里沙《ありさ》の希望によって、この世に生まれてきたのだ。

父親である精子提供者は公表されていなかったが、森矢滋英《もりやじえい》という物理学者であることがすでに分かっていた。今はＩＪＥＴＯ――国際共同エネルギー実験機構の教授として、アメリカで研究活動を続けている。いろいろあったものの、両親は沙羅華のメンタルな面も考慮し、今年になって正式に結婚した。

肝心の彼女だが、普段は無表情なのに、目がくりくりしていて、やはり可愛《かわい》い。そして時折見せる微笑《ほほえ》みは、男どもをゾクッとさせるような魔性のものを秘めていると、僕は思っている。

飛び級で大学進学を果たしたころはマスコミで随分もてはやされていたようだが、そういう注目のされ方も不登校の理由の一つになっていたようだ。それでさっき説明したように、鳩村先生から沙羅華に会ってくるよう頼まれ、それを僕が引き受けたばかりに、彼女との腐れ縁が始まるわけである。何とか説得には成功し、同じゼミでしばらく学んだものの、結局彼女は中退という道を選び、年相応の女子高生から人生をやり直しているところだ。

その後もいろいろあって、僕が就職したネオ・ピグマリオンに舞い込んだ解決困難な依頼のいくつかを、彼女の能力を駆使して手伝ってもらっている。その世話役をまた、何の因果か僕、綿貫基一《わたぬきもとかず》が任命されているというわけなのだ。

次の仕事のリストは、すでに彼女にメールで送ってある。そして明日には、そのなかから一つを選んでもらい、引き受けてもらうことになっていた。

明日からまた、僕の人生曲線も大きく波立つことになるのかもしれない……。そう思いながら、僕はベッドに横になったまま、寝返りを打った。

二〇二九年、八月二十一日の火曜日、いつもの時間にアパートを出た僕は、沖合の人工島にあるネオ・ピグマリオンに向かった。不況で撤退した商業施設のビルを丸ごと借りたというだけあって、外見上はなかなか立派な会社である。

いや、中身も充実していて、親会社は、〝量子コンピュータなどの機器を製作している大企業なのだ。社名は、〝アプラＤＴ〟という、アプライアンス・オブ・デジタル・テクノロジー〟の略なのだが、ギリシャ神話に登場する愛と美の女神、〝アフロディテ〟のもじりという説も聞いたことがある。その会社の製品開発にも、あの穂瑞沙羅華が深くかかわっていたらしい。

とにかく、量子コンピュータによってもたらされる膨大な計算力の用途に、占いやカウンセリングもあると気づいたアプラDT社が、それを実行するために設立した子会社が、ネオ・ピグマリオンというわけだ。ただ実際に始めてみると、当初想定していた業務ばかりではなく、行方《ゆくえ》不明人の捜索や難事件の捜査など、ありとあらゆる依頼が舞い込むようになっていった。それで新たにコンサルティング部を設けることにしたものの、それでもフォローし切れそうにない。

そこでまた、あの女の出番となる。量子コンピュータでも解決困難な依頼を何とかしてもらえないかと、ネオ・ピグマリオンの樋川晋吾《ひかわしんご》社長が彼女に頼み込んだのだ。そしてコンサルティング部特務課に〝特捜係〟を新設し、彼女に仕事を引き受けてもらえる環境を整えようとした。

最初は難色を示していたものの、いくつかの条件付きで彼女は受諾する。そして、普段は父方の姓で女子高生〝森矢沙羅華〟としての生活を送っているが、自身の研究活動やネオ・ピグマリオンが頼んだ仕事などの課外活動をするときに、母方の旧姓である〝穂瑞沙羅華〟を名乗るようになる。

その際のドタバタ騒ぎにも巻き込まれた僕は、行きがかり上、こうして彼女のマネージャー兼保護者的役目を続けざるを得なくなった。ちなみに、会社には報告書を提出しないといけないので、これはその備忘録として記している。ただ、沙羅華の助手で社会人としての生活を終えたくはない僕は、彼女のアドバイスもあって、カウンセラーの勉強もしているというわけだ。

コンサルティング部特務課は、この社屋の上のフロアにあるのだが、僕が配属されている特捜係だけは、何故《なぜ》か一階の守衛室の隣に位置している。沙羅華が出入りしやすいようにという、樋川社長の気配りではないかと最初は思っていたけれど、どうも彼女が何か問題を起こしたとき、すぐに警備員が飛んでこられるようにしてあるのかもしれない。

部屋に入ってすぐ、僕は同じ特捜係の守下麻里《もりしたまり》さんに挨拶《あいさつ》した。

「お早うございます」

彼女も笑顔で返事をしてくれる。

年は僕の方が少し上だが、会社では彼女の方が先輩になる。美人の上に仕事もよくできるので、樋川社長も頼りにしている逸材だ。

ちなみに特捜係の係長は、樋川社長が兼務しており、今は僕を含めてこの三人で、沙羅華が関係する業務をこなしている。

僕は早速、パソコンを起動させて、彼女に送った依頼のリストを見直してみた。どの依頼を受けるかを選択する権利は、彼女にある。それも、彼女が僕たちに協力する条件の一つになっていた。

僕は壁の時計に目をやり、ちょっとドキドキしながら沙羅華とのネット電話をつなぐことにした。彼女は今、アメリカのイリノイ州で、両親とすごしているはずだ。

しかし映像が届いたとき、僕は彼女よりも、まわりの景色の方が気になった。父の森矢滋英教授が勤めるIJETOの施設でも、彼の自宅でもなかったのだ。緑に包まれた公園の木陰で、おそらくワンピースだと思うが、肩と胸元が大きく開いた涼しげな服装の彼女は、ノートパソコンを広げてリラックスしていた。

こんなふうに無防備で緊張のほぐれた彼女を見るのは久々だったので、僕はつい、彼女の映像に向かって、「よ、久しぶり」と話しかけた。

〈何が久しぶりだ、綿《わた》さん〉一瞬で、彼女がいつもの無表情に戻る。〈先週も会っていたじゃないか〉

まったくその通りだった。僕も彼女に同行して渡米し、一仕事終えた後、僕だけ先に帰ってきたばかりなのだ。しかしもう、三年も会ってないような気がする。

「今、どこにいるの？」

僕は彼女にたずねた。

〈アメリカに寄ったついでに、古い知人にも会っておこうと思ってね。何しろここは、私の生まれ故郷だからな〉

「古い知人？」と、僕は聞いてみた。

〈君には関係のない人だ〉そうして彼女は、唇をとがらせた。〈リストは拝見した。次の

仕事が待っていると言いたいんだろ？〉

僕はディスプレイに映る彼女に向かい、黙ったまままうなずいた。

〈まったく……〉彼女は一度、大きく息をはき出す。〈私は私で、するべきことがいっぱいあるというのに〉

彼女が何故忙しくしているのかは、聞かなくても僕は分かっているつもりだ。現代物理学における大問題の一つである、ＴＯＥ――セオリー・オブ・エブリシングに彼女は囚《とら》われているからだ。この世のすべてを簡潔に記述することができるという、最終理論だ。

僕たちの仕事には、あまり乗り気ではなさそうな彼女に、僕は頭を下げた。

「そこを何とか……」

彼女は微笑みを浮かべながら、軽くうなずいている。

〈どうせ、帰国しなければならない。もうじき新学期が始まるし、それと〝むげん〟の方でも、用事があるからな……〉

そのことについては、僕も少しは聞いていた。

まず〝むげん〟というのは、沙羅華の基礎理論によって建造された、電子・陽電子衝突型の巨大加速器で、ＪＡＰＳＳ――日本加速器物理研究協会という組織が管理運営している。加速器はその名の通り、電子や陽子、イオンなどの粒子を加速し、それらを衝突させるなどして素粒子の性質を調べたり、一定のコースを周回させることによって発生するある種の電磁波をさまざまな研究に利用したりする。汎用型《はんようがた》である〝むげん〟は、その両方ができてしまうのだ。

大雑把に言って、加速器には円形のものや線形のものがあるが、〝むげん〟は二つの円形と二つの線形の加速器が組み合わされていて、無限大《∞》の特徴的な形をしている。二つの衝突型線形加速器《リニアコライダー》が中央で交差していることから、〝むげん〟は〝クロストロン方式〟と呼ばれることがある。また円形加速器はそれぞれ〝ウエストリング〟〝イーストリング〟と名付けられていて、直径は約二キロメートルある。そして加速器本体だけでも全長約五キロ、放射光施設などを含めると、長いところでは約八キロもあるのだ。

それでもコンパクトにまとめられた〝夢の加速器〟だというのだから、現代物理学の最先端の世界は、とてもじゃないが僕なんかには理解できないのである。また〝むげん〟の特異な構造は、穂瑞沙羅華という人間の個性というか、複雑な内面がそのまま形になって表れているような気がしないでもないのだが……。

リングの中には、単純に言えば電磁石に囲まれた二本のビームパイプが走っている。パイプの中はほぼ真空で、電子と陽電子の衝突実験だと、一方の中を電子の塊が、もう一方の中を陽電子の塊が、それぞれ反対方向に回ることになる。それをリニアコライダーで再加速して、衝突させるわけである。〝むげん〟は二軸方式なので、さらに高いエネルギーが得られるという。

現在は定期検査期間中で止まっているが、実はその間に、部分的な改造工事もされたらしい。今の段階では極秘事項になっていて、詳しい内容については、僕も聞かされていないのだ。

ただ、ちょっと小耳にはさんだ話では、機器の開発にはうちの親会社であるアプラDTが全面協力しているようだ。準備はかなり以前から進められていて、すでにパーツも完成していたのだが、この前の事業仕分け騒動などで、一時的にストップがかかっていたという。

先日、その仕分けを何とか免れたためにようやく設置されることになり、運転開始後の本格的なテストには、発案者である沙羅華も立ち会うことになっている。それらパーツの詳細も不明だが、あの沙羅華がかかわっているのだから、またしても独創的過ぎて有用性の説明も困難な代物ではないかと僕は想像していた。

思わず「どんなふうに改造したんだ？」と、僕は彼女にたずねた。

彼女は笑いながら、首をふる。

〈極秘プロジェクトなんだぞ。こんなところで言えるわけがない。君は知らないだろうが、ライバル研究者だけでなく、量子コンピュータのメーカーも関心を示しているらしい〉

「アプラDT以外のメーカーというと……。ATNA《アトナ》社とか、HEMR《ヘムラ》社とか？」

どちらもこの業界ではトップ争いを続けていて、僕でも名前ぐらいは知っている大企業だ。

〈ああ。彼らには設計図一枚、奪われたくはない。だから計画は一切極秘で、〝プロジェクトQ〟としか公表していない〉

「プロジェクトQねえ……」僕はパソコンのディスプレイを見ながら、首をひねった。

「それだけじゃ、まったく何のことか分からないし、かえって知りたくなってくるなあ」

〈ただ、そんなに大幅な改造じゃない〉と、彼女が言う。〈電子銃を交換して、リングとリニアコライダーの接合部に新たなセンサーをかませた程度だ。電子・陽電子の新しいマーキング法なんだが、アプラDTだけでなく、坂口《さかぐち》主任も協力してくれたおかげで、手際よく進んでいるみたいだ〉

坂口登美雄《とみお》主任は、設計段階から〝むげん〟のプロジェクトにかかわっていて、主に技術面で沙羅華をサポートし続けてくれている人物だ。早口でコミュニケーションしづらいと思うときがあるが、確かに仕事は間違いない。

〈今回の改造がうまくいけば、〝むげん〟の利用価値は増す〉と、彼女は言った。〈その立ち会い業務は外せないから、私も帰国しなければならない。〝ついでに〟と言っては失礼だが、その間に君の会社の仕事も、一つぐらいはこなせるだろう〉

ようやく仕事の話ができる、と僕は思った。

「じゃあ早速、選んでいこう」

僕が数十件の依頼内容を箇条書きにまとめたリストを、彼女も見てくれているようだった。いつも通り、迷宮入りの殺人事件や人探しなどが多い。

ディスプレイに映る沙羅華の顔色をうかがいながら、僕はつぶやいた。

「相変わらず、刑事事件や民事問題の捜査にはあまり関心がないようだな」

〈そうなるかな……。事件の真相以外に何か発見できたとしても、人間心理の奥底とかだろ。そんなこと、人に教えてもらいたくもないし、知りたくもない〉

沙羅華のことを少しは理解しているつもりの僕にすれば、それはさほど意外なことではなかった。彼女の関心は言うまでもなく、宇宙の真理にあるのだから。

けど、そんな彼女の興味を引きそうな、変わった依頼もいくつかある。どうやらその一つに、目がとまった様子だった。

〈選ぶとすれば、やはりこれかな〉

僕のパソコンのリスト上にも、彼女のタッチした項目にマークが入る。

それは、僕が気になっていた依頼でもあった。何せ条件を満たせば、支払いは通常料金の他に、プラスアルファ分を支給するというのだ。僕なんかには依頼の内容がどうあれ、報酬が良さそうなのは魅力的に思えてしまう。

申し込みのテンプレートによると、依頼者名は田無利次《たなしとしつぐ》とある。某大学の名誉教授で、専攻は量子情報科学らしい。名誉教授というだけあって、年齢は鳩村先生よりは随分上のようだ。

〈面識はないが、お名前ぐらいは私も知っている〉と、沙羅華が言う。

「じゃあ、これに決まりかな……。けどこの依頼、ちょっと変わってないか？」

僕はテンプレートに記載されている依頼内容を見直してみた。

それは、この段階では名前は伏せられているものの、かつての自分の教え子である、ある人物の研究活動を、中止させてほしいというものだった。その他のことは、具体的には何も書いていない。

「これだと、もう少し話を聞いてみないと、何とも……」

僕がそうつぶやくと、彼女もうなずいていた。

〈一応、仮決めということにしておいて、君の方で、もう少し調べておいてくれないか?〉

沙羅華はそろそろ帰国準備に取りかかるというので、彼女とのネット電話はそこで切ることにした。

とにかく僕は、記入欄にあった番号に電話してみる。依頼者とはすぐに連絡が取れた。ご本人であることを確認すると、さすがに名誉教授らしい、落ち着いた口調で答えが返ってくる。そのまま電話で取材を済ますつもりだったのだが、明日こちらへ来ると言うので、話はそのときに改めて聞くことにした。

2

翌日、約束の時間に、依頼者の田無先生が僕の会社に現れた。名刺を交換しながら、電話で感じた通りの礼儀正しい紳士だなと僕は思った。

応接室へご案内するとすぐ、守下さんがお茶をもってきてくれる。ソファに腰かけ、しばらく世間話や我が社の概要説明などを続けた後、僕は依頼内容についてお話を聞くことにした。

「かつての教え子の研究を、中止させてほしいというご依頼のようですが……？」

彼は大きくうなずきながら、僕を見つめる。

「契約前ですが、今からお話しすることは、一切極秘ということでお願いいたします」

そして自分のスマホを取り出すと、一枚の写真を、僕に見せた。

なかなかの美男子だというのが、僕の第一印象だった。ただしちょっと、気難しそうな感じもする。

「両備幸一《りょうびこういち》といいます」スマホをテーブルに置き、彼が説明を始める。「IJETO日本支部、准教授。研究室も、現在はそこに構えている」

僕は、彼から頂戴《ちょうだい》した名刺に並んでいた肩書にも、〝IJETO会員〟と入っていたことを覚えていた。気になったので、そのことをまず聞いてみることにする。

「IJETO日本支部、というのは……」

「そうです」彼が苦笑いを浮かべる。「穂瑞先生が参画されているJAPSSとは、ライバル関係と言ってもいいかもしれません……」

その経緯については、僕も調べて知っていた。

そもそもIJETOは、高エネルギーによる物理学実験の国際協力を進めるために設立された組織だ。それが数年前、沙羅華が加速システムに関する新理論を発表したことにより、日本における加速器開発の方針をめぐって意見が分かれたことがあった。

鳩村先生を含む日本の物理学関係者の多くは、それを機にIJETOを脱退し、新たにJAPSSを設立したのだ。田無先生のようにJAPSS立ち上げに参加しなかった物理学者たちはそのままIJETO日本支部に残り、現在にいたっているわけである。

このことから沙羅華は、日本の物理学会を二分したと言われた。大分丸くなったとは思うが、彼女はこのころから周囲を巻き込む問題児だったようである。ちなみに彼女の理論は、主にメインコライダーとなる線形加速器部分に採用され、巨大加速器〝むげん〟が完成した。

「まあ、いろいろあったものの」彼が頭に手をあてた。「現在、〝むげん〟が問題なく稼働しているようなので、JAPSSに対するIJETO日本支部の評価も、大きく変化しているのは事実です。まあ、〝雪解けムード〟と言ったところでしょうか」

「それで、どうしてこの人――両備さんとやらの研究を中止させたいのですか?」僕は率直に、彼に聞いてみた。「研究妨害になるのでは?」

「IJETOのみならず、世界に災厄をもたらすかもしれないものだからです」と、彼が答える。

しかし、僕が自分のスマホで両備氏について検索してみたところ、彼の研究テーマは、ダークマターらしいことがすぐに分かった。ダークマターは、この宇宙に大量に存在するとされているものの、極めて観測が困難で、その正体は謎《なぞ》に満ちている。

「ダークマターだったら、物理学では一番ホットな研究テーマの一つで、予算やスケジュールなどの問題もあるでしょうが、基本的には人類にとって有益な研究のはずですが」

僕は首をかしげた。

「よくご存知ですね」と、彼が微笑む。

こう見えても僕は、K大学理学部物理学科を、末席で卒業しているのである。しかも沙羅華のおかげで、物理関係のそういう単語はちょくちょく耳にしていたのだ。

「ただしダークマターは、表向きです」と、田無先生が言う。「それとは別なテーマで、彼は非公式な研究を進めている。いわゆる〝闇研《やみけん》〟です」

「じゃあ、その別な研究とは？」

「それは穂瑞先生が帰国されたら、直接お話しさせていただきたい。その上でお願いするつもりです」

「先生の帰国は明日ですから、また来ていただかなければなりませんよ」

「かまいません」田無先生は僕を見つめて続けた。「ただ彼――両備君は、飛び抜けて優秀な学生というわけではなかった。そして研究者の道に進んでからも、さしたる成果もあげられず、いずれ研究費も出なくなるかもしれないと思って焦っている……ということぐらいは申し上げておきましょう。その闇研のテーマが斬新過ぎて、その方面の知識となると、私でもちょっと……。それで穂瑞先生にお願いできないかと考えた次第です。彼が近々、〝むげん〟で実験することになっているので、契約に関する手続きは並行して進めるとしても、そのタイミングで説得していただけると一番ありがたい」

僕は彼に聞き返した。

「彼が〝むげん〟で実験を？」

「ええ、以前から実験申請していて、ようやく許可が下りたらしい。やはり表向きはダークマター研究ですが、その裏で、自分のテーマの実験をするつもりのようです」

それは確かに危なそうな話だし、沙羅華も無関心ではいられないのではないかと、僕は思った。

「でもこれ、根本的に彼が帰属する組織内の問題であって、ＩＪＥＴＯ日本支部が止めればいいだけでは？　その闇研とやらが事実なら、少なくとも始末書ものでしょう。研究者としての将来も、それで終わってしまうのかも」

「それとなく注意をうながしてはいるものの、聞く耳をもたないのです。支部にも以前から問題視する人はいるにはいたようですが、ブラックリストにさえ名前が載ることはない」

「何故ですか？」

「ネットで調べればお分かりのように、何分、彼の父親が、ＩＪＥＴＯ日本支部の理事を長年務めておられる、実力者でして……。彼の兄も物理学会では、大学教授としての実績を積み重ねている優秀な人物として評価されています。彼らが『不当だ』と言い出しかねないような中止命令も、なかなか出せないわけです」

僕はうなずきながら、彼の話を聞いていた。

その点でも、IJETOの内部事情とは無関係の沙羅華にお声がかかったということらしい。

「しかし表のテーマで成果が出せないのであれば、遅くとも数年後には、自動的にやめざるを得ないことになっているのでは？」

田無先生が、首をふる。

「それまでに彼は、何らかの形で暴発するのではないかと、依頼者は見ているようです」

「依頼者？」僕は目を瞬《しばたた》かせた。「依頼者は、あなたじゃないんですか？」

彼が苦笑いしながら答えた。

「実は、私は代理でして、真の依頼者は別におります。ただしその点については、追及しないでいただきたい。それも含めて、報酬は割り増しということで……」

かつての教え子とはいえ、この人物は少し人の事情に干渉し過ぎのような気はしていたのだが、何やらややこしい背景があるみたいだった。

僕は、両備さんの写真を見直してみた。

「しかし、彼に研究をやめて、どうしろと？」

「それは本人が考えることです。ご両親は、早く結婚して落ち着くよう望んでおられるようですし、そのためにも安定した仕事を選んでもらいたいとは思います。ただ彼は、今の仕事で成果が出るまでと言い張って、ゆずらない」

「研究は、彼一人で？」と僕は聞いた。

「いえ、助手が一人います」

「じゃあ彼に研究をやめさせれば、その助手さんも困るのでは？」

「と言うか、数名いた助手はそれまでに彼から離れていって、一人だけが残っている状況のようです。だが今のまま研究室に残っていても、将来の保証はないに等しい。この際、再出発した方が、彼女のためでもあると思うのですが」

「彼女……？」

「ええ、同じく私の教え子で、彼の後輩になります。評判も良くて、他の研究室から引き抜きの話もあると聞いています」

「へえ……」

僕は頭の中で、彼女のイメージを勝手にふくらませていた。

「とにかく肝心なのは、両備幸一の方です。穂瑞先生にお会いできるようであれば、明日以降、改めて説明にうかがわせていただきたい。どうかよろしくお願いします」

田無先生はそう言って、僕に頭を下げた。

彼が部屋を出ていった後、僕は彼の名刺を見返していた。

話し方がどこか他人《ひと》ごとみたいだと思っていたが、真の依頼者が別にいて、しかも正体不明というのは、どうもうさん臭い。両備という人物の真の研究テーマについても、この時点では明かしてもらっていない。いろいろと話は聞かせてもらったものの、ちょっと厄介な依頼のようである。

そういう事情を沙羅華が気に入らないとすれば、他の依頼をすすめるしかないが、内容的には、彼女が適任ではないかという気も僕はしていた。報酬がよさそうなのも、僕には魅力だった。

僕は田無先生との面談で分かったことを簡潔にまとめ、沙羅華にメールで伝えておいた。そして牛丼チェーン店で遅めの昼食をすませた後、彼女にネット電話をかけてみる。

沙羅華はすでに、国際空港のロビーにいた。

〈やはり、追放《パージ》のお手伝いだったか〉と、彼女がつぶやく。〈真の依頼者が別にいるというのは気に入らないな。背後関係が気になって、集中できない。真の研究テーマが何なのかも、気になる。もうちょっとちゃんと取材しておいてくれないと、判断できないじゃないか〉

彼女は不機嫌そうに、パソコンのカメラを指で小突いていた。

「だから君が帰国すれば、直接話すと田無先生は言っていた。それに両備幸一という研究者については、僕も調べている。父親や兄さんが優秀で、そのコネでＩＪＥＴＯに入ったと、陰で言われているらしい」

〈それぐらい、ネットで調べれば分かる〉小馬鹿《こばか》にしたように、彼女が言う。〈十年になろうとする研究者人生で、さしたる成果もなく、追い込まれていることも、むしろ情報量の少なさから読み取れる。ただ、ＩＪＥＴＯとはライバル関係にある私に頼んでくるからには、何かよほどの事情があるのではないかという気はしている。おそらく彼の真の研究テーマというのが、鍵《かぎ》なのかもしれない。この時点で分からないことが多いものの、かえってそのことが、私の関心をかき立てている……〉

「じゃあ、引き受けてくれるのか？」

〈どうせ田無先生とは会わなければならないんだろ。決めるのはそれからだ〉

僕はその後、沙羅華と依頼者との面談のセッティングに取りかかった。

彼女は帰国後、すぐに〝むげん〟へ行く予定にしていたが、両備という研究者がすでに〝むげん〟で、実験準備に入っていることが分かる。両備氏と依頼者である田無先生が、この段階で鉢合わせすることがあっては具合が悪いので、またうちの会社で話し合ってもらうことにした。

3

八月二十三日の早朝、僕は会社の近くにある空港まで、沙羅華を迎えに行った。ロビーには、残り少ない夏休みを楽しんでいる家族連れやカップルが、数多く行き交っている。

定刻を少し過ぎたころ、ジーンズにTシャツ姿の彼女が、カートを押しながら到着ゲートに現れた。ショートカットながらも、髪がまた伸びたようだった。時差のせいか、少し眠そうにしている。

僕は彼女に近づき、カートを押してやった。

そして「お疲れさま」と、挨拶をした。

「あまり近づかないでくれ」と、彼女が言う。

「どうして？」

「暑苦しい」素っ気なく彼女が答えた。「日本は湿度も高いし、何だかムシムシする」

「じゃあ、プールでも行くか？」軽い冗談のつもりで僕は言ってみたのだが、何の反応もない。「あるいは、避暑地にでも旅をするとか」

「旅に何を期待している？」

「いろいろあるだろう。探しているものが見つかるかも」

「何を探そうというのだ」

僕は空港のロビーの、高い天井を見上げた。

「僕たちの幸せ、とか？」

「やっぱり私に近づかないでくれ」沙羅華は犬でも追い払うように、片手を動かす。「君の話に付き合っている時間はない」

彼女が忙しいのは確かだった。帰国直後にもかかわらず、まずネオ・ピグマリオンで依頼者と面談し、その後は〝むげん〟にも行かないといけない。どちらかと言うと彼女の帰国目的は、むしろ〝むげん〟の方がメインなのだ。

空港の駐車場で、ボディ側面に大きく〝ネオ・ピグマリオン〟という社名ロゴが描かれた白いバンを見た沙羅華は、「またこの車か」とつぶやいていた。

「車のことは気にせず、考え事でもしていてくれ」

僕がそう言うと、彼女は肩をすくめた。

「君とこの車に乗っていると、スケールの小さなアイデアしか浮かんでこない」

不服そうにしながらも、彼女はパソコンなどが入っているらしいショルダーバッグを肩にかけ、助手席に乗り込む。

僕はラゲッジスペースに彼女の荷物を積み込み、まず会社へ向かうことにした。


ネオ・ピグマリオンに到着し、特捜係の部屋へ入ると、待機していた樋川社長が「お早うございます」と、大きな声で挨拶して、深々とお辞儀をした。

僕にではなく、もちろん沙羅華に対してである。

樋川社長は、三十代と若く、体型もスリムなのだが、寛容さと厳しさの両面を兼ね備えていて、経営者としては僕も尊敬している。しかしこの部屋において一番偉いのは社長の彼ではなく、穂瑞沙羅華という小娘の方なのだ。

彼が社長室に戻っていってしばらくしてから、例の依頼者——田無先生がやってきた。

守下さんが応接室に案内し、沙羅華と僕で、早速話を聞くことにする。

まず田無先生が、沙羅華に直接、依頼内容を説明した。

「確認しておきたいのは、真の依頼者は別人ということです」沙羅華が田無先生を見つめる。「何故、あなたが？」

「そう思われるのも当然です」彼はお茶を口に運んだ。「私はその方に、是非にと頼まれて……」

沙羅華の代わりに、僕が質問した。

「真の依頼者がどなたなのかは、やはりお教えいただけないのでしょうか？」

僕は内心、研究者の母親ではないかと思っていた。確か昨日も、両親は早く結婚することを望んでいるという説明を聞いた記憶がある……。

「それは勘弁願いたい」田無先生は、僕たちに向かって頭を下げた。「昨日も申し上げたように、割り増し分の報酬は、『真の依頼者の名前は明かさない』という条件故《ゆえ》です。どうか探らないでいただきたい」

「その条件付きで、両備幸一とかいう人物の研究活動を、中止させてほしいと？」

沙羅華が確認すると、彼は大きくうなずいた。

「彼はすでに、〝むげん〟での実験に向けてスタンバイしています。そのタイミングで説得していただければありがたい」

〝むげん〟定期点検後の最初の実験に、両備氏がアポイントを入れていることは、僕も確認していた。本来、先月末に予定されていたのが、沙羅華が別な実験を強引に押し込んだために、延期になっていたのだ。

「先方の使用申請を受理しておいて『中止しろ』というのは、かえって問題では？」と、沙羅華が聞く。

「しかし申請書類に書かれている実験目的『ダークマターの物性研究』というのは、実はダミーなのです。加速器による素粒子の衝突でダークマターが生成される可能性があり、測定器に生じるパターンなどによってその性質を探るというものですが、彼の狙《ねら》いは、他にある。最初、IJETO日本支部にある陽子加速器で闇研を始めたものの、主に精度面で無理だと判断したようです」

「精度面というと?」

僕は田無先生に聞いた。

「陽子加速器だと、他の素粒子が生成されるなどして、彼の研究目的からするとノイズが多過ぎるわけです。一方、電子衝突型であれば、余計な反応は起きにくい。それで両備君は、まず〝むげん〟で自分の仮説を試してみたいと思ったようです」

「肝心の、闇研の内容は?」と、沙羅華がたずねる。「それをまだお聞きしていませんが」

「失礼しました。まだ契約前なので、私もつい慎重に……。もし私どもの依頼をお引き受けいただけない場合にも、このことだけは決して口外しないでいただきたい。そもそも彼は、これまで成果らしい成果を上げることができずに、研究者生活を続けている。学会では、ほとんど相手にされていない。そういう焦りもあるのでしょう。

そのせいかどうか、夢だけは大きくなっていく。いや、夢と言うより、〝妄想〟に近い。そんな彼の研究テーマは、もはやダークマターでも、ダークエネルギーでもない」

そして田無先生は、声をひそめて続けた。

「彼が裏で研究しているのは、〝人工ワーム《W》ホール《H》〟なんです」

「え、ワームホール？」

僕は思わず聞き返した。

「声が大きい」

沙羅華が僕の腕を小突く。彼女は薄々察していたのか、あまり驚いていない様子だった。

「確かに物騒な研究テーマかも」と、彼女は言う。「成功すれば大きな評価が得られる反面、失敗する率の方がはるかに高い。また迂闊《うかつ》にできてしまうと、大きな事故に発展するかもしれない」

「やはり、ブラック《B》ホール《H》みたいなものなのか？」

僕の質問には、田無先生が簡潔に答えてくれた。

「あらゆるものを引き込んでいくだけで出口がないブラックホールに対して、ワームホールは他の世界とつながっていて、そこへ抜けて行けるのではないかと考えられています。名前からして穴のようなイメージがありますが、四次元的存在で、ちょっと一言では説明の難しい代物です。ただ、そうした時空間のひずみが他にもあり、それらともつながっているとすれば、他の宇宙へでも行けてしまう可能性がある。SF映画などではおなじみのアイデアです」

「しかしワームホール自体、理論上の存在にすぎない」と、沙羅華が言う。「発見したという、信頼するに足る情報もないはずだ」

「ところが両備君は、加速器で得られる高エネルギーと時空のひずみによって、ワームホールが人工的に生成されると思い込んでいるらしい」

なるほど、と僕は思った。〝むげん〟だと二軸式だし、小さなポイントに莫大《ばくだい》なエネルギーを集中させることができてしまう。

「でもどうして、彼はその研究を隠して進めているんですか？」僕は田無先生に聞いてみた。「いずれ得られるかもしれない名誉を、独り占めしたいから？」

「いくつか理由は考えられますが、一つはブラックホール同様、実験による生成の可能性を危険視する人が多いだろうということでしょうね。マスコミが嗅《か》ぎつけた場合、一部の人たちの物笑いのタネになるだけではなく、責任問題に発展するでしょう。彼が非難されるのはもちろん、IJETO日本支部の危機管理能力も問われてしまう。そういう基本的な問題にしっかり対処してからでないと、着手しにくい研究だといえる」

「彼は、それをすっ飛ばしたと……」僕はさらに、先生にたずねた。「しかし何故、人工ワームホールを？」

「そこまでは私にも分かりません。しかし研究者なんて、何らかの成果が出せないと、数年でお払い箱になるような世界です。にもかかわらず両備君は、親兄弟の七光もあって残留できている。それに気づけないほど、彼も鈍感ではないでしょう。だから自分でも何とかしようとして、ほとんど誰も研究していないようなテーマに飛びついたことは考えられる」

「でも、よりリスクは高くなっているわけだし、墓穴を掘っているだけかもしれないですよね」

「確かに彼は、いわば〝科学〟という名の魔性の存在に惑わされ、囚われてしまっているような気がしています。研究で成果があがらないと、論文捏造《ねつぞう》のようなことにも手を出すかもしれない。そんなことなら、今のうちにやめさせた方が、本人のためでしょう。彼には、そのためのブレーキが必要なんです」

　田無先生は、沙羅華を見つめて続けた。

「穂瑞先生なら、その深い造詣《ぞうけい》によって、彼のしようとしていることが困難どころか、不可能であることを説明していただけると信じております」

　どうも田無先生は、沙羅華をブレーキにしたいと考えているようだったが、本当にブレーキが必要なのは、むしろ彼女の方かもしれないと思って僕は聞いていた。

「彼の実験計画は、まだ精査していませんが」と、彼女が言う。「仮にワームホールができたとしても、それを確認する間もなく、すぐにブラックホール化してしまうことも考えられるでしょう」

「そんなブラックホールに、加速器も我々も呑《の》み込まれてしまうということか？」

　僕がそうたずねると、彼女は首をふった。

「ブラックホールにしろワームホールにしろ、いずれ蒸発するだろうが、それまでに場合によっては、観測装置やビームパイプなどは壊れてしまうかもしれない」

「そんな実験をこれから〝むげん〟でするとなると……」僕はその場で腕組みをした。

「僕たちも無関心ではいられないようだな」

田無先生が、僕を見て大きくうなずいている。

「しかし私には、彼の闇研による〝むげん〟での事故リスクを、真の依頼者がご心配くださっているとも思えない」

沙羅華が、応接室のソファにもたれかかった。

「は？」

顔を突き出す田無先生に向かって、彼女は話を続けた。

「〝むげん〟での実験は、彼にとってウォーミングアップのようなもの……。違いますか？ そして彼はその後、より高いエネルギーが得られる施設で、自分の研究を続けるつもりなのでは？ 電子・陽電子衝突型だと、たとえばアメリカのイリノイ州にある〝アスタートロン〟などは、彼にとっての最有力候補だと思うが」

アスタートロンとは、ＩＪＥＴＯが誇る最新式の線形加速器で、僕も沙羅華と一緒に行ったことがある。

答えにくそうにしていた田無先生が、こっくりとうなずいた。

「実は、その通りです。彼はアスタートロンでも、同様の研究をすると思われます。すでに、アスタートロンにおけるダークマターの研究チームへの参加申請がされていて、長期滞在することがほぼ内定している。それが危ない」

田無先生は急に大きな声を出し、僕たちを指さした。

「確かにそれは、ちょっと微妙かも」と、沙羅華が言う。

「そうなのか？」

僕は彼女にたずねた。

「実際のところ、アスタートロンが可能にしたような高出力での電子・陽電子衝突というのは、まったく未知の領域だ。この先、彼が自分の仮説に従って独自の実験をすれば、何が起きるかは、誰にも分からない」

「現在の出力でうまくいかなかったとしても」と、田無先生が言う。「彼はアスタートロンの出力を上げる第二期工事の後も、研究を続けるつもりかもしれないのです。ですから彼の実験は、是が非でもくい止めなければならない。我々だって真理を探究したいのは山々だが、肝心のマシンを壊してしまっては、元も子もないじゃないですか。他の研究も何もかも、できなくなってしまう」

それを聞いた僕は、思わず彼に言った。

「つまりあなた方は〝むげん〟の先……、アスタートロンでの実験を心配なさっているわけですか？」

沙羅華が、顔を伏せて笑っている。

「どうやらそれが本音のようだな。結局、両備とかいう研究者のことを思ってというより、IJETOの研究施設が体面とともに壊れるのを恐れている」

「しかし、問題が起きてからでは遅い」田無先生はハンカチを取り出し、額の汗をぬぐった。「何が起きるか分からないのは、〝むげん〟においても同じことでしょう。どちらにせよ、穂瑞先生のような天才性は、彼にはない。彼を教えた私が言うんですから、間違いありません。限られた天才だけが得られる栄誉を、いくら努力しても得ることがないのであれば、そのことを忠告してあげるべきでしょう。それが今できるのは、真の天才である穂瑞先生しかいない……」

「分かりました」と、沙羅華が言う。「ただしお受けするかどうかは、一度、両備という人物と直接会って考えたいと思います」

彼女は、壁の時計に目をやった。

「私もそろそろ、〝むげん〟に行かないと……。彼がすでに実験準備に取りかかっているのなら、会って話すこともできるかもしれないな。お受けするかどうかの結論は、なるべく早く連絡させていただきます」

別れ際、田無名誉教授は沙羅華に向かって、再度深々と頭を下げていた。

「さて、どうしたものか……」

彼女のためにあてがわれた大きな机に肘《ひじ》をついたまま、彼女は自分のバッグからスティッキーのパッケージを取り出した。その名の通りスティック状のスナック菓子で、色からして今日は、イチゴスティッキーらしい。

「忠告するとすれば、彼がそうした研究で、一生を棒にふるかもしれないということじゃないのか？」僕は近くにあったパイプ椅子《いす》に腰かけた。「成功する可能性がほとんどないのであれば、それを自覚させてやる必要がある」

「まだ研究は始まったばかりなんだろ？　今は自分の夢に溺《おぼ》れていて、人の忠告を、すんなり聞き入れたりはしないかもしれない」彼女がスティッキーをくわえる。「そういう研究者は、結構いると思うよ。追い込まれると、より高い研究テーマを目指して、さらに自分を追い込んでしまう。それで結果的に、暴発するしかなくなる」

お前も人のことは言えないだろうと思いながら、僕は沙羅華を見つめていた。

「しかし人工ワームホールなんて、物理をよく知らない僕でも『それはやめておけ』と突っ込みたくなるよな。下手《へた》すると、君の新しいプロジェクトのテストなんかにも支障が出るかもしれない」

「まあ依頼者のご希望通り、理詰めで相手の過ちを指摘していけばいいだけのことかもしれない。人と会って話をするのは苦手な方だが、ちょっとした小遣い稼ぎにはなるかな」

彼女は時計を見て、立ち上がった。「〝むげん〟へ行くとするか」

僕はいつものように、守下さんに電話番をお願いして、沙羅華と出かけることにした。

「依頼にいたるいきさつも、私なりに分かってきた」廊下を歩きながら、沙羅華が話しかけてくる。「そもそもIJETO日本支部に属する研究者の実験許可なんて、JAPSSですんなり下りるわけがない。両備という研究者の人脈が、それを通したに違いない。そういう強大な勢力を、けむたく思う人たちもIJETOにはいるということだろう」

「そのなかに、真の依頼者が？」

「そこまではまだ分からないさ。ただ今回の場合、表立って闇研を告発すれば、研究者だけではなくIJETOも傷を負うことになるのは、さっきも指摘した通りだ。裏でやるとしても、猫の首に鈴をつけに行くのは、IJETOの関係者でない方がいいに決まっている。もちろん、専門知識も求められる」

「頼むとすれば、やはり君ほどの適任者はいないことになるかな」

「しかし私は、IJETOとはライバル関係にあるJAPSSに大きくかかわっているのだから、直接は頼みにくいはず」

僕は歩きながら、軽く手をたたいた。

「それであの名誉教授が、依頼者に……」

ビルのエレベータ・ホールを通り過ぎようとしたとき、ネオ・ピグマリオンのカウンセリング部に勤務している倉内富樹《くらうちふうき》さんを見かけたので、僕は挨拶することにした。

「お疲れさまです」

彼も笑顔で応じてくれる。カウンセラーといっても、見かけはサラリーマン風の、穏やかな人だ。

この前、僕が彼の仕事を少し手伝ったのを恩義に感じてもらっているのか、僕のカウンセリングの勉強について、個人的に彼からいろいろ教えていただいたりしている。今晩も予約を入れていたので、そのことについて確認しておこうと思ったものの、沙羅華がさっさと行き過ぎようとするのだ。仕方なく僕も、彼女を追いかけざるを得なかった。

「相変わらず、忙しそうだね」

倉内さんが苦笑いを浮かべながら、僕のことを目で追いかけていた。

「すみません、今ちょっと時間がなくて」

僕が自分の腕時計を指さす。

「じゃあ、気をつけて」

手をふる彼に、「あの、今晩のレッスンも、よろしくお願いします」と言いながら会釈をした後、僕は沙羅華と駐車場へ向かっていった。

4

谷間《たにあい》の県道をしばらく走行すると、正面に〝むげん〟のメインコライダーが見えてくる。

僕は車のフロントガラスから、次第にそれが迫ってくる様子をながめていた。もう見慣れていてもいいはずなのだが、何度訪れてもその威容には圧倒される。無限大の形をしているとはいうものの、展望台かあるいは空からでないと、そうした全体像を確かめることはできない。それほど巨大な構造物なのだ。

〝イーストサイド〟と呼ばれている、東側の蓄積リングの下にある駐車場に車をとめ、沙羅華と管理棟へ向かった。〝むげん〟の中枢機能の多くは、比較的交通の便がいいイーストサイドの方に集中している。

僕はすぐ隣にある、研究棟の方に目をやった。あの両備とかいう研究者も、自分の実験準備のため、すでにこのあたりにいるはずなのだが……。

中央制御室は、正面に巨大マルチモニターが設置されていて、制御卓《コンソール》や、パソコンのディスプレイが置かれた白い長机がいくつも並んでいる。一見すると、宇宙ロケットの管制センターのようだと僕は思っていた。ここで〝むげん〟全体の制御と管理を行っているのだ。

沙羅華が入ると、みんな一斉に彼女の方に注目し、口々に挨拶をした。彼女はまず、プロジェクトQとやらの簡単な打ち合わせをすることになっている。

広い中央制御室の後方にある会議机に、関係者が集まり始めた。〝むげん〟の技術的な責任者である坂口主任、改造工事を受注したアプラDT研究部研究課の小佐薙真《おさなぎまこと》課長、K大学教授の鳩村先生、助手を務める助教の相理聡史《あいりさとし》さんなどだ。

小佐薙さんは、うちの樋川社長とは旧知の間柄らしい。久々に沙羅華と会ったせいか、ちょっと緊張している様子だった。量子コンピュータの開発で、彼女と一緒に仕事をしていた時期もあるという。

鳩村先生は僕たちの恩師で、沙羅華のお目付役でもある。そのため、プロジェクトQの共同提案者にされているようだ。沙羅華一人の計画だと、危なくて誰も賛成しないからかもしれない。

相理さんは、大学院生のときに鳩村先生の助手をしていて、僕たちもゼミでは随分お世話になった人だ。

「プロジェクトQの設置そのものは、すでに完了しています」

小佐薙さんが、まず沙羅華に報告した。

「分かりました」表情を変えることなく、沙羅華が答える。「あとで見学させていただきます」

「いやあ、交換条件を出されていたものですから、突貫で仕上げさせていただきました」

頭に手をあてながら、小佐薙さんが苦笑いを浮かべた。

「交換条件？」と、僕はくり返した。

「ええ、新型量子コンピュータの開発にご協力いただけるという、曖昧《あいまい》な約束でしたがね……。それが直前になって、突然の納入延期でしょ」どうも彼は、事業仕分けのことを言っているらしかった。「お蔵入りかと思っていたけど、ようやく動き出したんで安心しましたよ」

「ご苦労をおかけしました」

グレーの作業服を着た坂口主任がそう言った後、全員が席につき、会議が始まろうとしていた。

見ると、僕の席も用意してある。

「あの、僕は聞いていていいのか？」

沙羅華にそうたずねると、鳩村先生が代わりに答えてくれた。

「もう設置も完了したし、君はまったくの部外者というわけでもないしね。口外しないのなら、同席してもらってもいいわよ」

「記者会見のときのモニター程度には使えると、みんなにはあらかじめ説明してある」と、沙羅華が言う。

「どういうことだ？」

「いずれ記者たちには、計画について分かりやすく伝えなければならない。君に理解できるような説明であれば、当然、記者たちにも理解できるはずだろ？　それでみんなも、君の同席には賛成してくれた」

「なるほど……」

僕は褒められたのか馬鹿にされたのかよく分からないまま、とにかく席につくことにした。

「それに打ち合わせと言っても、基本的な性能テストはもう済んでいるし、今日はプロジェクトQのテストに向けて現在の状況と実験手順を確認するぐらいなんだ」

そう言いながら、彼女は微笑んでいた。

プロジェクトQのテストは何回かに分けて行われるらしいが、最初のテストは九月三日の月曜日から二日間の予定になっている。

打ち合わせが始まってすぐ、僕は恐る恐る手をあげて質問した。

「あの、そもそもプロジェクトQって、何なんですか？」

みんなが声をあげて笑う。

「極秘に進められてきたから、君が知らないのも無理はない」と、相理さんがフォローしてくれる。「革新的なプロジェクトで、今回の改修によって〝むげん〟での実験の幅が、さらに広がることになる」

「しつこいようですが、時期がくるまで他言しないと約束してくれるのなら、君に話してもいい」と、坂口主任が念を押す。

小刻みに僕がうなずくのを確認した彼は、僕の耳元に顔を近づけた。

「プロジェクトQというのは、実は〝EPS〟のことなんだ」

僕は間近にまで迫っていた坂口主任の顔に向かって、今度は小刻みに首を横にふった。

「余計、分かりません」

「これから説明するんじゃないか。まず、〝プロジェクトQ〟の〝Q〟は、〝クエスチョン〟に引っかけてはいるが、〝クオンタム〟――つまり〝量子〟の意味。実は〝EPS〟も開発コード名で、まだ正式名称じゃないんだが、〝エンタングルメント・プローブ・システム〟の略」

「〝プローブ〟は、〝探査〟とか〝精査〟という意味でしたよね」僕は坂口主任に確認した。

「〝エンタングルメント〟とは、確か……」

「量子の〝からみ合い〟のことだ」と、沙羅華が教えてくれる。「そしてEPSを一言で言うとすれば、電子・陽電子のスピン状態を制御して射出および観測できるシステム、ということになる」

相理さんが自分のパソコンに、記者発表用に作成中の図表らしいものを映して説明してくれた。

「分かりやすく言うと、量子には、回転に似た性質があると考えていい。それが〝スピン〟で、〝アップ〟や〝ダウン〟などと呼ばれている。量子ではこうした性質が、重ね合わされたり、量子間でからみ合ったりするんだ」

「それが、エンタングルメントですよね?」

「ああ。これら量子のふるまいは、実験でも確認されている現象ではあるが、何故そうなるかは、今の科学ではうまく説明はできていない。科学はまだ、さらにその先にある真理を探究していく必要があるわけだ。そこで、量子のこれらの性質にさらにふみ込み、宇宙の成り立ちを調べていこうというのが、EPS導入の目的になる」

相理さんはパソコンを操作し、次の図を表示させて続けた。

「それで実験の進め方だが、EPSでは電子・陽電子を、〝バンチ〟のレベルで、従来とは異なった制御の仕方をする。バンチについても説明しておいた方がいいかな？」

そう聞かれた僕は、黙ったままうなずいた。

「電子あるいは陽電子の塊だと考えればいい。数百億個を、長さは数ミリメートルあるものの、幅は数万分の一ミリメートル、高さは数十万分の一ミリメートル程度にまで絞り込み、連続的に高速で作り出していく……」

今回の改造によって〝むげん〟では、まず電子・陽電子のスピン状態を一方にそろえたり、あるいは重ね合わせたりした状態で射出し、観測することが可能になる。スピンは磁気モーメントの変化などをともなうので、それにより衝突実験の結果にどのような違いが出るかを詳細に調べるのだ。

なかでも特徴的なのが、からみ合いの関係にある電子・陽電子群を生成し、それを二つの蓄積リングにふり分け、衝突させることだ。そうした実験をくり返すことで、からみ合いなど量子特有の性質と、宇宙誕生との関係を探ろうというのである。

「はるか遠くの星から届く光は、その星の原子や、あるいは旅の途中で影響し合った原子と、からみ合っているのかもしれない」と、沙羅華が言う。「故《ゆえ》に宇宙の真理を考える際にも、エンタングルメントを考慮に入れることは、とても重要なことだと思うんだ」

また彼女が父と共同で研究を進めている〝量子場理論〟の検証実験も一部可能とのことで、ＴＯＥ——最終理論の解明にも、大きく貢献するかもしれないという。

具体的な改造としては、電子銃を新型のものと交換し、観測装置も新たに追加したらしい。こんな具合にEPSは、〝むげん〟の活路になり得るものであり、IJETOを含む他の研究機関の注目も集めるに違いないと彼らは考えていた。

「だからこそ、プロジェクトは極秘で進められたんです」と、小佐薙さんが言った。「さらに今回のEPSで開発された技術は、量子コンピュータの素子などへの応用も可能です。正式に発表すれば、ライバルメーカーたちは、みんなその仕組みを知りたがるでしょう」

坂口主任が、大きくうなずいていた。

「このEPSに、JAPSSの命運がかかっていると言っても、過言ではないかもしれません」

「そんなふうに期待する人もいれば、突拍子もない発想だと批判する人もいるかもしれない」沙羅華は、中央制御室を見回していた。「どっちに転ぶかは、数日後に行われる実証テストの結果次第かな」

口を開けてみんなの説明を聞いていた僕は、このEPSとやらを発案した沙羅華の顔を、改めて見直した。そして量子同士でもからみ合っているようなのに、僕と彼女がうまくからみ合わないのは、一体どういうわけなんだろうと思っていた。

その後、僕の理解力は置き去りにして、テストの進め方などについて話し合われた。

特に問題もなく打ち合わせが終わろうとしていたとき、坂口主任が自分の携帯を取り出す。こっちの会議の終了を、誰かに報告しているようだった。

そして小佐薙さんや相理さんが次々と退席していった後、一組の男女が中央制御室に現れたのだった。

二人とも、胸に〝JAPSS〟と書かれたオリーブ色のジャケットを着ている。

男性の方は写真で見た通りの二枚目で、体格もいい。使い込まれたバックパックを、片方の肩にかけている。

両備幸一は、この人物に間違いなさそうだった。これから居場所を探そうと思っていたら、向こうの方からやってきてくれたのだ。沙羅華も、観察するようにじっと彼を見つめている。

隣にいる女性は、おそらく彼の助手だろう。年齢は僕より少し上かもしれない。個人的に期待していたのだが、割とどこにでもいる、清楚《せいそ》な感じのする女の人だった。

坂口主任が、二人の横に立つ。

「明日からが彼らの実験で、その次に私たちが使うことになる。差し障りがあってはいけないので、顔合わせをしておいた方がいいと思いまして」

彼は、二人を僕たちに紹介してくれた。

「お会いできて光栄です」

名刺を交換しながら、両備さんが沙羅華に向かって微笑む。

助手の名前は、柳葉亜樹《やなぎばあき》といった。

「初めまして」と、彼女が言う。

地味な娘《こ》だと思ったが、話してみるとすぐに印象が変わった。笑顔も魅力的で、案外、親しみやすい人かもしれない。

両備さんが、彼女の肩を軽くたたいた。

「研究室にはもっと人がいたんですけど、いろいろあって、今は彼女と僕だけです」

そのあたりの事情はすでに田無先生から聞いて知っていたが、僕は初めて聞くようなふりをしていた。

「電子銃を取り替えたことは？」と、沙羅華がたずねる。

「ええ、主任からお聞きしています」

「詳細は話せないんだが、ノーマルのセッティングならあなた方の実験にも支障はないはずです」

次に両備さんの方から、計画書を見せながら実験概要についての説明があった。

「ダークマターの検出にはさまざまな方法が試みられていますが、我々は加速器による粒子衝突でビッグバン直後の環境を再現し、人工的にダークマターを作り出すことを計画しています。生成される確率は極めて低いものの、実験をくり返しているうちに高エネルギーのガンマ線などをともなって、測定器の衝突パターンに極端な偏りが出てくる可能性がある。

偏りがあるということは、そこに観測困難な粒子——つまりダークマターの候補が生成されたと考えられるわけです。また衝突パターンなどによって、その性質を探ることも可能です……」


田無先生が言っていた、表の計画の方だと僕は思った。

「私はあらかじめ聞いていましたが、特に問題はないと思います」と、坂口主任は言う。

両備さんたちの方を向いて沙羅華が微笑んだ。

「お二人の研究に、この〝むげん〟がお役に立てば幸いです」

「ありがとうございます」

こう答えた後、両備さんは中央制御室を興味深そうに見回している。

「〝むげん〟の見学は？」

沙羅華がそう聞くと、二人とも首をふった。

「いえ、とてもそんな時間がなくて……」と、両備さんが答える。「今日もこれから、すぐにクロスポイントにある観測室へ行って準備の続きをやらないと」

「私たちもクロスポイントまで行くんだが、よかったらご一緒しませんか？　そのへんを案内しますよ」

「いいんですか？　いろいろ機密事項もあるみたいだし、穂瑞先生もお忙しいんじゃ？」

「外から見たって、内部の秘密までは分かりませんよ。それと、〝先生〟はやめてほしいな」彼女は照れくさそうにうつむいた。「クロスポイントへは一旦《いったん》外に出てエレベータでも行けるけど、見学なら〝内側〟からの方がいい」

それで僕たちは、蓄積リングの入口で、〝バッチャリ〟とみんなが呼んでいる電動アシスト自転車を借りることにする。

「結構、距離がありますけど」

僕は〝見学者用〟と書かれたバッチャリにまたがりながら、両備さんに話しかけた。

「大丈夫」と、彼が答える。「学生時代は、アウトドア・スポーツなんかで鍛えてましたからね……」

5

バッチャリをこぎ出した沙羅華が、隣を行く両備さんに語りかけた。

「すでに知っていることもあるでしょうが、今回の改造で、変わったところもある。何でも聞いてくれてかまわない」

僕は沙羅華と初めて出会ったころ、ゼミの仲間と一緒に、こうして〝むげん〟の内部を見学したことを思い出しながら、助手の亜樹さんと並ぶようにして自転車を走らせた。

沙羅華はまず、〝むげん〟におけるビームの典型的な流れを説明していた。

「ここからはちょっと離れているけれども、電子銃から射出された電子・陽電子は二方向に分かれ、それぞれ小型加速器であるシンクロトンにふり分けられた後、イーストリング、ウエストリングと名付けられた蓄積リングを周回する」

彼女は、すぐ横にあるビームパイプを指さした。この中を、最高速で一秒間に数十万回も電子は回るらしい。その放射光を利用する施設も、リングの周囲にいくつもある。

そして電子・陽電子は、この先にある線形加速器へ送り込まれるのだが、沙羅華の新理論によって、極めて効率よく最終加速されるのだという。

「稼働中は安全確保のため、内部のほとんどにはインターロックがかかるので、今のうちによく見ておくといい」と、沙羅華はつけ加えた。

「電子銃は確か、二つのリングの中央付近にあるんですよね」

亜樹さんが沙羅華に聞いた。

「そうです。改造後のお披露目はもう少し先なので、実物をお見せすることはできませんが」沙羅華は、リングの天井を見上げた。「全体像を確認したければ、展望台へ行くといい。ちょうどこの上のあたりだが、景色もいいし、気分転換にもなる」

「主任の話だと、従来の熱電子銃とは比較にならないほどの高機能だそうですけど」

「ただの宣伝文句さ。さらにテストしてみないと分からない。EEガン――エンタングラー電子銃と言うんだが、あなた方を信頼して、それぐらいは話してもいいだろう」

僕は後ろから、彼女にたずねた。

「おい、大丈夫なのか？」

「かまわない。彼らの実験を円滑に進めるためにも、むしろ知っておいてもらった方がいいかもしれない」彼女はバッチャリを走らせながら話し続けた。「今のところ〝プロジェクトQ〟としか公表していないが、新たに追加したEPS――エンタングルメント・プローブ・システムの一環で、従来の電子銃の精度などは維持したまま、電子・陽電子群のスピンやエンタングラー——からみ合いの制御機能を追加したものだ。電子の場合だと、レーザーで電子源を均一に熱し、さらにビーム・スプリッターという装置を経て、からみ合いの関係にある電子群を二方向にふり分けて撃ち出すことができる」

両備さんは興味深そうに、沙羅華の話を聞いていた。

「でも、まだ詳細は公開していないんですよね」

「ええ。国の審査はパスしているものの、電子銃における新技術は、稼働後も当面非公開の予定だ」彼女が進行方向を指さす。「この先、EEガンと同じく、今回のEPSによって追加したパーツがある。案内しよう」

僕たちはバッチャリをこぎ進め、イーストリングとリニアコライダーの分岐点に到着した。ビームパイプは、さらにそこからクロスポイントに向かって伸びている。〝アンジュレータ〟という、電子の状態を均一にそろえる装置の付近に、数メートルぐらいある矩形《くけい》の装置が新たに組み込まれていた。

「エ《E》ンタングルメント・イ《I》ンスペクター。私たちは、略して〝EI〟、あるいは単に〝インスペクター〟と呼んでいて、同じものは反対側のリングにもう一つある」沙羅華はバッチャリをとめて説明を続けた。「原理的には、核《N》磁気《M》共鳴《R》装置の応用なんだが、これでからみ合いの状態を確認するんだ。観測は、まずビームパイプのある断面について、意図的に波動関数を収束させてしまう。さらにその断面におけるノイズを除去したり、統計的な処理をほどこしたりして、スピンのアップダウン、あるいはからみ合い状態が維持されていたかどうかを、観測室や中央制御室のディスプレイに表示する」

ちなみに、同じタイミングでふり分けられたからみ合い関係にある電子の場合、イーストリングのインスペクターで観測してアップなら、ウエストリングで同じタイミングで周回している電子は、ダウンということになるはずらしい。

「これで、何が調べられるんですか？」と、亜樹さんがたずねた。

「たとえば電子のスピン状態によって、衝突パターンなどにどのような違いが生じるかを調べようというわけだ。それが宇宙の謎の解明にもつながるかもしれないと信じてね……。ただしこのインスペクターも量子の性質に支配されているので、注意して観察しないといけない」

「と言うと？」

「観測したポイントは、からみ合い状態から解けてしまう。したがって観測は部分的に、抜き打ちで行うことになっている。そうした観測に向けてのテストを、来月から行うということだ」

「このインスペクターの詳細も、非公開なんですよね？」

亜樹さんだけでなく、両備さんも沙羅華に聞いた。

「どうして非公開なんだ？」

「理由はいくつかある。一つはもちろん、ライバル加速器との発見競争に打ち勝つためだな。あなた方IJETOが擁するアスタートロンにだって、パワーでは勝ち目はない。そんな〝むげん〟にとって、EPSは起死回生の一手とも言えるんだ。

またメーカーであるアプラDTには、量子コンピュータの開発競争も大きな理由だろう。複数の企業が秘密を知りたがっていて、すでにアプラDTでは、産業スパイに狙われたもののの、取り逃がしたらしい。担当者から、私たちも注意するよう言われている」

沙羅華はクロスポイントへ向けて、またバッチャリをこぎ出した。

「もちろん、いずれ公開はするが、作ったというだけでは発表できないだろう。少なくともテストしてみて、結果を出さないことには……。しかも重ね合わせやからみ合いといった量子状態は、非常にもろい。すぐに〝デコヒーレンス〟を起こしてしまう」

「デコヒーレンスって、何だったっけ？」

僕がそうたずねると、亜樹さんが答えてくれた。

「〝情報の劣化〟と言えば分かるかしら？　加速器でも、からみ合い状態などは次第に解けていってしまうんでしょうね」

沙羅華がうなずく。

「加速による熱で、バンチの量子状態は乱されてしまう。廃熱対策については、設計当初から考慮されていたが、今回の改造でさらに強化されている」

たとえば〝むげん〟では、ビームパイプなどの電子塊の通り道は、従来型の加速器よりかなり内径を大きくしてあるらしい。ただしそれはEPSだけでなく、将来の高エネルギー化も見越しての設計だったようだ。

「熱を下げるのなら、加速も抑えればいい理屈では？」と、僕はたずねた。

「意外かもしれないが、むしろ加速した方がいいと私は考えている。速く運動している方の時計は遅れる、というのを聞いたことはないか？」

「それならちょっとは知ってる。特殊相対性理論か？」

「ああ。それで素粒子の性質も、寿命とともに伸びるわけだ」

デコヒーレンス問題を、むしろ加速してカバーするとは、沙羅華らしい強引なやり方だと僕は思った。

「今回のテストでは、その電子がコヒーレンス状態をどの程度維持できるかも調べる予定だ」と、沙羅華は言う。「もちろん、ビームのエミッタンス——つまり粒子のそろい具合も、従来通り抑えられているかどうかも見ておかないといけない」

両備さんが、バッチャリの上で首をかしげていた。

「からみ合いの効果を衝突実験で確かめるというのは、はなはだ乱暴な気がするなあ」

「しかし、EPSと並行して行われた今回の改造によって、クロスポイントにおけるルミノシティはさらに向上している」

ルミノシティというのは、僕にも聞き覚えがあった。確か、粒子の衝突確率のようなものだったと思う。

「それはあなた方の実験にも、きっと役立つはずだと思うが」

彼女は両備さんを横目で見ながら、微笑んでいた。

先へ進もうとしたとき、亜樹さんが「あれは？」とつぶやいて、バッチャリをとめた。見ると、リニアコライダーがリングと接する手前で、ビームパイプが二本に分かれている。

「あの先にも何かあるんですか？」

亜樹さんは、斜め下へ向かって伸びている方のビームパイプを指さした。

「〝ビームダンプ〟——いらなくなった電子や陽電子の行き場所だな」と、沙羅華が答える。「衝突実験にかかわらなかった電子などは、再びリングを周回させることもある。しかしそうでない場合、ビームの進行方向を電磁石で曲げ、地中にあるビームダンプに廃棄される」

それでビームパイプが縦方向に枝分かれしているのかと、僕は思った。

彼女は自分のスマホを取り出し、ビームダンプ内部の写真を僕たちに見せた。彼女の説明によると、ビームダンプは銅やカーボン、コンクリートなどによってガードされた大きな空洞だという。

「ビームダンプなら、ＩＪＥＴＯ日本支部の加速器にもある」と、両備さんが言う。「ただ陽子加速器だから、放射線などの影響が無視できないので稼働後は立ち入ることができない。けれども電子・陽電子衝突型の〝むげん〟なら、人は入れるのでは？」

沙羅華が、一つうなずく。

「定期点検や整備のために入ることがあって、そのためのクレーンもついている。けれども年に数回入るかどうかだろうな」

彼女は定期点検期間中の写真を探し出し、両備さんたちに見せた。

「しかしこれ、必要以上に大き過ぎませんか？」と、両備さんが言う。「写っている人物との対比で考えると、陽子型のビームダンプよりデカいかもしれない。装甲も、電子衝突型には不相応なほど手厚いように思いますが」

「実は、安全基準をはるかに上回る、ビームダンプの大きさとガードの堅さは、径の大きなビームパイプと並んで、『〝むげん〟の七不思議』に数えられている」そう言って、彼女が苦笑いを浮かべる。「どれも〝むげん〟の将来を見据えて、私が設計に組み入れたんだが、いまだに首をかしげているスタッフも多いらしい」

実際、これらに関しては設計時からクレームがついていたという。

ビームダンプも、彼女はリニアコライダーがリングに接する四か所すべてに設置することを希望していたが、結局、二か所ということで譲歩せざるを得なかった。ただし、ビームダンプの大きさやビームパイプの径の大きさなどはゆずらなかったため、現在の形に落ち着きはしたものの、『〝むげん〟の七不思議』とやらにリストアップされる羽目になったということらしかった。

二本のリニアコライダーが交差する、クロスポイントに到着した僕たちは、駐輪場にバッチャリをとめる。〃むげん〃を内部から見てまわったのは、僕も久しぶりだった。

階段を上ると広い吹き抜けの空間になっていて、通路に沿うような形で観測室がいくつも並んでいる。観測室は二つのエリアに分かれており、手前の〃Aルーム〃は大学の研究室やビジターのための共用施設群、奥にある〃Bルーム〃はJAPSS専用で、沙羅華の個人事務所兼研究室〃SHI〃がある。〃SHI〃とは、〃サラカ・ホミズ研究所《インスティテュート》〃の頭文字で、開発者特権として彼女だけが自由に使うことを許されている施設だ。

両備さんたちはAルームのエリアで研究期間中に貸し出される部屋番号を確かめ、観測室の一つに入っていった。僕たちも後に続く。室内はさほど広くなく、机やロッカーの他に、デスクトップ・パソコンやホワイトボードなどがある程度である。両備さんは中央の会議机に、自分のバックパックを置いた。

沙羅華が「さて、今度はあなたの番だ」と言うと、両備さんが不思議そうな表情を浮かべた。

「は？」

「あなた方の研究について、もう少し聞かせてくれてもいいだろう。実験計画は？」

「さっき中央制御室で説明した通りですけど……」

両備さんはノートパソコンを起動させ、より詳細なデータを彼女に見せながら説明を始めた。

「穂瑞さんにお聞かせするほど、たいした研究じゃないですよ。十年前ならともかく、ダークマターの物性研究なんて今どきありふれているし、いずれ研究費も支給されなくなるかもしれない」

「それはないでしょう。確かお父上が、ＩＪＥＴＯ日本支部の理事をされているんでしたよね」

「しかし、そろそろ何らかの成果を出さないと、干されてしまう。そういう厳しい世界だということは、穂瑞さんもよくご存知でしょう。それに研究者はみんなそうだろうが、僕だって密《ひそ》かにノーベル賞級の発見を狙っている」

沙羅華は微笑みながら、パソコンのディスプレイを見つめていた。

「それで人工ワームホールを？」

両備さんが、驚いた様子で聞き返す。

「どうしてそれを？」

「聞かなくても私には分かる。この実験計画を見れば」彼女はノートパソコンをあごで示した。「それに、行き詰まるほど、画期的で奇抜なテーマを選んでしまうというのも、研究者にはありがちなことだ」

「しかし人工ワームホールのことは大っぴらには言っていないし、今はまだ話すべきでもないと思っている」

「私も〝むげん〟の機密事項を、いくつか話した。あなたも話してくれてもいいのでは？」

沙羅華がEPSの説明をしたのは、彼から情報を聞き出すためだったのかと、僕はようやく気づいた。

観念したように、両備さんが話し始める。

「加速器による衝突実験において一定のコンディションを満たせば、ワームホールさえできる可能性があるのではないかと俺《おれ》は思っている。ここからは穂瑞さんを信用してお話しするが……」彼はすぐ後ろにあった机に腰を下ろした。「量子レベルではブラックホールのみならず、ワームホールの性質をもったものが、理論的にはごく短時間存在し得る。つまり短時間であれば、微小なワームホールが生まれたり消えたりしているということだ。加速器はそうした真空を刺激し、さらにひずみを拡大させることが可能だと考えられる」

僕は首をかしげた。

「そんなことをしようとすれば、まずブラックホールができてしまうのでは？」

「加速器でできるようなブラックホールは、すぐに蒸発してしまう。しかしブラックホールができるんなら、ワームホールだってできるだろう。いや、すでにできていて、観測されていないだけなのかもしれない。そうしたワームホールができるコンディションを見極め、それを安定した状態で、なるべく長く存在させたいと思っている」

「そういうことなら、加速器で生み出されるエネルギーは、高いほどいいんでしょ？」

「俺もそう思って、最初はＩＪＥＴＯ日本支部の陽子加速器で研究を始めてみたんだが、反応が煩雑過ぎるので、電子・陽電子衝突型に切り換えることにしたんだ。それでまず〝むげん〟なら二軸衝突による高エネルギーが見込めるし、衝突パターンのバリエーションが豊富だから、ワームホールも生成されやすいかもしれないと思った。衝突精度にも期待している。

ただ小規模なワームホールだと見過ごしてしまう可能性がある。助手の柳葉君にも手伝ってもらって、慎重に観測するつもりだ。その先のことも内緒だし、彼女とも相談しなければならないが、できればアメリカにあるＩＪＥＴＯのアスタートロンで、研究を続けたいと俺は思っている」

「そうまでして、人工ワームホールにこだわる理由は？」と、沙羅華がたずねた。

「だから、ノーベル賞級の成果を狙って……」

「いや、人工ワームホールはあなたにとって、おそらく通過点じゃないのか？　最終的な目標は、他にあるのでは？」

彼はしばらく黙ったまま、うつむいていた。

「実は……」

「両備先生」

亜樹さんが彼の発言を制止しようとしている。

「いや、かまわない。穂瑞さんはもう、何か気づいているようだし」そして沙羅華を真正面から見つめて続けた。「俺が本当に研究したいのは……、実はタイムマシンなんだ」

両備さんがそう告白した瞬間、そばにいた亜樹さんは、彼の腕を握りしめた。

6

「タイムマシン⁉」僕は思わずくり返した。「でもタイムマシンなんて……」

「その通り。空想上の存在でしかない」と、両備さんが答える。「しかしその理論の実験的証明、さらにマシンそのものが発明されたとするなら、それは凄《すご》いことじゃないか」

彼の横で亜樹さんが、首をふった。

「でも研究は、まだ始めたばかりなんです」

「やはりな……」と、沙羅華がつぶやく。「電子衝突型でワームホール実験をしようというのは、何も反応がクリーンで観測に適しているからだけじゃない。将来の有人計画までを見据えてのことだったんじゃないのか？」

「つまり、タイムマシンの……？」

僕がそう言うと、沙羅華に「いちいち復唱しなくていい」と、注意された。

彼女はバッグから、スティッキーのパッケージを取り出す。色からして、今日はチョコスティッキーらしい。

「ワームホール――別名、アインシュタイン・ローゼン・ブリッジ……。空間移動だけでなく、時間移動への応用を考えることは、何も特別なことではないだろう。私でもそれぐらいの想像はつく。またそのアイデアは、比較的妥当と思う」

「そうなのか？」

僕は彼女にたずねた。

「本屋へ行けばタイムマシンの解説本が何冊も出ている。ネットでもいいから、興味があるなら自分で調べてみるといい。時間移動の理論そのものは、何十年も前に発表されている。そのために考え出された方法はいくつもあるけど、ワームホールの利用は、相対的にみてまだマトモな方だ」

「つまり、ワームホールを通過することができれば、時間移動もできるかもしれないと？」

「さらに言えば」両備さんが僕を指さした。「任意の時空間にワームホールを維持管理する技術さえ確立させることができれば、それこそタイムマシンを作ったことに他ならない」

「タイムマシンのメリットは、計り知れません」と、亜樹さんが言う。「事件や事故を未然に防いだり、災害の被害を抑えたりできるかもしれない。人の出会いや別れといった、人間関係までも操作できてしまうでしょう」

彼女の横で、両備さんがうなずいていた。

「小説や映画に登場するツールとしてもなじみ深いマシンだが……。しかし一体、どうやって時間移動できる？　しくみはどうなっているんだ？　そこを科学的に突き詰めないことには、タイムマシンはいつまでたっても作り話のままだ」

　それを聞いた沙羅華が、愉快そうに笑う。

「タイムトラベラーのもっともらしい禁止行為などを考える前に、肝心のタイムマシンができるかどうかをちゃんと考えるべきだと私も思う」

「いや、考えるだけなら以前から考えられているだろう。ワームホールを利用するタイプも、理屈そのものは、以前から知られている。でも、誰もやらないんだ。それこそ、ノーベル賞級の大発明であるにもかかわらず」

　ノーベル賞か、学会追放のどちらかだろうと思って僕は聞いていた。依頼者の田無先生から聞いた感じでは、限りなく学会追放の方のようなのだが……。

　ただ僕なんかは漠然とそう思うだけだったが、彼女がさらに突っ込んだ指摘を始めた。

「言うのはたやすいが、作るとなると大変だろう。そもそも未来へは行けても、過去へは行けないというのが通説だ。また未来へ行くにしても、技術的な壁がいくらでも待ち構えている。そんな見果てぬ夢をもち続けていると、社会に居場所をなくして、自分の人生をつぶしてしまうかもしれない。いや、自分だけでなく、まわりも破滅させてしまうことだって考えられる」

「そう難しく考えることはないだろう」彼が作り笑いを浮かべる。「ワームホールで三次元空間をひずませることができれば光速を超えられるのは確かなんだし、時間の幾何学的性質にちょっと細工を施すというだけじゃないか。前世紀初頭、ロバート・ゴダードが液体燃料ロケットの実験をくり返していたときも、人間が宇宙旅行できるなんて、誰も信じていなかったんだぜ」

「ゴダードはゴダード、あなたはあなただ」

「目標に向かって、着実に一歩ずつ進めている点では変わらないと思っている。たとえば今回、電子衝突型で実験するのもその一例だ。穂瑞さんのご指摘通り、将来の有人型タイムマシンまで視野に入れた場合、出力的に有利な陽子加速器よりも、反応がシンプルな電子衝突型に切り換えて実験した方が好ましいと考えた」

「私に言わせると、そこだけ妙に神経質なんじゃないか？　そんな心配をする前に、他にすることはたくさんあるだろう。たとえばその、加速器の出力だ」

「いや、電子衝突でも、人工ワームホールは生成できるはずだと確信している」

「けど、現在〝むげん〟で安定して出せるのは、約二十兆電子ボルト。さらに負荷をかけても三十兆電子ボルトが関の山だ。あなたの理論的根拠までは知らないが、パワー不足じゃないのか？」

「やってみないと分からないだろう。正直、実験しながら、理論も探っている。それに今回が駄目でも、アスタートロンで実験は続けるつもりだ」

「続けると言ったって、人工ワームホールだけでも途方もない計画なのに、タイムマシンとなると、さらにその先の理論や技術が求められる」

「だから第一段階として、ワームホールの生成までを目指す。困難は、一つ一つつぶしていけばいいと思っている」

あきれたように沙羅華が首をふった。

「一つ一つなんて穏やかなものじゃない。困難は無数にある。そもそもタイムマシンは、〝エントロピー増大の法則〟に反するんじゃないのか？　時間の経過とともに混沌《カオス》へと向かう我々の運命は、変えられないと考えられている」

「ちょっと待ってくれ。エントロピーって、何だったかな？」

僕が聞き返すのを予想していたかのように、彼女が速やかに答える。

「熱力学の第二法則さ。エントロピーとは、〝無秩序さの程度〟ぐらいに考えておけばい い。閉じた系の中では、時間が経過するにつれて、不可逆的に無秩序になっていくことを表している。要するにこの宇宙は、熱的な死に向かっていて、逆はあり得ない」

僕が首をひねっていると、彼女は分かりやすく言い換えてくれた。

「つまり、冷めていくコーヒーを、元の温かい状態に戻すことはできない。コーヒーでも分かりにくければ、君と私の関係に置き換えてみてもいい」

最後のたとえが僕にとっては一番分かりやすかったが、しかしそれだと、温かかったときの記憶がないのだが……。いずれにせよ、時間とともに冷めていく一方ということらしい。

「ところがタイムマシンに要求される機能は、逆エントロピーだ」と、彼女は両備さんに言う。「既知の物理法則に反することになる」

しばらく考えた後、彼が言い返す。

「エントロピー増大の前提条件の一つに、光速の壁がある。もし超えることができれば、逆エントロピーも起こり得るだろう。そしてワームホールは、それを可能にするはずだ」

「そのワームホールだって、人工的な生成は困難じゃないのか？」

「いや、俺の計画では、ギリギリ〝むげん〟でも可能なはずなんだ。電子や陽電子を高い精度で衝突させ、時空間を〝トーラス〟状にひずませることができれば……」

〝トーラス〟というのは、前に沙羅華からも聞いた覚えがあった。煙草《タバコ》の煙でできる、輪っかのような形のことだったと思う。

「自分の希望を込めて計算するから、そういう甘い予測が出てくるんだ」彼女がぷいと横を向く。「しかもタイムマシンに利用可能なワームホールは、対生成が条件だ」

僕は彼女にたずねた。

「つまりワームホールはペアで生成して、二つとも制御しなければならないということか？」

今ごろ何を言っているのかという表情で、彼女は僕を見つめる。

「生成できたとしても、極めて不安定だろう。ワームホールを作るつもりでも、それぞれがブラックホール化してしまう率が高いと思われる」

田無先生が沙羅華に直接依頼に来たときにも、その話が出ていたことを僕は思い出した。

「分かっていると思うが、ブラックホールによる何らかの被害が生じてしまえば、私たちはもう、研究を続けられなくなる」と、彼女が言う。

「いや、今のところ我々に作れるのはマイクロ《M》・ワーム《W》ホール《H》だ。ブラックホール化しても、すぐに蒸発してしまう」

それも、田無先生との面談で出ていた話だと僕は思った。

両備さんが続けて言う。

「しかも〝むげん〟に関しては、どういうわけか、ビームパイプの径を従来型の加速器よりも広く設定してある。ブラックホールが発生したとしても、それがビームパイプに向かってくれれば、ダメージは小さいはずだ」

「そんな都合よくいかないと思うが……」

沙羅華が笑いながら言う。


「さっきから、妙に引っかかるじゃないか」両備さんが沙羅華を見つめた。「誰かに頼まれたのか？」

気づかれたと思った僕は、彼から目をそらした。

観念したように、沙羅華が答える。

「説得を頼まれたのは、事実だ。しかし真の依頼主は私たちも聞かされていないし、第一、まだ引き受けてもいない」

「まあいい。俺を煙たがっている連中は、いくらでもいるからな……。ただ、すぐに成果を求められる今の研究制度に、タイムマシンの開発が合わないのは確かだ。タイムマシンが実現しない理由には、理論面や技術面の他に、制度面での課題もあると俺は思っている。

　でも誰かがやらないことには、タイムマシンなんて永久に研究されないじゃないか。だからこそ俺は、たとえ闇研であったとしても、世界初のタイムマシンを作りたいと思っている」

「世界初……？　それは無理だろう」

「どうしてそんなことが言えるんだ。肝心なのは、やる気じゃないのか？　何しろタイムマシンは、俺の子供のころからの夢だったんだからな」

「本心からそう思っているのか？」

「どういう意味だ？」いら立った様子で、彼が腕時計に目をやる。「そろそろ、準備にかからないと……。そんなに心配しなくても、〝むげん〟を壊すようなことはしない」

「当然だ。壊されたら、こっちも迷惑する」

彼の様子を目で追っている沙羅華をさえぎるようにして、亜樹さんが立った。

「私たちは私たちで、することが一杯あります。どうかお引き取りを」

彼女に詰め寄られた沙羅華は、僕に目で合図を送る。そして僕たちは軽く会釈をして、彼の観測室を出ることにした。

7

僕たちは、〝Bルーム〟にある沙羅華の事務所に向かって歩き始めた。

「どう思う?」

両備さんに対する印象を、僕は率直に聞いた。

「思っていたほど馬鹿じゃない」と、彼女が答える。「確かにタイムマシンの研究なんて、公的機関の予算を使ってやるにはリスクが高過ぎるし、許可も下りないから闇研でやるしかないだろう。ただあまりに夢が大き過ぎて、空回りしているみたいだ」

「そんな彼に研究をあきらめさせるのは、容易じゃなさそうだな」

「彼もさることながら、あの助手についても、私には理解できない」歩きながら、沙羅華が首をかしげている。「ちっとも主体的じゃないし、自己主張もほとんどしない。そういう生き方なんて、私にはまったく考えられないんだが……」

どうやら亜樹さんは、沙羅華とはまるでタイプが違う女性らしかったので、彼女に理解できないのも無理はないかなと思って僕は聞いていた。

鳩村先生の観測室の前を通ったので何気なくのぞいてみると、須藤零児《すどうれいじ》がいた。ゼミで一緒だった同窓生で、今は大学院へ進学し、鳩村先生の研究室で学生たちを指導する役目も担っている。ところが彼は、現代物理よりもアニメに造詣が深いという、ちょっと困った奴《やつ》なのだ。まあ、憎めない奴でもあるのだが……。

今もパソコンで熱心に見ているのは、流行《はや》りのアニメらしい。さらにソ《S》ーシャル・ネ《N》ットワーキング・サ《S》ービスも同時にやっているのか、せわしなく指を動かしてスマホで何かを打ち込んでいる。

僕は一応、彼にも挨拶しておくことにした。

「おい、〝ペッパー警部〟」それは彼が最近、ネットでよく使うハンドルネームだった。

「サボッてたら、鳩村先生に怒られるぞ」

「何言うてるねん、まだ夏休みやないか」

ベタベタの関西弁で反論しながらふりむいた彼は、沙羅華もいることに気づき、愛想笑いを浮かべる。

「夏休みなら、何でここにいるんだ？」と、僕はたずねた。

「決まってるがな」彼がストレッチをするように、両腕を広げる。「アパートにいたら、電気代がもったいないやろ」

「でも、〝むげん〟の電気代もバカにならないんだからね」

沙羅華が女子高生キャラ——〝森矢沙羅華〟の方で、彼に話しかけた。

最初に説明したように、最近の沙羅華は基本的に、ＴＰＯに応じて二つのキャラを使い分けている。ただし〝むげん〟にいるときは、その両方が交ざってしまうことがよくあるのだ。

「それで、何を見てたんだ？」

僕がディスプレイをのぞき込むと、須藤は一時停止ボタンをクリックした。

「タイトルは『バックハッカー』。幾通りにも発生してしまうパラレルワールドを何とか乗り切って、最愛の人の命を救えるかという話やな」

「パラレルワールド……。と言うと、タイムトラベルものか？」

「そう、時間がテーマや。細かく張りめぐらされた伏線の処理が秀逸で、オチは大体読めるんやけど、ついつい見入ってしまう。キャラたちも、わし好みの美少女ばっかしやし」

僕はディスプレイに映ったままになっている、ミニスカートのキャラを横目で見た。僕たちがたった今、タイムマシンをめぐって両備さんと議論したことなど、彼は知る由もないだろうが、どうやら彼もタイムマシンには、大いに興味があるようだった。

「わしにも、タイムマシンがあったらなあ……」

天井を見上げて、彼がつぶやく。

「あったら、どうする？」

「誰にとってもタイムマシンというのは、自分の人生を大きく変えるチャンスやないか。何せ、過去に戻れるし、未来も分かるんやから……」そして彼は、両手を胸の前で組んだ。

「もしわしが過去へ行けるとしたら、絶対にビッグになる前のアイドル、天井澤香織《あまいざわかおり》にサインをもらうんや。プレミアがつくからな」

「お前、計画は遠大なのに、狙いが随分とピンポイントなんだな」

それには答えず、須藤は沙羅華の方を見た。

「沙羅華ちゃんは？」

「私？」彼女は自分を指さす。「別にないけど……」

「そんなことはないやろ、物理学の天才少女が、何を言うてるねん。沙羅華ちゃんがもし過去へ行けたら、ガロアの決闘を止めるぐらいのことはするんとちゃうか？」

ポカンとしている僕に、彼女が教えてくれた。

「十九世紀前半の、フランスの数学者。代数学の基本概念などに大きな業績を刻み始めたにもかかわらず、二十歳のときに恋愛問題で決闘し、死んでしまった」

「それとも、アインシュタインの最後の言葉が何だったのかを確かめるとか？」

これも沙羅華が説明してくれた。

アインシュタインが死の間際に何かを語ったというのだが、それがドイツ語だったらしく、聞き取った看護師が意味を理解できなかったというのだ。

そして「確かにそれは、興味あるかも」と、彼女がつぶやく。

「せやろ？」得意気に、須藤が言う。「沙羅華ちゃんなら未来へも行って、時間の本質やTOEも知りたいのと違うか？」

「それも、そうなるかな……」

彼女がちょっと困ったような表情をしていたので、僕は逆に須藤にたずねた。

「お前なら、未来へ行って何がしたいんだ？」

「わしか？　わしは自分の葬式をのぞいてみて、誰が参列してくれているか、自分の目で一人一人確かめてみたいな。生きてる間に、絶対できないことの一つやし」

こいつ、未来へ行っても、やることは随分後ろ向きだと思って僕は聞いていた。

「ほな、お前は？」と、須藤が僕にたずねた。

「急に思い浮かばないけど、そうだな……。過去へ戻って、火を利用した最初の人類に、『危ないからやめろ』と言ってやりたい」

「そんな過去やない」須藤が首を横にふる。「わしが聞きたいのは、自分の人生を劇的に変える一瞬なんや。このアニメの世界みたいに……」

そういうことなら、いくらでもあると思った。僕の人生なんて、やり直したいことだらけなのだ。しかし一つ選ぶとすれば、やはりあの時だろうか。

嶋村先生に、不登校中の女子学生を大学に来るよう説得してほしいと頼まれた、あの時だ。僕は過去の自分に、『危ないからやめろ』とアドバイスするだろうか？　それとも……。

その場で考え込んでしまった僕は、須藤には咄嗟《とっさ》に「別にない」と返事をした。

「相変わらず、つまらん奴やな」彼はそう言った後、大あくびをした。「しかし暇やなあ。〝むげん〟は定期点検中でずっと止まってたし、それが終わっても、余所《よそ》の研究者が使って、その後、沙羅華ちゃんが計画した新機能のテストやろ？　アニメの続きでも見てるしかないがな」

彼女の表情が変わったのを見て、須藤が続ける。

「いや、沙羅華ちゃんの計画は、鳩村先生から少し聞いていて、わしも期待してるから」

彼女は、「私、ちょっと外でメールしてくる」と言い、スマホを取り出した。

その方がいいかもしれないと、僕は思っていた。おそらく須藤という人間は、彼女が苦手にしているタイプの一人なのだろう。

彼女が部屋を出ていったのを確かめてから、須藤は「あの〝トロン好き〟が……」と、つぶやいた。

僕も最近耳にしたことがある、沙羅華の新たなニックネームだ。加速器を使う研究に没頭している彼女を皮肉ってつけられたらしい。

「いまだにどう付き合っていいか分からんわ」須藤がため息まじりに言う。「まさしく、〝むげん〟の七不思議の一つや」

「〝むげん〟の七不思議か」僕は聞き返した。「それ、彼女も言ってたな。太いビームパイプと、あとは何だったかな……？」

「〝むげん〟の不思議をあげていくとキリがないし、ちょくちょく入れ替わるんやけど、今は確か……」と、彼が説明してくれた。「太いビームパイプ、馬鹿でかいビームダンプ、リニアコライダーの桁《けた》外れな高効率、電子銃の配置と構造、リングの接合部に設けられた新たな観測装置、この突き当たりにあるＳＨＩ——つまり彼女の事務所……」

指折り数えながら聞いていた僕は、彼にたずねた。

「あと一つは?」

「最初に言ったやないか」彼が大声で返事をする。「穂瑞沙羅華の頭の中や」

僕は軽くうなずきながら、彼の話の続きを聞くことにした。

「けど他にも、スタンダードな衝突型加速器とは大きく異なる〝むげん〟独自のレイアウトとか、方々に設備増設のためらしいスペースが空けられていることなんかをあげる人もいてるけど……。それよりお前、彼女を追いかけなくていいのか?」

そのことを思い出した僕があわてて出ていこうとすると、彼は再生ボタンを押して、さっきのアニメの続きを見ようとしていた。


すぐに追いついた僕は、「須藤もタイムマシンには興味があるみたいだったな」と、穂瑞沙羅華のキャラに戻った彼女に話しかけた。

けれども返事をしてくれないので、僕が独り言のように続けた。

「やっぱり夢があるからな、タイムマシンは。未来の自分が、幸せになっているかどうかも確かめることができる……」

「君の幸せか?」ようやく彼女が口を開く。「未来どころか、来世に行っても見つからないかもな」

「じゃあ、過去は?」と、僕は言った。「過去を書き換えれば、今とは別な人生を過ごせるかもしれない。須藤の見ていたアニメじゃないが、最近ではタイムパラドックスを補う形で、パラレルワールドの可能性を示す説もあるんだろ？」

「そもそも未来へは行けても、過去へは行けないということになっている。両備さんと話しているときにも、そのことは言っただろう」

「でも、理由はまだ聞いてない」

「アインシュタインの特殊相対性理論に決まっている。まず、高速で運動している人の時計は、遅れるんだ。その遅れ方は、〝ローレンツ変換〟によって求められる。相対する座標の関係式だな。それに従って変換してやると、運動している人から見れば、未来へ行ったことになる」

「それって、タイムマシンそのものじゃないのか？」

「だから問題は、過去への旅だ。光速よりも速く運動することができれば、理屈の上では過去へ行けることにはなる。しかし変換式に虚数が出てきてしまうので、それはあり得ないんだ」

「でも、光速を超える素粒子があるという話は聞いたことがある」

「〝タキオン〟か？　今の段階では、ファンタジーに近いね。証明も発見もされていない」

「だからと言って、否定もできないのでは？」

「背理法的に否定はされると考えられる。タイムマシンで歴史が改変できると、無数のトラブルが発生するはずだ」

「タイムパラドックスのような？」

「そもそも過去へ行けるのなら、自分の意志で生まれるか否かを決めることもできる。もっともっと過去へさかのぼれば、神様だって作れてしまうかもしれない。そうしたとんでもないトラブルが起きていないのは、タイムマシンが発明されていない証拠だと言える。時間が正方向に流れてくれるからこそ、ものごとの秩序が保たれているんだ」

「それも言い切れないんじゃないか？」

「言い切れるね。人間が過ちを犯さなかったことがあるか？　そんな人間が過去へ行けば、必ず何かをやらかすに違いない。それが皆無というのなら、タイムマシンはやはり存在しないことになる。それぐらいのことは、両備さんも理解しているはずだが……」

「何だか面白くないな」

僕は一度、舌打ちをした。

「だからこそ、フィクションの世界でありとあらゆる話が作られているんだと思う」

「でもタイムパトロール——時間警察が組織されていれば、そんなトラブルを未然に防いでくれているのかもしれないし、あるいは生じてしまったパラドックスを補正してくれているのかもしれない」

「それもフィクションだな」と、彼女が答える。

「でもお前の説明にしても、タイムマシンが発明される以前の世界は変えられないというだけの話で、以後なら起こり得るのでは？」

「君こそ、須藤君に感化されたのか？　タイムマシンができないとつまらないから、否定したくないだけとしか私には思えない」

彼女は立ち止まり、僕をにらみつけて続けた。

「そもそもタイムマシンは、どんなものを想像している。人が乗り込めて、それらしい配管や配線のある代物か？　それでどうやって、タイムトラベルできる？　科学的根拠は何なんだ？　そんなものに西暦と月日と時刻を入力してスイッチを押したら、お望みの過去や未来へヒョイヒョイッと行けるとでも思っているのか？

根本的な問題をすべて放《ほう》っておいて、タイムパラドックスのつじつま合わせなんて考えたって仕方ない。結婚相手もいない君たちが、夫婦喧嘩《げんか》の心配をしているようなものじゃないか。肝心のタイムマシンはどうするんだ？　作れるかどうかは考えなくていいのか？パラレルワールドの心配をする前に、やるべきことは一杯あるだろう」

沙羅華はおそらく、須藤にも言いたかったと思えることを一気にぶつけてしまうと、早足で歩いていった。

8

〝Bルーム〟と呼ばれるエリアの一番奥に、ドーム状の特異な形状をした一室がある。少し前までは〝シェルター〟とも言われていたが、いわゆるシェルターとしての機能はまったくない。当時の沙羅華の閉鎖的な性格を皮肉って、そう呼ばれていたのだ。

入口には丸文字で、〝ＳＨＩ〟と書かれた札がかけられている。ここが彼女の事務所兼研究室である。

彼女はセキュリティボックスに、暗証番号を入力した。十六進数になっているのが特徴的と言えなくもないが、暗証番号そのものは四桁のシンプルなもので、僕も鳩村先生も知っている。その理由も単純で、彼女一人が入れるようにしておくと、何をしでかすか分からないからだった。

彼女に続いて、僕も中に入れてもらう。

部屋の周囲を、ロッカーやキャビネット、さらに彼女が最近購入した、ラバー素材の出力も可能な複合３Ｄプリンタなどが取り囲んでいる。床の片隅には、下階の実験施設に梯子《ラダー》で直接通じている四角形のハッチがある。部屋のほぼ中央のＬ字型に配置された机の上に、彼女専用のデスクトップ・パソコンが置かれていた。

良く言えば機能的だが、悪く言えば殺風景で、まったく女の子の部屋っぽくない。しかもサイドテーブルの上には、ダンベルが置きっぱなしになっていた。

「ネットで買ったんだ」

それをロッカーにしまいながら、彼女が言う。

「ダイエットでもするつもりなのか？」

「いや、ちょっと、体でも鍛えておこうかと思って……」

彼女はバッグから黒いノートパソコンとメモリーカードを取り出し、机の上に置いた。

僕はまず、肝心なことを片付けておきたいと思った。

「さて、どうやって説得する？」

椅子に腰かけた彼女が、顔を伏せたまま微笑む。

「まだ引き受けるとは、言っていない。それに研究に取り組む姿勢としては、彼の方が評価できる。タイムマシンができたことにして勝手な想像をふくらませている、須藤君や綿さんに比べたらね。けれども彼なりに努力を積み重ねたとしても、彼が最初の発明者にはなり得ないだろう」

そのことについて彼女はそれ以上ふみ込まなかったものの、おそらく天才性のことを言っているのではないかと僕は思った。沙羅華のような天才との相違点は田無先生も見抜いていたようだが、実験の理論的根拠や手法などに何か独創的な発想があるわけでもなく、彼は少なくともこの分野に関しての才能には、恵まれていないということなのだろう。

「実際問題として、彼の研究は頓挫《とんざ》すると思われる」と、沙羅華は言う。「馬鹿正直な彼のやり方では、アスタートロンにも当面は致命的な影響が出ないとみていい」

「けど彼は、きっと頓挫するまで続けるぜ。それが問題かも。アスタートロンだって、数年後にはさらに出力を上げる予定なんだろ？　そこまでねばられれば、もしかすると……」

「それまでに自滅するさ。田無先生たちが監視していれば、おそらく暴発もない。依頼者たちが心配するような事態には至らないだろう」

「つまり、わざわざ依頼を受ける必要はないと？」

彼女がゆっくりとうなずく。

「そもそも真の依頼者の正体も明かさないと言うんだろ？　いくら条件が良くても、そんなうさん臭い依頼をわざわざ受けなくてもいいのでは？」

彼女の話を聞きながら、僕は両備さんの顔を思い浮かべていた。

「しかし、彼はどうなる？　自滅すると分かっていて、放っておくのか？　やっぱり、ちゃんとアドバイスしてやった方がいいようにも思うが」

「さっき、君も見てただろう。相手に聞く気がないんだから、アドバイスなんて意味がないじゃないか」

彼女は机のコンピュータを起動させた。ＥＰＳテストのシミュレーションか何かを始めるつもりだろう。

僕は、ふと気づいたことを彼女に言った。

「いや、彼だけでなく、あの助手もきっと、破滅してしまう」

「どうして？」彼女が顔を上げた。「君の報告では、他の研究室に引き抜かれるとかいう話じゃなかったのか？」

僕は、サイドテーブルをはさむようにして置いてあるパイプ椅子に腰かけた。

「物理のよく分からない僕なんかにすると、むしろ問題は、あの二人の関係じゃないかと思えるんだが」

「と言うと?」

「少なくとも、彼女は彼の方に気がある」僕は沙羅華に顔を近づけて、小声で言った。

「彼だって気づいていても、忙しいか何かの理由でふみ切れずにいるみたいだったけど、憎からず思っていることは確かだ。気づかなかったか?」

沙羅華が唇をとがらせる。

「そういうことだけは、勘がいいんだな」

「研究面ではほとんど目立たないし、依頼内容とも直接関係はないんだけど、彼女の存在はちょっと気になるんだ。たとえば、今のところ彼の暴発を防いでいるのは、間違いなく彼女だと思う」

「だから、どうだと言うんだ?」

「夢を持った男が勝手に自滅していくのは、お前の言う通りアドバイスも無意味かもしれない。けど女の方はどうなんだ。一緒に破滅させるのは、可哀相《かわいそう》だと思わないか?」

彼女は、起動したパソコンをスリープモードにした。

「大体、あの助手のどこがいいんだ? 私から見れば、少しも面白味のない女としか思えないんだが」

「別にお前が付き合うわけじゃないだろ。彼を公私ともにしっかりサポートしているようだし、彼にとって大切な人になっているんだと思う」

「でも、彼女はそれでいいんだろうか」と、沙羅華が言う。「男は、自分の夢ばかり追いかけているんだろ?」

「いや、両備さんだって、それでいいのかと思ってしまうなあ。今は自分の夢に打ち込んで充実しているかもしれないけど、いずれ……。それに、アメリカ行きはどうするんだろう? 彼女には相談するようなことも言っていたけど、一緒に行くつもりなんだろうか?」

「そんなことは、どうでもいいじゃないか」

「よくはない。大切なことだ。今回の依頼には、こうした二人の関係もからんでいると僕は思う。彼がこのまま研究を続ければ、二人の関係も破綻するだろう」

「じゃあ、もし研究をやめさせれば?」と、沙羅華がたずねる。

「それは、やめさせ方にもよるんじゃないか? 彼が自分の夢に心を残したままやめざるを得なくなったら、むしろ最悪かもしれない。その後の彼と彼女が、果たしてうまくいくかどうか……」

「何故、そんなことまで心配してやらないといけないんだ」沙羅華は両腕をあげ、頭の後ろに組んだ。「これは思っていたより、面倒くさそうな話だな。ただでさえ忙しいのに……」

確かに人間関係は、沙羅華の最も苦手とするところかもしれなかった。

独り言のように、彼女が続ける。

「つまり、彼が研究を続ければ、研究がうまくいかずに二人の関係は破綻。彼が研究をやめても、研究に対する未練を断ち切れていなければ破綻。どっちに転んでも、破綻じゃないか」彼女はチョコスティッキーを取り出し、口にくわえた。「男が変わらない限り、もう仕方ないんじゃないのか？」

「でも、彼が十分納得した上で研究をやめれば、破綻はまぬがれるかもしれない。そうなるよう、僕らが力になってやれたら……」

彼女はスティッキーを一かじりすると、何も映っていないディスプレイをしばらくながめていた。そしてスリープモードを解除する。

「私は私で、自分の仕事もやらないといけない。シミュレーションに集中したいから、しばらく部屋から出ていってくれ」

僕は仕方なく、パイプ椅子から立ち上がった。

「出ていけと言われても……」

「須藤君と一緒にアニメでも見ていればいいじゃないか」

須藤のところまで戻る気がしなかった僕は、外に出て自分のスマホのメールチェックでもしていることにした。

9

夕方、ようやく仕事に一区切りつけた沙羅華を、僕は自宅まで送ってやることになった。車に乗り込んだ彼女は、助手席でスマホのチェックをし始める。

両備さんと亜樹さんのことをいまだに考え続けていた僕は、運転しながらつぶやいてしまった。

「亜樹さんも亜樹さんだよな。あんな男のどこがいいんだろう」

「好き好きじゃないか」と、沙羅華が言う。「君だって、得体の知れない女に手を焼いたりしているんじゃないのか？」

「お前に言われたくない」

沙羅華はスマホをながめながら、ため息をついている。

「どうした？」と、僕はたずねてみた。

「クラスメートとのSNSさ。仲間外れにされたくないので適当に付き合ってはいるけど、みんな、恋バナばかりなんだ。誰がいいとか彼がいいとか、デートしてどうだったとか、毒にも薬にもならないことばかり……」

彼女はスマホをオフにした。

「お前もクラスに、好きな男子とかいないのか？　あるいはその、ネットで出会ったり

「気になるのか？」微笑みながら、彼女は横目で僕の方を見た。「君が心配するようなことはない。私が忙しくしているのは、君もよく知っているだろう。それに同世代の女の子が騒いでいるような恋愛ごっこに、私は興味ないからね。おかげで好きな男子どころか……」

彼女はまた吐息をもらすと、窓の外に目をやった。

どうやら、クラスメートとうまくやっていけないことを気に病んでいるのではないかと、僕は思った。学校では〝森矢沙羅華〟として普通の女の子らしくふるまってはいるのだろうが、〝地〟の〝穂瑞沙羅華〟が時折頭をもたげてきて、なかなかうまくいかないということだろう。

「けどお前だって、他のクラスメートみたいに、いずれは誰かと……」

「私が？　考えられないね」

外の景色をながめながら、沙羅華が首をふる。

「どうしてそう言い切れるんだ？」

「その話はもういいだろう」

「自分の研究で忙しいからか？」僕は彼女の膝《ひざ》の上にあるバッグに目をやった。「仕事か恋か……。ひょっとして両備さんも、そこのところを決断できずにいるのかも」

「そんなことに引っかかっていたら、成功する実験も成功しない。どうも彼のやっていることは、ブレている気がする。悪い人じゃないみたいだけど、膨らみ切った夢と自分の実力のギャップに、本人も苦しんでいるんだと思う」

「そこをお前がきちんと説得して、研究をあきらめさせることができれば、あの二人も新たな道を歩み出せるんじゃないのか?」

沙羅華は窓の外をながめたまま、何かを考えている様子だった。

僕はかまわず、話しかけた。

「けど、無理に研究をやめさせて彼女と一緒になったとしても、彼は後悔するかもしれないしなあ。すると二人は、うまくいかなくなるだろう」

「他人の恋路にかまっている暇はない」彼女は窓ガラスを、指で軽くたたく。「陽子崩壊と同じで、壊れるときには壊れる。ただそれだけのことだ。そんなことはどうしようもないし、やはり本人同士の問題だ。他人がとやかく言うことでもない」

彼女の話を僕なりに整理すると、恋愛事情は他人が口出しすることではないし、研究に夢中になっている彼に対してはどんなアドバイスも意味をなさないだろうということのようだ。

「つまり、引き受けないということか?」

僕は率直にたずねてみた。

しかし彼女は返事をせず、またスマホをオンにしている。どうやら今度はSNSではなく、僕が送った依頼リストを見直しているみたいだった。

他の依頼を引き受けてくれるのならそれでもいいかなと思いながら、僕は何気なくつぶやいた。

「でもこの依頼はもしかすると、お前が今『興味ない』と言った部分――つまり〝恋愛ごっこ〟について、少しは理解するきっかけにもなるんじゃないのか？　それに興味のないことでも、いつもと違うことをやってみると、仕事の方で思わぬヒントが得られるかもしれないし……」

スマホをオフにした彼女は、窓の外を行き交う車や人々に目をやりながら言った。

「分かった。引き受けよう」

今までの話の流れからすると、ちょっと唐突な気がした僕は、「え、本当か？」と聞き直した。

「依頼を受けるんだから、話はしてみる。方法は、私の方で考える」

力強くそう言われても、僕には彼女が引き受けた理由がよく分からず、「でも何で？」とつぶやいてしまった。

「だって、彼にあきらめてもらわないことには、私のEPSテストのスケジュールにも影響が出るかもしれないじゃないか。それに真の依頼者がリッチだったら、割り増しにしてさらにお金をふんだくれるだろう。こんな依頼はさっさと片付けて、私はEPSの方に専念したい。何とか成果を出さないと、私もつるし上げられるからね」

彼女はシートを倒すと、そのまま目を閉じた。

「とにかく、今日はこれぐらいにしておいてほしい……」

沙羅華が家に入るのを見届けた後、僕は会社へ戻り、その日の仕事を片付けてしまうことにした。まず樋川社長に彼女が仕事を引き受けてくれたことを伝え、それから自分の席に戻って田無先生にも電話を入れてから、契約書の準備を始める。時計を見ると、定時はもうとっくに過ぎていた。

守下さんが、机の上を片付け始めている。

そんな彼女をぼんやりと見つめながら、ふと気づいたことがあった。実は両備さんの助手の亜樹さんが、僕の知っている誰かに似ているような気がしていたのだが、それがどうやら守下さんだったのだ。もちろん、外見はまるで違うのだけれども、キャラクターとか雰囲気は、割と似ているかもしれない……。

「どうかしたの？」

彼女に声をかけられて、僕は我に返った。

「いや、別に……」

そして彼女は僕に向かって、笑顔で頭を下げる。

「じゃあ、お先に失礼します」

僕が「お疲れさま」と言うと、彼女は軽く片手をあげ、先に帰っていった。

契約書の草案《ドラフト》をプリントアウトして、社長と田無先生にお見せすればいい状態にした後、僕はカウンセリング部の倉内さんを訪ねた。

そして彼のカウンセリング室で、予約を入れていた個人レッスンを開始してもらう。

机と椅子の他に、ソファがある程度の小さな部屋だ。

途中で倉内さんは、「何か悩み事でも？」と、僕にたずねた。

僕がぼんやりしているので、気づかれたようだ。

「君の悩み事といえば、彼女のことかな？」と、彼が言う。「話して楽になるなら、今、話してくれてもいいよ。何しろ、それがカウンセリングなんだから」

僕は額をぽりぽりとかきながら、「いろいろ話せないこともあるんですが」と前置きし、今回の依頼について、助手の女性のことを含めて彼に打ち明けた。

「単にミッションを進めればいいだけじゃなくて、僕の勘では恋愛もからんでいるみたいなんですよ。それを穂瑞先生とやることになったんですけど、何とかうまくいけばいいなと思って……」

倉内さんは二、三度うなずいた後、僕に言った。

「穂瑞先生の専門分野は、カウンセラーの出る幕じゃない。先生がうまくやるだろうし、君が心配することでもないだろう。問題は、その恋愛要素かもしれない。それがどう影響するか、私にも読み切れない面がある。穂瑞先生に、そうしたデリケートなエレメントをうまくこなせるかどうかは、怪しいと言わざるを得ないからね」

「それはどうしてですか？」

「彼女、恋愛には興味がないというようなそぶりを周囲に見せているかもしれないが……。失礼ながら興味がないというより、彼女自身が恋愛というものを、十分に理解しているとは思えないからだ」

恋愛に興味がないというのは、確かに彼女自身が、僕にもつぶやいていたことだった。

「倉内さんには、どうしてそんなことまで分かるんですか？　まだそれほど彼女と話したこともないでしょうに……」

「職業柄、と言いたいところだが、直感でも何でもなく、彼女のようなタイプにはありがちな傾向の一つとする考え方もあるんだ。ただ、そんなことは私の思い過ごしで、彼女が手際よく進めていくことも考えられる」

彼は僕の肩を軽くたたいて、話を続けた。

「まだ依頼を引き受けたばかりなんだし、しばらくは彼女のお手並みを拝見してればいいんじゃないか？　ただ恋愛問題に触れたときは、彼女よりむしろ、君がアドバイスしてあげた方がいい場合もあるかもしれない」

「僕が、ですか？」

「そう心配しなくても、陰ながら、私も相談にのらせてもらうよ」

そう言って、倉内さんは優しく微笑んだ。

10

八月二十四日の金曜日の朝、僕は沙羅華とともに、〝むげん〟の中央制御室に入った。すでに両備さんが、助手の亜樹さんや数名のＪＡＰＳＳのスタッフたちとともに、実験前のセッティングを始めている。

沙羅華は両備さんたちに挨拶だけすると、制御室の後ろの方へ移動し、様子をながめていた。

「今回は陽電子を使わず、電子・電子衝突でいくみたいだな」

彼女は小声で、僕に解説してくれた。

彼らの実験に与えられた時間は、正午から二十四時間の予定らしい。出力を徐々に上げていき、可能であれば最大出力近くまで試してみるようだ。

彼らの作業をながめていても仕方ないので、僕たちはクロスポイントで待機していることにした。セッティングが完了すれば、彼らも自分たちの観測室に移動して、実験の進み具合を見守ることになる。

両備さんと亜樹さんが中央制御室を出たのを確認してから、僕たちは彼らの観測室を訪ねてみた。

「見学させてもらってもいいかな」

沙羅華がそう聞くと、彼は笑顔で出迎えた。

「もちろん。光栄です」

「施設面でアドバイスできることがあったら、何でも聞いてくれていい」

「ありがとうございます」彼はパソコンが置かれた机の前に座った。「さあ、人生を賭《か》けた実験の始まりだ」

中央制御室は他のスタッフが大勢いて、人の出入りも結構あるが、この観測室はほぼ個室状態になっている。彼も僕たちも、ここなら気兼ねなく闇研の話ができると思った。表向きはともかく、彼の主眼はあくまで、一対のワームホールの生成と維持にあるのだ。

僕たちは、亜樹さんが紙コップにいれてくれたコーヒーを飲みながら、実験開始を待つことにした。

「ダークマターの方は聞いても仕方ない」沙羅華が近くにあった椅子に腰かけ、話し始めた。「計画書に書いてあるからね。書いてない方をもう少し聞いておきたい」

「人工ワームホールについても、昨日話した通りだが」と、両備さんが答える。

「その先のことも……。あなたのタイムマシン製造計画は？　それはまだ説明してもらってなかった。ただワームホールを作ればいいわけではないだろ？」

「一応、考えてはいる」彼はマーカーを手に取り、ホワイトボードに書きながら説明を始めた。「ざっと四つの段階を想定していて、第一ステップは現在進めている、ワームホールの生成と制御だ。まず、これを目指す。第二ステップは、ワームホールに時間差を生じさせること。そして第三ステップでは、ワームホールに探査機などを投入して、無人実験をくり返す。第四ステップは言うまでもなく、有人実験だ」

「計画の全体像は、何となく分かる」ホワイトボードをながめながら、沙羅華がつぶやく。「しかし最初からしくじりそうだな……。そもそも、研究資金は？」

「ワームホール生成に成功してそれを公表すれば、資金はいくらでも得られるだろう。先のステップにも進める」

彼女が首をかしげた。

「そんなにうまくはいかないと思うが……」

「とにかく、まずは第一ステップで、粒子を高エネルギーかつ高い精度で衝突させることによって、肝心のワームホールを生成する。計画はもう始まっているんだ」

彼は、亜樹さんがいれてくれたコーヒーに口をつけた。

「悪いことは言わない」沙羅華はバッグから、バニラスティッキーのパッケージを取り出した。「人工ワームホールを含めて、あなたのタイムマシン研究は考え直すべきだ」

やっと問題解決に向けて動き出したと思って、僕は内心ホッとしていた。

しかし二人を見ると、黙ったままにらみ合っている。

亜樹さんは、ゆっくりと両備さんの背後に移動した。

「何故、考え直さなければならない？」

落ち着いた口調で、彼がたずねる。

「成功しないからだ。この実験だって、あなたの期待するようなことは何も起きない」

「何も起きないと確信しているからといって、それを君が止める理由にはならないだろう」

「あなたは、何か起きるまでやろうとする。何も起きなければ、起こそうとさえするかもしれない。それが問題なんだ。確か、アスタートロンへ行って続けるとか言っていただろう」

「ああ。ここで問題を洗い出して、電子衝突型の感触をつかむつもりだ。本命は、アスタートロンの方になる」

唐突に亜樹さんが、彼に話しかけた。

「でもそれは……」

しかし両備さんが見つめると、彼女はうつむき、「いえ、何でもありません」と言った。

沙羅華がホワイトボードを指さす。

「計画の進め方も疑問だ。おそらく第一ステップでいきなり、もたつくだろう。するとさっきも言ったように、資金的な問題にも直面してしまう。そもそもワームホールの生成は、どうやって確認するつもりなんだ?」

「それも考えている」と、両備さんが言う。「ワームホールそのものだけでなく、周辺の変化でもとらえられる。衝突パターンに変化がみられるのはもちろん、一対で発生したワームホールの間で素粒子の移動があれば、それは軌跡にも現れる。ワームホールを通過した素粒子は、光速よりも速く別なポイントに移動しているはずだから、そうした変動からも推測できる。また衝突点におけるエネルギーの総和が予測値よりも少なければ、ワームホールから抜け出たことも考えられるだろう。最悪、ワームホール発生にともなう測定器のダメージで分かる」

「そんな無茶《むちゃ》な……」僕は思わず声をあげた。「測定器を壊してしまったら、次回からの実験はどうするつもりなんだ？」

彼のそういうところを、依頼者も問題視しているのだと僕は思った。

「まあいい」沙羅華は笑いながら、スティッキーをかじっている。「ワームホールが確認できたとしても、タイムマシンにまで計画を進めていけるかどうかは疑問だな。そのままだと数マイクロ秒以下で崩壊してしまって、タイムマシンに利用できるものにはならない」

「ワームホールを拡張し、さらに制御すればいいだけだろ？」と、両備さんが言う。

「制御しようにも、ワームホールそのものに電荷はない。電子や陽子のように、電磁気力で保持はできないだろう。考えられるのは〝負のエネルギー〟か、それに替わるエネルギーによる制御ぐらいだ。そうした何らかのエネルギーが得られなければ、せっかく発生したワームホールも消滅してしまう」

しばらく考えた後、両備さんがつぶやくように言った。

「保持に必要な負のエネルギーは、さほど大きなものではないはずだ。それに高エネルギー状態においては、刺激された真空から、ワームホールと同時に負のエネルギーをもった物質――〝エキゾチック・マター〟の一種が発生すると思われる。負の質量や〝虚質量〟をもった物質とかだ。加速器の出力を上げれば、ひょっとして……」

「加速器は、打ち出の小槌《こづち》じゃない」不機嫌そうに沙羅華が言う。「ワームホールだの、エキゾチック・マターだの、そんなに都合よく出せたりはしない。それにタイムマシンが目的なら、生成して保持するだけでなく、二つのワームホールに時間差を生じさせなければならないわけだろ？　肝心の時間差を、どうやって生み出すつもりなんだ？」

「いや、それは……」彼は顔を伏せた。「それはワームホールの生成と並行して考えても間に合うだろう」

どうやらその点に関して、今の彼には有効なアイデアがないのかもしれない。

僕は、たまたまひらめいたことを、沙羅華に聞いてみた。

「でもワームホールは、ショートカットみたいなものなんだろ？　二つのワームホールを引き離せば引き離すほど、時間差の効果は出ることになる」

「だから、どうやって引き離すのかが問題なんじゃないか」彼女が面倒そうに言う。「彼が答えに窮するのも当然だ。そもそもタイムマシンなんて、宇宙の法則に反すると考える向きもあるからね」

「宇宙の法則？」僕は聞き返した。

「ああ。この宇宙は、因果律で成り立っている。その因果律を崩すことはできない」

「そうだろうか」両備さんが言い返す。「そもそも、すべて因果律に従っていると考えるのは間違っている。大体、何故生まれてきたかは、生まれてから考えるだろ？　因果律が完全に成立していないこの世界なら、タイムマシンが存在する余地はあると俺は思っている」

「しかし時間にのみ注目すれば、時間の流れは宇宙の膨張に比例していて、ある意味、宇宙膨張そのものとも言える。するとタイムマシンは、その膨張を局所的に進めたり遅らせたりしようとするようなものとは言えないか？」

沙羅華の説明を聞いた僕は、率直にタイムマシンなんてできるわけがないと思ってしまった。

「そう難しく考えなくても」微笑みながら、両備さんが言う。「我々が安定したワームホールを作ることさえできれば、それを利用して未来人がやって来るかもしれないし、発明を手伝ってくれるかもしれない」

沙羅華があきれたように、横を向いた。

「モンターグ機構長が心配するはずだ」

「何だって？」

「いや、こっちの話……」彼女が首をふった。「とにかくあなたの計画は、ほとんど思いつきのレベルと言われても仕方ないものだ。『実験すれば何とかなる』では、きっと何ともならない。あなたの夢も計画も、今の科学で、容易に突き崩すことができてしまう」

両備さんは黙ったまま、じっと顔を伏せている。

勝負あったのではないかと、僕は思った。沙羅華は少ない手数で、確実に両備さんを追い詰めたようだ。

ところが彼は何を思ったか、さらに悪あがきのような反論を沙羅華にぶつけたのだった。

「今の科学で否定できても、未来の科学で否定できるかどうかは分からないはずだ」

やや不意をつかれた様子の沙羅華が聞き返す。

「何だと？」

「残念ながら未来人じゃない我々は、まだ時間の謎も宇宙の謎も完全に解いてはいない。たとえば、ワームホールを拡張するのに必要と考えられている負のエネルギーについても、作り方はおろか、その性質さえ分かっていない」

「何が言いたいんだ？」

両備さんが、沙羅華を指さす。

「タイムマシンを作るには、時間の謎、さらには宇宙の謎を解明しなければならないということだ」

面食らっているのか、沙羅華が何も言おうとしないので、僕はまた、思いついたことをそのまま口にした。

「確かに……、時間とは何かを理解せずにタイムマシンを作ろうというのは、女心も知らないで口説こうとしているようなものかもしれないな」

「君はちょっと黙っててくれ」

沙羅華に注意された僕は、言われた通りおとなしくしていることにした。

「そもそもTOE――最終理論が解明されていない」両備さんは彼女を見下ろすようにしながら、話し続けた。「それが解けもしないで、タイムマシンを完全否定することはできないはずだ。逆にタイムマシンの研究は、宇宙の真理の探究とリンクしている。時間旅行の原理を考えるには、当然、宇宙の摂理についても考えなければならないからな。つまりこうした研究を通じて、標準理論や超弦理論を超える未知の理論にも、切り込んでいけるんだ。今回は駄目でも、研究さえ続けていれば、必ず一つの真理にたどり着けるはず……」

そして彼は沙羅華に顔を近づけて、ささやくようにこう付け足した。

「タイムマシンについて考えることは、TOEについて考えることにもなるんじゃないのか?」

スティッキーをくわえたまま、今度は沙羅華の方が黙ってしまった。

硬直状態に陥った僕たちをよそに、亜樹さんがドアの方へ向かっている。

「どこへ行かれるんですか?」と、僕はたずねた。

「ちょっとお弁当を買いに」彼女が腕時計を指さす。「下の管理棟にコンビニがあったから、そこで買ってこようかと思って」

「ここには、食堂もありますけど」

「でも彼――両備先生は、お食事に行く時間がもったいないみたいなので、やっぱり今日はコンビニ弁当にします。それもメモを取ったりするときに片手が空けられるから、いつもサンドイッチかおにぎりがいいみたいなんですけど……、お二人はどうされます？」

僕は沙羅華と顔を見合わせ、首をふった。

「いえ、僕たちは僕たちで、適当にすませますから……」

亜樹さんは笑顔でうなずきながら、部屋を出ていった。

「気がききますね、彼女……」

僕は両備さんに話しかけた。

「そうか？　研究の手伝いより、俺の身のまわりの世話をしている時間の方が長いぐらいなんだぜ……。まあ、いろいろ助けてもらっているのは確かかな。わずらわしく思えるときもあるが、一緒に答えを探そうとしてくれる、数少ない同志だ」

「そういう感覚は、私には分からないね」沙羅華がゆっくりと立ち上がる。「私たちも昼食にしよう」

「え、もう帰るの？」

まだ説得は終わってないのにと、僕は思った。

「昼休みも削って研究に打ち込もうとしているのに、邪魔しちゃ悪いだろ？」彼女が両備さんに向かって、片手をあげる。「じゃあ、午後にまたうかがいます。実験の方は楽しみに見学させていただきますので」

そして先に観測室を出ていくのだった。

僕はあわてて彼女を追いかけた。

「えらくあっさり引き上げるんだな。一思いに説得してしまうんじゃなかったのか？」

歩きながら、彼女が言う。

「彼のやろうとしていることは何もかも無謀だが、最後に言ったことに関しては、合っている」

「最後に言ったこと……。タイムマシンとTOEか？」

「ああ。そのことを持ち出されたら、私には言い返せなくなる。言われてみれば、その通りさ。未来の科学技術は、私にも分からない。そんな私が、安易に『できない』とは言えないわけだ。言い切るだけの知識が、今の私にさえないのだから。

最終理論が解明されていないのなら、彼の計画で何が起きるかは分からない。すると一見、無謀な実験も、意味を帯びてくるじゃないか。それに私だって、時間の本質を見極めたいと思っている一人だからね」

どうやら彼が最後に放った一言は、沙羅華のなかにある、最も取り扱いに注意を要するスイッチを入れてしまった可能性があるようだ。

「じゃあ、依頼はどうする？」と、僕は聞いた。「契約はもう進めてしまっているのに」

「アスタートロンでの実験を断念させればいいんだろ？　時間的な余裕はある。けど、論理的に詰めていっても研究をやめそうにないのは、さっき話してよく分かった」

「お前なら強引に断念させることもできるんだろ？　また裏技を使うとかして……」

「私が裏技を使うと、君はいつも怒るじゃないか」そう言って、彼女が笑う。「確かに、無理矢理《むりやり》断念させる手がないわけじゃない。夢を捨て、彼女を選ばせることもできるかもしれない」

「でもそんなふうにして彼女を選ばせても、彼は自分の夢を犠牲にしたことをずっと悔やみ続けるだろうし、それは彼女を傷つけ続けることにもなる。説得するなら、夢に対する彼の未練を完全に断ち切るというのが理想かな」

　スティッキーを一かじりして、彼女がつぶやいた。

「難しい注文だな……」


　昼食をすませた僕たちは、クロスポイントに戻る前に、中央制御室をのぞいてみることにした。

　坂口主任をはじめとするスタッフたちが、ディスプレイに注目している。両備さんたちの実験は、予定通り正午から始まっているようだ。

　スタッフだけでなく、須藤みたいな野次馬《やじうま》も後ろの方に何人かいた。しかしこの部屋の誰もが、実験はダークマターの物性研究だと信じて疑っていないはずだ。

クロスポイントへ移動し、両備さんの観測室の前を通りかかると、ピアノの音色が聴こえてきた。クラシック音楽のようだ。

沙羅華が中へ入り、彼に語りかける。

「シューベルトの『幻想曲ハ長調』……。別名、『さすらい人幻想曲』」

「その通りだ」両備さんは、曲を再生中のスマホを彼女に見せた。「よく知っているね」

「ああ。印象的なリズムの反復や、大胆な遠隔転調が効果的に使われていることで知られている名曲だ」

そう言えば、沙羅華もクラシック音楽が好きだったことを僕は思い出した。

「俺は曲もさることながら、『さすらい人幻想曲』というタイトルも気に入っている」と、両備さんが言う。「今回の実験のＢＧＭにはぴったりだろう……。何だか君とは、音楽の趣味が合いそうだな」

沙羅華が、「音楽は、〝時間芸術〟だ」とつぶやいた。「ある意味、時間そのものを楽しんでいるといえる」

それを聞いた僕は、なるほどと思った。どうやら彼女のクラシック好きは、時間に対する関心の結果なのかもしれない。

「そもそも時間は、生きているからこそ感じられると思わないか?」両備さんは、自分の胸のあたりを指さした。「時間の本質はまだ分からないにせよ、それを測る何らかの〝物差し〟は、こっちの中にあるのかもしれない」

微笑み合っている二人を見ながら、僕は首をひねっていた。

「今回の改造には感謝してるよ」両備さんが沙羅華に言う。「電子ビームは極限まで細くした上で、エネルギーをスムーズに上げることができている」

机の上のディスプレイを見ると、素粒子の軌跡が、まるで花火のように広がっていた。

ただ個人的には、現代物理に詳しくないばかりにこんな感想しか出てこない自分が、ちょっと情けなくもある……。

「ぼんやり見ていても仕方がない」沙羅華が僕の肩をたたく。「そろそろ退散しよう」

「え？」僕は彼女の耳元でささやいた。「退散って、説得はどうするの？」

しかし彼女は、返事をしてくれない。

そのまま僕たちは、両備さんたちに挨拶をして、観測室を出たのだった。

荷物を取りにＳＨＩへ戻った後、僕は言われるまま、彼女を車で家まで送ることになった。


「両備さん、気合い十分みたいだったな」

〝むげん〟を出発してしばらくしてから、僕は助手席の沙羅華に話しかけた。

「気合いでワームホールができたりするもんか」彼女は何故か、バックミラーを気にしている。「それから綿さん、いつもとは違うコースを走ってくれないか？」

「どうして？」

「後ろの車に、つけられているような気がする」

僕もバックミラーを確認した。

「気のせいじゃないのか？」

次の交差点で、僕は車を右折させてみた。

すると、確かに後ろをついてくるように思える車が、ないわけではない。

「気づかないのか？」と、彼女が言う。「今日だけじゃない。かなり以前から、妙な気配は感じていたんだ。私が帰国してからは、露骨に追い回してくる」

「お前を狙っているマスコミとか、ストーカーということも考えられるよな」

本当に尾行されているのだとすれば、うっとうしい話だと僕は思った。

「私の思い過ごしなら、いいんだが……」

沙羅華が助手席のシートを倒す。

僕はドライブデートだと思って、そのへんを走ってから彼女の家を目指すことにした。

「そもそも、どうして〝むげん〟を出ちゃったんだ」僕はシートに横になっている彼女にたずねた。「説得はあきらめたのか？」

「一筋縄ではいきそうにないからだ。隣で聞いてただろ？　理詰めで説明することにもつまずいてしまった」

「理屈で説き伏せられないのなら……。情に訴えるとか？　両備さんに僕たちのラブラブぶりを見せつけて、研究意欲を失《な》くさせるという作戦は？」

沙羅華を見ると、無言で却下しているのがよく分かった。

「そもそも、依頼者も私を買いかぶっている。彼を説得するのは、私でもきっと力不足なんだ」

「つまり彼には、人が何を言っても駄目ということか」僕は舌打ちをした。「自分自身で気づくのが一番いいんだろうが……」

彼女が急に、シートを起こす。

「そうか、自分自身か……」

「どうかしたのか？」と、僕はたずねた。

「名案を思いついた。よし、こうなったら……」

「こうなったら、どうするんだ？」

それがどんなものかは知らないが、僕は素直に喜ぶ気にはならなかった。彼女の名案というのは、大体ロクなことにならないからである……。

「こういうヒントを授けてくれるから、君という人は侮れないんだ。少々手が込んでいるが、できないことはない」

「だから、何をする気だ？」

「君には言わない。君はすぐに顔に出るからね。とにかく、引き返してくれ」

「また〝むげん〟に戻ると？」

「尾行されているのなら、そっちの面でもその方がいいだろう」

「戻ってどうする？　早速、説得する気になったのか？」

「違う。彼の観測室じゃなくて、ＳＨＩの方だ。事務所ですることがある」

沙羅華は自分のバッグから、グラスビュアを取り出した。彼女が愛用している、眼鏡《めがね》型の情報端末だ。

「それと、依頼者が示していたプラスアルファ分だが、少々高くついてもいいかどうか、確かめておいてほしい」

グラスビュアを操作しながら、彼女は一人で微笑んでいた。

自分の経験で言うと、こういうときの彼女の微笑みは、最大級の警戒を要することが多い。気がつくと、至福と奈落を激しく行き来するジェットコースターの搭乗券をつかまされていたということもあり得るのである。

そんな胸騒ぎをおぼえながらも、僕は彼女を再び事務所に送り届け、その日は彼女と別れたのだった。

11

翌日の土曜日の朝、僕は沙羅華と作戦会議の続きがしたかったのだが、メールも電話も、返事がない。それで仕方なく、〝むげん〟にある彼女の事務所へ行ってみることにする。

彼女はすでに、部屋の中にいるようだった。

ドアを開けると、彼女が英語で、誰かと電話をしていた。

僕に気づいた彼女はあわてて電話を切り、作り笑いを浮かべた。

「おはよう、綿さん」

僕も彼女に挨拶した後、「中央制御室か、両備さんの観測室へ行かないのか？」と聞いた。

「行かなくても、中央制御室とまったく同じデータを、ここでもモニターできる」

「そうじゃなくて、説得はどうする？」

「もちろん、タイミングを見計らって、会うつもりだ」

沙羅華はパソコンに向き合い、何やら入力をし始めた。

それをじっとながめていることに耐えられなかった僕は、彼女にたずねてみた。

「彼の実験、本当に大丈夫なのか？」

「何が大丈夫なんだ？」

「本当にワームホールができたりしないのかということだ」僕は彼女に顔を近づけて続けた。「大きな声では言えないが、以前、僕たちが大学のゼミで、宇宙が作れるかをめぐって討論《ディベート》をした後、お前がこの〝むげん〟で……。あのときの実験に比べれば、ワームホールも可能かもしれないと思えることがあるんだ。もしも〝ルミノシティ〟が上がらない状況が続くことにでもなれば……」

「それ以上、言うな」彼女は叱りつけるように僕を見つめた。「ワームホールができれば、嫌でも分かるさ」

彼女に「言うな」と言われれば黙っているしかないが、あのときの実験を、僕は忘れることができない。彼女はかつてこの〝むげん〟において、同じような状況である実験をしたことがあるのだ。

あのときは初期調整が不十分で、ルミノシティ――つまり粒子の衝突確率のようなものが上がらない状態だったのだが、彼女は確かそれを逆手に取り、粒子をニアミスさせることで時空間のひずみを蓄積できないかと考えていたようだった。ただ、現在の〝むげん〟は調整も万全で、僕が心配するような問題はまったく起きないはずなのだが……。

そんなことをぼんやり考えていると、彼女はパソコンの電源を切り、立ち上がった。

「じゃあ、そろそろ行くか……」

やっとその気になってくれたかと思い、僕は彼女のあとをついていった。

しかし彼女は、両備さんの観測室の前を素通りし、エレベータ・ホールに向かっている。

「どこへ行く気なんだ？」と、僕はたずねた。

「もうじきお昼じゃないか。食堂に決まってる」素っ気なく彼女が答える。「嫌ならついてこなくていい」

それから僕は、彼女と昼食をすませることになった。時計を見ると、彼らの実験のために与えられた時間は、この間に終了してしまっていたようだ。

沙羅華がようやく観測室を訪ねたのは、その後だった。

徹夜したらしく、二人とも疲れ切った様子を隠せないでいる。

亜樹さんが、僕たちにコーヒーをいれてくれた。

「言いたいことは分かる」両備さんもそれを飲みながら、沙羅華の方を向く。「結局、何も起きない。これじゃ、研究論文にもできない……」

両備さんは僕たちの前で、あっさりと実験失敗を認めた。

「いや、論文ぐらいは書けるだろう」と、沙羅華が言う。「ただし、表のテーマでよければだが。モニターしていて、いくつか面白い事象があった。私なりの考察を加えて、あとでデータのコピーを渡そう。明日の朝十時ごろ、場所はまたここでいいかな？」

「ああ。すまない……」彼は沙羅華に向かって、頭を下げた。「何か、失恋した気分だな」

「〝科学〟という名の、魔性の存在に対してか？」沙羅華が微笑む。「ただ〝むげん〟では、あなたが思い描く夢に対して、出力不足だったんだと思う」

「そうだな。やはり研究は、アスタートロンの方が本命になるだろう」

「しかしアスタートロンは、〝むげん〟よりさらに巨大な施設だし、管理も厳しい。抜けがけの実験なんて、できないんじゃないか？　もっとも、あなたがやろうとしているような実験なんて、いくら陳情したって、できっこないだろうが……」

そのとき、中央制御室から両備さんに内線電話がかかってきた。どうやら、〝むげん〟を一旦停止させていいかどうかの最終確認らしい。

やむなく彼は同意し、直《ただ》ちに実行に移されることになる。

彼が受話器を置いてしばらくすると、ディスプレイの一角が赤く点滅し、アラーム音が聞こえ出した。

沙羅華がディスプレイをのぞき込み、それを確かめる。

「ビームダンプのようだな。二か所あるうちの一か所で、何らかの異常が発生したと知らせているようだが……」

先日、バッチャリで通り過ぎたところだと、僕は思った。

「まったく、泣きっ面に蜂《はち》だな」

両備さんがため息をもらす。

「けど、何かしら？」亜樹さんが首をかしげた。「ビームダンプにそれほどの負荷はかかっていないはずなのに……」

「考えられるのは、センサーの誤作動ぐらいだ」

沙羅華は中央制御室に内線で連絡を入れ、誤作動であることを確かめている。

そのとき僕の頭に、ある映画のワンシーンが思い浮かんできた。

「ひょっとしてビームダンプの中は、『ターミネーター』でアーノルド・シュワルツェネッガーが登場するシーンみたいなことになってたりして……」

「つまり、誰かが時間移動を？」と亜樹さんがたずねた。

「まさか」両備さんが笑って否定する。「ワームホールが観測されるとすれば、衝突点だ。ビームダンプだと、そこからは大分離れている。その間、どうやって移動したかの説明もできないだろう。穂瑞さんの言う通り、ただの誤作動じゃないか?」

「あなた方が出力を上げ過ぎたのかもしれない」ディスプレイを見ながら、沙羅華が言う。

「異常があったとしても、せいぜい放電現象で、一時的なものだ。念のため、インターロックの解除後、私が確かめておこう。中央制御室にも連絡しておく」

「別にそこまでしなくても……」と、両備さんがつぶやいた。

「どうせ何もないさ。それにあなた方は、中央制御室に挨拶に行かないといけないだろ?」

沙羅華が立ち上がったので、僕たちはそこで両備さんたちと別れることにした。

僕が彼女のあとをついていこうとすると、ビームダンプへは彼女一人で行くと言う。

「君が行っても、何も分からないじゃないか。今日はもう、先に帰りたまえ」

「じゃあ、両備さんの説得は? アスタートロン行きは断念してないみたいだったし」

「君はそればかりだな。今日は彼らも疲れているし、説得は明日にしよう」

「でも彼らの実験は、今日で終わりじゃないのか?」

「撤収作業もあるし、中央制御室以外の各方面にも挨拶しないといけないだろう。だから彼らは、明日もここまで出てくる。第一、私が明日会う約束をしたのを、君は聞いてなかったのか?」

そう言われれば、確かにそうだった。おそらく明日が、彼らを説得できるかどうかの山場になるのかもしれない……。

僕はそんなことを考えながら沙羅華と別れ、〝むげん〟を出ることにした。

日曜日の午前十時前、僕が〝むげん〟のＳＨＩへ行くと、彼女はすでにパソコンに向かって、何やら作業を続けていた。

僕には彼女が、いつになく緊張した面持ちのようにも見える。

両備さんが使っていた観測室では、彼と亜樹さんが待っていた。部屋の片付けは、ほぼ終わっているようだ。机の上には、荷物を一杯詰め込んだ彼のバックパックが置いてある。

亜樹さんが、「こんなのでよければ」と言って、僕たちに缶コーヒーを渡してくれた。

見た目にも落胆しているのが分かる両備さんに、沙羅華がメモリーカードを渡す。

「昨日も言った通り、表の研究に使えそうなデータと、私なりの考察だ。追認にすぎないだろうが、これも参考にしてもらえれば幸いだ。ＩＪＥＴＯの上層部も、それなりに評価してくれるだろう」

「ありがとう……」

両備さんはそれを、バックパックのサイドポケットにしまった。

「とにかく〝むげん〟でのあなたの実験は、これで終了したわけだ」沙羅華が、そのバックパックをポンとたたいた。「それで、これからどうする？」

「言ったはずだ。アメリカへ行って、アスタートロンで研究を続ける」

亜樹さんが戸惑ったような表情を浮かべたが、彼はかまわず話し続ける。

「今回同様、ダークマターの研究を盾にして、計画を進めるつもりだ」

「でも……」亜樹さんが彼を見て言う。「ここで何らかの感触を得られないまま、他の施設へ行くのは、少し急ぎ過ぎのような……」

「いや、ワームホール生成には、高エネルギーのアスタートロンが有利なのは言うまでもない。あっちのチームに参加したいという申請も、すでに出してある。ただこっちの上層部からは、慰留されているが……」

沙羅華が笑いをこらえるようにしてつぶやいた。

「そうだろうな……」

僕は、いよいよ彼女が本気で説得に乗り出すのではないかと思って見ていた。

しかし沙羅華は彼ではなく、亜樹さんの方を向いてたずねた。

「亜樹さんは、これからどうするの？」

彼女はゆっくりと、首を横にふる。

「実は私、一人娘で、両親のことも心配なので、とても海外へは……」

「アキティはアキティだ」と、両備さんが言う。「いや、それが彼女のニックネームなんだが、とにかく俺はあきらめるつもりはない。たとえ一人になっても、小刻みに成果を出しながら続けていくしかないと思っている」

「できるのか？　本当にあなた一人になっても」と、沙羅華がたずねる。

「いや……」両備さんは、バックパックのサイドポケットに軽く触れた。「よければ……、君にも協力してもらえるとありがたい」

「おいおい」僕は思わず声をあげた。「いくら何でも、それはないだろう」

「はっきり言って、僕ら二人で続けるには、限界があると思う。その限界を破らないことには、成果は出ないのかもしれない。だから穂瑞さんを女と見込んで、お願いする」

深々と頭を下げる両備さんを、沙羅華は黙ったまま見つめていた。

かまわず、両備さんが続けて言う。

「君には君の研究があることは、よく分かっている。けど君と俺が、このまま別れてしまうのはどうだろうか。正直に闇研のことを打ち明けたのは、そのときにはすでに協力してほしいと思っていたからかもしれない。せめてアドバイスだけでも……。もちろん、タダとは言わない。お礼はさせていただく」

「お礼って、そんなお金、あるんですか？」と、僕は聞いた。

しかし彼は僕の質問には答えず、沙羅華に一歩近づいて言う。

「これは僕のためだけじゃない。君も、このまま終わっていいのか？」

沙羅華が首をかしげた。

「どういう意味だ？」

「最大の問題は、時間の本質だ。君は知りたくないのか？　どうして時間は一方向にしか流れず、逆行できないのか？　何故、〝プランク時間〟というような最小単位があるのか？　そもそも時間とは、一体何なのか……？」

「しかし時間は、科学における最大の謎の一つだ。そう簡単には解けない」

「その通りだ」と、両備さんが言う。「『時間とは何か』は、君が関心を示しているTOE——最終理論より難問かもしれない」

僕には彼の言っていることがよく分からず、「そうなんですか？」と聞いた。

「何故なら、TOEがどんなものであれ、方程式で表されるだろうが、時間は〝原理〟だからだ。つまりTOEの背景として、すでに時間が定義されている。時間を考えるということは、それを根本から疑うということであり、物理学というより、哲学になってくるかもしれない」

「つまり時間は、物理学上のあらゆる方程式の基本となる単位であり、原理だと？」

「ああ。そしてその原理に切り込んでいかないと、もちろんタイムマシンはできないし、TOEの完成もないだろう」

両備さんは、沙羅華を指さして続けた。

「君にとっても、これはいい機会なんじゃないのか？　何故ならタイムマシンの開発のためには、我々がベースにしている、時間そのものの謎を解かねばならない。そしてそれは、君が最終理論にアプローチするための、またとないチャンスに他ならない」

しばらく思案していた様子の沙羅華は、しっかりと両備さんを見つめて答えた。

「分かった。協力しよう」

僕は目を瞬かせながら、沙羅華に聞いた。

「何だって⁉」

2　デート

1

沙羅華は微笑《ほほえ》みを浮かべながら、僕を見つめてくり返した。

「だから、両備さんの研究に協力すると言っている。彼が自分で認めた通り、このままだと行き詰まるのは間違いない。それにタイムマシンの実験というのは、理想的にはパートナーがいた方がいいいんだ。相対する座標系にそれぞれ誰かいないことには、時間移動を確かめられないからね」

「いや、それは……」両備さんは、〝パートナー〟という言葉が少し引っかかったようだった。「そういう面では、アキティがいてくれているし……」

亜樹さんは、ややつまらなそうな表情を浮かべてうつむいていた。

「そうだな」沙羅華はあえて、亜樹さんの助手としての資質に触れるようなことはせずに、話を続ける。「じゃあ、私のスタンスを最初に確認しておこう。これもあなたが言った通り、私には私の研究がある。だから私は、あくまでも〝アドバイザー〟から始めるつもりだ。つまり、あなたの計画に対してアドバイスはするが、私からはアイデアを出さない。

そうでないと、私の研究になってしまうからね。それでもいいかな？」

両備さんは一瞬、躊躇《ちゅうちょ》する様子を見せながらも、大きくうなずいている。そして沙羅華に隷属することを決意したかのような返事をした。

「お願いします」

「では早速、アドバイスすべきことがある。何から何まで問題だが、何よりまず、資金面だ。公的な研究ではないのだから、続けるには私的な援助者——平たく言えば、スポンサーが必要になってくる。あなたさえよければ、紹介させてもらうが」

「心当たりは？」

「もちろんある。私も何度か、お世話になった。そもそも私の計画は、銀行のご理解を得られるようなものばかりじゃないのでね」

彼女はしばらく、顔を伏せて笑い出すのをこらえていた。

「それはやはり、会社組織ですか？」と、彼がたずねる。

「会社も持っているが、突き詰めれば個人だ。名前は、ティム・マーティン。いわゆるネット長者なんだが、道楽で投資もやっている」

僕は取りあえず、自分のスマホで調べてみることにした。しかし名前は結構引っかかるようなのだが、どれも同姓同名らしかった。

「闇《やみ》の投資を堂々とネットで告知するほどの、馬鹿《ばか》じゃないさ」と、沙羅華が言う。「彼は表立ってプロフィールを公開しないようにしている。あなた方のために少しだけ補足すると、日系人で、かなり高齢の男性だ」

「ということは、今はアメリカかどこかに？」

僕がたずねると、彼女は軽くうなずいた。

「金になりそうな研究には、惜しみなく出資してくれる。と言っても、加速器を丸ごと作るほどの資金はないが、あなたの研究環境はかなり良くなるはずだ。ただし、彼が納得するようなプレゼンテーションが、あなたにできればの話だが」

「それだと、計画を洗いざらい話さないといけないのでしょうか？」と、亜樹さんが言う。

「それでもし、出資は断念するなんて言い出されたら……」

「心配はいらない。口は堅いし、秘密を漏らすようなことはない」

「でも出資するならするで、あれこれ口出ししてくるんじゃ……」

「それは当然だろう。金を出すんだから」

「いや、そもそも金になるのか？」僕は首をかしげた。「言っちゃ悪いが、うまくいくかどうかも分からないのに」

「金にする方法はあると、私は思っている。すべてはプレゼンテーション次第だな。それが伝わらなければ、彼が引き上げるだけのことだし、綿さんが心配することじゃない。両備さんはどうなのかな？」

「そりゃもちろん、援助してもらえるのはありがたい」と、彼が言う。

「じゃあ、早速呼ぼう」彼女はスマホを取り出した。「彼の方の用意もあるだろうが、早ければ三日後には到着できるだろう。研究の中身は直接会ってから伝えることになるけれども、私がかかわることなら、興味を示してもらえるはずだ」

メールの文面を打ち続ける沙羅華を見ながら、ティム・マーティンとは一体、どんな人物なのだろうと僕は思っていた。

「さて、肝心のアドバイスだが」彼女はメールを送信した後、両備さんを見つめた。「あなたも知っての通り、そこにいる男の会社を通じて、私はコンサルティングみたいなこともやってるんだ。できればそこを通して、きちんと契約してほしい」

「いきなり金がいるのか。出資者の話から始めるので、おかしいとは思ったが……」

「さっき、『礼はする』と言ったじゃないか」

「分かった。出資者の意向にかかわらず、当面は俺《おれ》の貯金で何とかしよう」

そして僕は沙羅華に、契約書の用意をしておくように頼まれた。

「良かったな。仕事が一つ取れて」

そう言って彼女が、僕の肩をたたく。

しかし今、うちの会社では、両備さんを説得するという内容で田無先生と交わそうとしている契約書の草案《ドラフト》が、社長の了承待ちの状態になっているはずだ。それはここでの話の内容と、完全に矛盾している。このまま進めてしまうと、二重契約になるのでは……？

今日は日曜日だったが、社長にメールを入れておいた方がいいかもしれないと僕は思った。何せ沙羅華は我が社にとって、重要かつ要注意人物なので、何か問題行動があった場合は社長に伝えることになっているのだ。

僕がそっと廊下に出ようとしたとき、僕のスマホが急に鳴り出した。

沙羅華のスマホにも、同じタイミングで着信があったようだ。

見てみると、坂口主任から関係者への一斉メールで、〝むげん〟に不審者が出没しているようなので、注意を呼びかけるという内容だった。不審者や不審な荷物などを発見した場合は、直《ただ》ちに管理課あるいは警備員に連絡してほしいという。

「何だろうな……」

気になったのか、沙羅華が直接坂口主任に電話を入れて、確かめている。

それによると、坂口主任も直接見たわけではないが、昨夜から施設内で不審者の目撃情報が数件あったらしい。ところが監視カメラには映っていないので、主任も首をかしげているとのことだった。

「何者かの気配というのは、私も少し前から気になっている」

沙羅華は主任にそう伝えていた。

〝むげん〟サイドとしても、今のところその正体は不明なものの、念のため、各部署の担当者からの一斉メールで注意喚起するとともに、今後は警備員も増強したり、セキュリティ・チェックを厳しくしたりするなどの対策を取るようだ。

沙羅華は電話を切ると、両備さんに向き直った。

「次に具体的な進め方だが、ご存知のように私のあとの予定がつかえているから、初期対応としてはなるべく集中的に済ませてしまいたい。ただしこの観測室はもう使えないし、そもそもあなた方は、もう戻らないといけない。かと言って、ネットでやりとりするのは危険だ。どこから情報が漏れるか、分かったものじゃない……」

「じゃあ、俺の研究室は？」と、両備さんが言う。

僕は彼に確認した。

「IJETO日本支部、ということ？」

「ああ。陽子加速器と同じ敷地内に、俺の研究室もある。ここからは大分離れているが、それでもよければ」

「じゃあ、そうしよう」

即答する沙羅華に、僕は小声でたずねた。

「〝むげん〟はどうする気だ。エ《E》ンタングルメント・プ《P》ローブ・シ《S》ステムのテストが控えているんだろ？」

「セッティング中は、坂口主任たちにまかせておけばいい。よほどの非常事態でも起きなければ、問題はないと思う」それから彼女は、両備さんに言った。「さっき話した出資者にも、そっち方面の国際空港へ降りるよう伝えておこう。ついでと言っては何だが、陽子加速器も見学もさせてもらおうかな」

僕はさらに、彼女に食い下がって質問してみた。

「おい、せっかくの夏休みをつぶしてしまうことになるけど、それでもいいのか？」

沙羅華が返事をしないでいると、亜樹さんが口を開いた。

「じゃあ、ついでに海水浴は？」

「海水浴？」

僕は聞き返した。

「ええ、支部のすぐ近くに、海水浴場があるの」

「いいところだぜ」と、両備さんも言う。「俺たちも気分転換に、ときどき散歩するんだ」

「もし来られるのなら、水着も用意してきてくださいね」

亜樹さんがそう言って微笑むと、沙羅華が首をふった。

「でも水着は、スクール水着しか持っていない」

「だったら、買えばいいじゃないですか」

「研究室へ行くのは決まりでいいけど、海水浴の方はちょっと、ペンディングにしておいてくれないかな……」

彼女の〝ペンディング〟は、おそらく〝ノー〟という意味だと僕は受け止めていた。

それから僕たちは、両備さんと亜樹さんをエレベータ・ホールまで見送り、その後は沙羅華の事務所で出張について打ち合わせることになった。

途中で鳩村先生の観測室をのぞいてみると、今日も須藤が一人でアニメを見ながら、スマホをいじっている。どうもＳＮＳに、アニメの感想か何かを書き込んでいるらしい。

僕は挨拶《あいさつ》代わりに、彼の背後から声をかけた。

「この前のアニメの続きか？」

「もちろん」彼はふり返り、「お、沙羅華ちゃんも」と言った。

須藤はスマホをテーブルに置き、映像を一時停止させる。

「アニメの続きも気になるけど……。おい、〝むげん〟に、幽霊が出たらしいで」

「幽霊が？」と、僕は聞き返した。

「わしはまだ見てないけど、そんな噂《うわさ》や。何でも、非常階段を下りていた人影を見た人がいてるのに、それが監視カメラには映ってないらしい」

どうも坂口主任から聞いた話と大筋では一致していたが、それが須藤のような連中によって、早くも怪談風にアレンジされているらしい。

「夏場にはもってこいの話やろ」と、彼が言う。「なあ、みんなで〝肝だめし〟、やらへんか？　夏休みのええ思い出にもなるし」

「ちょっと無理だな」と僕が答える。「急に出張が決まったんだ」

「え、沙羅華ちゃんもか？」

「もちろん。IJETO日本支部で、陽子加速器なんかを見学する」

「さすが〝トロン好き〟……」彼はそう言いかけて、首をふった。「IJETO日本支部なら、近くに海水浴場があったんとちがうかな」

「実はそこの研究者から、海水浴も一緒に行かないかと誘われている」

「へえ……」

その遠くを見るような眼差《まなざ》しが、彼の考えていることをすべて物語っていた。

「お前は連れていかない」僕は、先回りして彼にそう告げた。「それに海水浴の方は、まだ行くと決めたわけじゃない」

「もし行くことになったら……」須藤が僕に顔を近づけた。「沙羅華ちゃんの写真を撮ってくれるか？　狙《ねら》いは言わんでも分かってると思うけど」

「どうするつもりだ？」

「決まってるやろ。ネット・オークションで売るんやがな」

「そんな卑劣な……」

須藤がニヤリとしながら、僕の耳元で言った。

「『毒を食らわば沙羅華まで』や……」

僕と須藤のやりとりを黙って聞いていたらしい沙羅華が、ポツリとつぶやく。

「そうか、その手があったか……」

そして、また何かをひらめいた様子の彼女は、先に部屋を出ていった。

ＳＨＩに入ると、沙羅華は早速、自分の席につき、パソコンを起動させている。サイドテーブルには、筋トレ用に買ったとかいうダンベルが置きっぱなしになっていた。

僕は彼女の様子をながめながら、これはまったく、両備さんの思うツボではないかと感じていた。彼は、セオリー《T》・オブ《O》・エブリシング《E》——最終理論とからめれば沙羅華が彼の計画に関心をいだくことも想定していたのかもしれない。ただしこのままでは、相反する二つの依頼を、彼女は同時に引き受けることになってしまう。

「こんなことが、依頼者の田無先生に知られたら……」僕はやや嫌味っぽく彼女に言った。「ひょっとしてこれが、お前が言っていた〝名案〟なのか？」

「仕事を選ぶ権利は、私にあるはずだ。それに君も横で見ていたじゃないか。研究中止の説得は、私でも無理だったのを。だったらむしろ、彼の計画がどこまでできるのか、見極めてみるのも悪くないだろ？」

僕は思わず、ため息をもらした。

「彼の作戦にはまってしまっているだけじゃないか」

「かもしれないが、彼の言う通り、タイムマシンを研究することは、ＴＯＥを解くことにもつながる。時間の謎《なぞ》を突き止めないことには、ＴＯＥの解明もないんだからね」

どうやら自分の謎と宇宙の謎の解明に関しては超肉食系女子の沙羅華が、まんまと彼にそのツボを押されてしまったようだ。両備さんの説得も難しそうだが、こうなると沙羅華を説得するのもとても困難なことなのである。

それで僕としては、苦し紛れのような説得を重ねるしかなくなっていた。

「タイムマシンなんか作ると、時間警察に狙われるんじゃないか？」

僕とは目も合わさず、彼女が答える。

「そういうことは、作ってから心配すればいい」

「それにお前のクラスメートたちは、この夏休みにいっぱい遊んで、思い出づくりをしているんだぜ。デートもして、場合によっては……。なのに、いいのか？　しつこいようだが、お前だけこんな研究漬けの毎日で」

「それが穂瑞沙羅華の運命なら、仕方ない」そう言った後、彼女はパソコンのキーボードをたたく手を止めた。「しかし、そうだな……。ペンディングにした例の海水浴だが、君への感謝とお詫《わ》びのしるしとして、付き合ってあげてもいいかな」

　横で聞いていた僕は、少なからず動揺していた。

　ということは、沙羅華とついに海水浴デート⁉　二重契約は大問題だが、それを見逃してついていくと、浜辺で彼女の水着姿がたっぷりおがめるのだ。そんなありがたい〝感謝とお詫び〟がこの世にあっていいものかと思いつつも、相手が沙羅華だと、他に何かたくらんでいる気がしないでもない……。

　疑心暗鬼に陥りかけた僕に向かって、彼女は優しく微笑んだ。

「何かいつもと違うことをやってみると、思わぬヒントが得られるかも……。それは君が言ったことじゃないか。だから海水浴も悪くないかなという気になったんだ」

　僕は大きくうなずきながら、「やっぱりそうだよな」と彼女に言った。

　こうして二重契約問題について彼女を説得していたはずの僕は、海水浴デートで、あっさり丸め込まれてしまったのだった。こんなことは、社長にも報告できない……。海辺でたわむれる二人を想像し、期待と興奮に身悶《みもだ》えしながらも、僕は自己嫌悪に陥っていた。

「しかし、落ち着いて考えてみたまえ」と、彼女が言う。「彼を手伝うということにして懐に入り込まないことには、協力もできなければ説得もできないだろう。君も妙な先入観をもたず、自由に意見を述べてくれていいからね」

「じゃあ、出資者の件はどうなんだ？　もし出資者がその気になったら、両備さんの計画は、さらに進んでしまうぞ」

「そのときはそのときさ」と言いながら、彼女はまたキーボードを打ち始めた。

僕は急に決まった出張の件を、会社に連絡しておかないといけないと思い、守下さんにメールを入れておくことにした。

するとすぐに、彼女から返事のメールが届いた。会社の僕の机の引き出しに、仮払い金を入れておくという。また目的地と出発時刻を伝えれば、僕と沙羅華の分のチケットも取ってくれるらしい。

それぐらいは自分でするつもりだったが、この際、お言葉に甘えることにする。守下さんには申し訳ないと思いつつも、ついでにホテルとレンタカーのアポも彼女にお願いしておいた。

「さて、私も出張の支度《したく》をしておかないと」

沙羅華はパソコンを終了させると、机の上を片付け始めた。そして立ち上がり、サイドテーブルに出しっぱなしのダンベルをしまうために、部屋の隅のロッカーを開ける。

次の瞬間、ガラガラという派手な音が聞こえてきた。ロッカーの棚から、何かが落ちてきたようだ。

反射的に僕は立ち上がり、ロッカーの方に目をやる。

そこに転がっていたのは、まさかこんなものがこの部屋にあるとはとても想像もできないものだった。

というのも、それが〝宇宙服〟ではないかというのが、僕の第一印象だったのである。ただし宇宙服にしてはちょっとスリムなような気もしないではないが、背中のあたりには、生命維持装置らしきパックもついている。もしそれがウエットスーツだとしても、ややゴツゴツし過ぎているようにも思える……。

沙羅華は珍しくあわてた様子で、それをロッカーに戻している。何も言わなくても、僕が気にしているのは、十分彼女に伝わったようだった。

「誰にも言わないでね」彼女はロッカーを背にしながら、僕を見つめた。「ダンベルもそうなんだが、実は、宇宙飛行士を目指してちょっとした訓練を始めているんだ」

それはそれで、将来が楽しみな話だとも思ったが、やっぱり何かが変だった。

「でもさっきの服、お前のサイズより大きかったんじゃないのか？」

「つべこべ言わず、君は先に帰ってくれ」彼女は僕の体を、出口に向かって押し始めた。

「私はここでやることがある」

「でも僕は僕で、出発するまでにしておきたい話もあるのに……」

「いいから出て行ってくれ。仕事の邪魔だ」

そんな押し問答を続けていたとき、机の上の電話が鳴ったので、彼女が取る。

相手は、鳩村先生だった。どうやら須藤がメールで、沙羅華の出張のことを伝えたみたいだった。それで鳩村先生が、それを思いとどまらせようとしているらしい。電話の内容までは聞こえなかったが、沙羅華にはこの〝むげん〟ですべきことが山ほどあるというのを、先生は訴えているに違いなかった。聞く耳をもたない沙羅華に業を煮やし、今から鳩村先生がこっちへ来るという話になったようだ。

しかし沙羅華は、そこで電話を切った。

「もう帰らないと」と、彼女は言う。

「おい、ここでやることがあるって、今、言ったばっかりじゃないのか?」

バタバタと荷物をまとめながら、彼女は僕に聞いた。

「また家まで送ってくれないか?」

「でも僕は、会社へ戻らないと。守下さんが、仮払い金やチケットを用意してくれるので、受け取ることになっている。それに今日の夜は、カウンセリング講座もあるんだ」

「何でもいいから、とにかく車に乗せてほしい。鳩村先生が来る前にだ。でないと、私との海水浴デートはパーになるぞ」

最後の一言が決め手となり、僕は彼女を車に乗せることになった。

速やかにエレベータで下の駐車場へ降りる。

畑の方に目をやると、一面、夏草に覆われていた。事情を話すと長くなるのだが、僕たちが野菜を植えたりしている小さな畑が、実は〝むげん〟の敷地内にあるのだ。

車へ急ぐ沙羅華を追いかけながら、僕は畑の草取りもやらないといけないなあと思っていた。

2

沙羅華の了解を得て、僕は車を会社へ向けて走らせていた。

彼女は助手席で、ひたすらノートパソコンを打ち続けている。

そんな彼女を時折横目で見ながら、僕は今回の二重契約問題の行方《ゆくえ》について気に病んでいた。人工ワームホール《WH》からタイムマシンに連なる両備さんの計画は、リスクもあるし、中止を勧告した方が本人のためでもあると思える。

その一方で、それは時間の謎を解明し、ＴＯＥを解くことにもつながるのではないかという思いも確かにある。沙羅華もそこにひかれて、両備さんの協力要請を引き受けてしまったのだろう。

僕はそんな彼女を説得する立場にあるのだが、とにかく彼女は、一度言い出したことを曲げるような女ではない。僕は心の中で、ポツリとつぶやいていた。

「まったく……。過去と沙羅華は、変えられない」

沙羅華と特捜係に入ると、すでに守下さんが待機してくれていた。急いで出てきたのか、ラフな服装で、顔もノーメイクに近い。それがかえって、彼女の素顔の美しさを僕に実感させた。

早速僕は、彼女から仮払い金とチケットを受け取り、その場で沙羅華にもチケットを渡しておいた。

「申し訳ない。せっかくの休みをフイにさせてしまって」

「まあ、これが私らしい休日の過ごし方なのかも」と言って、彼女が笑った。「というわけで、これから夕食でもどう？　よかったら穂瑞先生もご一緒に」

「御免、ちょっと用事があって」僕は彼女に向かって手を合わせた。「カウンセリング部で講座があるんだ」

「私も帰って、出張の支度をしないと」と、沙羅華が言う。

「じゃあ、私がご自宅までお送りしましょうか？」守下さんが、車のキーを取り出して彼女に見せた。「今日は車で来ているんです……」

沙羅華と守下さんが一緒に帰ってからしばらくして、会社の電話が鳴った。

どうせ間違い電話だと思って取ってみると、樋川社長からだったので僕はびっくりしてしまった。

〈守下君から聞いた。穂瑞先生と出張するそうだな〉

「あ、はい」

受話器を握りしめながら、僕は起立した。

〈これはどういうことなんだ？　一方で研究を中止させる契約話、もう一方で研究に協力する契約話……。どう見たってこれでは、企業倫理にも悖《もと》る二重契約になるじゃないか〉

咄嗟《とっさ》に僕は、言い訳を考えなければならなくなった。

「いやしかし、穂瑞先生は、説得を続けるためのステップだというようなことを、確か……」

〈本当か？　もっとも二重契約なんて、先生のやらかしそうなことだが、それをしっかり監督するのが、君の役目じゃないか〉

さらに怒られることは分かっていたので、僕は沙羅華に海水浴デートで丸め込まれたことについては、報告しない方がいいと思った。

〈とにかく、依頼者の田無先生にだけは、くれぐれも内密にしておくんだな。知られると、大問題になるぞ〉

僕は受話器を手にしたまま何度もおじぎをして、社長の電話を切った。

その日の夜、僕は十数名の講座生とともに、倉内さんが講師を務める初級カウンセリング講座に参加した。

講座の終了後、挨拶して部屋を出ようとする僕に、倉内さんが「えらく機嫌が悪そうだな」と声をかけてきた。「やはり原因は……」

僕はうなずきながら、ため息をもらす。

「まだ大きなトラブルにはいたってないんですが、一波乱ありそうな予感はあります」僕は、倉内さんに相談してみることにした。「そう言えばこの前、穂瑞先生の仕事に恋愛要素がからんでいると先が読めなくなる、みたいなことを言ってましたよね？」

「ああ、覚えている」

「実は、それが現実になりそうな雲行きなんです……」

その続きは、彼のカウンセリング室で話すことになった。

今日は机を間にはさまずに、僕は倉内さんと向き合う。ただし椅子《いす》は真正面ではなく、少し斜め方向を向いている。どうやらそれも、カウンセリング・テクニックの基本らしい。自由に話してくれていいということだったので、僕は今までの経緯を、話していいことかどうかをふまえながら、かいつまんで彼に説明した。

彼はゆっくりとうなずいた後、「ここからは、君のカウンセリングじゃない。あくまで私の個人的な考えだ」と前置きして、話し始めた。

「穂瑞先生の横にいたら、感じることがあるだろう。彼女はひょっとして、人の気持ちをうまく理解することができていないのではないかと。自分の感情も、うまく表現できているとは思えない。さらに言ってしまえば、彼女には恋愛というものが分からないのではないかとすら考えられる」

彼女のそばにいて確かにそう感じることはあったが、言葉として聞いてしまうと、違ったショックが僕にはあった。

「いや、好き嫌いなら、彼女にだってあるだろう。けどそれだけじゃ、子供と同じじゃないか。一方、恋愛は、人間関係そのものだ。シンプル、かつ濃密な。そして人間関係は、穂瑞先生の最も苦手とすることではなかったか？　人によって他の人というのは、自分が好きか嫌いかが何よりの問題であり、相手がどう感じているかまでは思いやる気持ちに乏しい場合がある」

無抵抗に受け入れたくはなかったが、彼女もその通りかもしれないと思った。

「でも、どうして……？」

「別に彼女に限ったことじゃない。前にもちょっと話したが、ある種の天才にもよく見られる傾向の一つかな。何と言うか、ずば抜けた能力と背中合わせに、そういう傾向が現れることがあるんだ……。大体、子供のころは、誰だって自分中心に世の中が回っているようなものだ。それが社会にもまれながら、だんだんと大人になっていく」

「彼女は、そこが子供のままだと？」

「それも、天才の宿命かもしれない。一概には言えないだろうが、こだわりが強く、自分にとって興味のあることにしか、反応を示せない。そのプロセスにおいて、人の気持ちなどは考えず、人を寄せつけないことさえある」

「じゃあ穂瑞先生も、ひょっとして……」

「もう分かるだろう。年頃の健康そうな女の子だから、人を好きになることはあるだろうが、あくまで自分中心で、相手のことまでは十分に考えることがないかもしれない。子供ならそれも仕方ないかもしれないが、果たしていつまでも、それでうまくいくのかどうか……。

もちろんそれは、学校など集団生活をともなうすべてに何らかの影響を及ぼす。君が発注しているような仕事にもね。その明晰《めいせき》な頭脳によって、いかなる難問も解決できたとしてもだ。科学——特に現代物理学などは、彼女にとって自分の庭先のようなものだろうが、恋愛は未知の世界に違いない。だから彼女がそこにふみ出すのなら、何が起きるかは誰にも分からないことになる」

倉内さんの話を聞きながら、僕は思わず、うなってしまった。

「でも彼女がそんなふうなのは、生まれつき備わっていた才能だけが原因なんでしょうか？」

「そうとは言い切れないだろう。人と人とのコミュニケーションや社会の成り立ちなどを学ぶ環境に恵まれないまま、彼女は成長してしまったのかもしれない。一方で、科学の世界とは一人でどこまでもコミュニケーションできたということなんじゃないか？」

ただし、とことん科学にのめり込んでいった彼女は、そこでも壁にぶつかってしまっているようだと僕は思っていた。

「こんなふうに解説をしてみたところで、彼ら天才を本当に理解したことにはならない」と、彼は言う。「我々凡人には、彼らの才能も理解できなければ、その個性も理解できないところがある」

「彼女は、このことを？」

彼はゆっくりとうなずいた。

「自分でも分かっていているはずだ。分かっていて、悩んでいるかもしれない。何しろ、自分の気持ちが相手に通じず、相手のことも理解できないのであればな……。私なんかからすれば、宇宙の真理を解明することよりむしろ、人の気持ちをうまく理解できるかどうかが、彼女にとっては人生最大の分岐点のように思えるんだが」

「どうしてやれば？」と、僕はたずねてみた。「カウンセリングをすすめた方が……」

「基本的に、こういうことはまず自分で身につけていくものだろう。しかしそもそも、人と接することがなければ、人の気持ちも愛の何たるかも分からない。その意味で本当に彼女の助けになってあげられるのは、カウンセラーよりも、身近な存在じゃないかな？　両親とか、兄弟とか、友人とか……。君なんか、適任だと思うが」

「僕が？」

「本来、本人からの依頼がないことには、カウンセラーの出番はない。だからこれは、君の方がふさわしいと思っている。このことも前に言っただろう」

「でも愛の何たるかなんて、僕にもよく分かりません」

「まいったな。君まで……」倉内さんは頭に手をあてた。「もっとも、自信をもって愛を語れる人なんて、いるもんじゃない。いたらむしろ、疑ってかかるべきだ。しかし君を見ているようには分かっているように思えないでもない」

「本当ですか?」

僕はどう反応してよいか分からず、彼を見つめていた。

「そんなに照れるな」彼が笑いながら、僕の肩をたたく。「それに、そろそろ今日は勘弁してくれ。夜中に男同士で、シラフで愛について語るなんてことは……。まあ、困ったことがあったら、いつでも話を聞かせてくれたまえ。陰ながら、また相談にのらせてもらうよ……」

自分のアパートに戻った僕は、出張の支度を始めたものの、倉内さんの話を思い出して手が止まってしまった。

そしてキッチンの椅子に腰かけ、テーブルに顔を伏せる。両備さんの研究もさることながら、今回の件は、沙羅華のことも問題のように思えてならない。倉内さんが言っていた通り、宇宙の謎について考えるより、人間についての理解を深めた方が、よほど彼女の探している答えに近づけるかもしれないのだ。

僕は、ため息をもらした。しかし僕みたいな人間が、本当に彼女の力になってやれるのだろうか……。

そんな彼女が、ある時期親密にコミュニケーションできた数少ない人物が、兄さんだったのかもしれない。僕はふと顔を上げ、腕組みをする。

実は彼女には、五歳年上の兄がいるのだ。〝アスカ・ティベルノ〟という名前で、母親は違っているが、沙羅華と同じく精子バンク・サービスを利用して生まれた天才らしい。少女時代まではアメリカでかなり親しくしていたらしく、彼女が母親と日本に来てからも、しばらくはネットでの交流は続けていたようだ。

僕も一度だけ、それらしい人物に会ったことがあるのだが、自己紹介してもらえなかったので、それが本当に彼女の兄さんだったのかどうかは分からないままなのだ。ただしいろいろ複雑な事情があって、戸籍上、彼はすでに死んだことになっている。時折〝ライフロスト〟なるハンドルネームなどを使ってネット上に出没することはあるようだが、基本的には、表社会には出てこない謎の人物である。

沙羅華の相談にのってやれる人間というと、彼女の両親とともに、その兄さんのことが頭に思い浮かんだのだが、連絡も取れないのだから、相談するわけにもいかないだろう……。

僕は、ベッドに横になった。

明日からのことを考えると、どうしても不安になる。目を閉じれば、彼女のすることに僕が口出しして大喧嘩《おおげんか》している光景が、目に浮かんでくるのだ。まして彼女に愛を教えるなんて、僕にはとても無理なことである。たちまち、絶交を言い渡されるに決まっている。まったく沙羅華が相手だと、恋愛さえ難しいことになってしまうようだ……。

そんなことをあれこれ想像しているうちに、いつの間にか僕は、眠ってしまっていた。

3

八月二十七日の月曜日、早起きした僕が駅のコンコースで待っていると、沙羅華からスマホに電話が入った。

待ち合わせ時間に遅れるので、先に行ってレンタカーの手配をしておいてほしいという。

いきなりそれはないだろうと思いながらも、仕方なく僕は、一人で電車に乗ることにした。

気のせいか、彼女は両備さんの実験の後、僕に対してよそよそしい上に、どうも一人になりたがるように思えてならない。前からそうだと言われればその通りかもしれないけれども、あの実験以来、その傾向が強くなったような気がする。何か僕に、隠し事でもしているのだろうか……。

東京駅からさらに特急電車で一時間ちょっと移動して、ようやくＩＪＥＴＯ日本支部の最寄り駅に到着した。

沙羅華に言われた通り、レンタカーの契約をしておくことにする。彼女の機嫌をそこねることがないよう、車はちょっとお洒落《しゃれ》なスポーティ・カーにしておいた。

駅前のロータリーでしばらく待っていると、大きめの麦わら帽をかぶり、涼しげなワンピースを着た沙羅華がようやく現れる。

僕は彼女の荷物をラゲッジ・スペースに入れてやり、まず近くのビジネスホテルへ行ってチェックインを済ませた。

次に国道沿いのファミレスで昼食をとり、それから二人で、IJETO日本支部へ向かう。

「昨日は守下さんとゆっくり話ができて、楽しかった」

沙羅華が両腕をのばしながら言った。

「良かったな」

無愛想に僕が返事をする。僕にはまだ、彼女の遅刻が引っかかっていたのだ。

「やっぱりいい人だね、守下さんは」

彼女は独り言のように話し続けている。

カーナビで見ると太平洋岸を走っているはずなのだが、海はまだ視界に入ってこない。車はひたすら、田園地帯の中を走っていた。と言っても、後継者不足なのか、休耕田が結構目立つ。太陽電池パネルを敷きつめているところもあるものの、荒地のまま放《ほう》ってある土地も多かった。

それで思い出した。〝むげん〟にある畑も、そろそろ草を抜いておかないといけなかったのだ。この出張から帰ったら、ちゃんとしておくことにしよう……。

そんなことを考えていたとき、沙羅華が低い声で僕に言った。

「尾行されている……」

「まさか、気のせいでは？」

僕はバックミラーに目をやった。

そう言われれば、さっきから同じタクシーが、ずっと後ろを走っているようだ。

「でも、こんなところまで？」

僕がそうつぶやくと、彼女は首をふった。

「こんなところだからこそ、だろ？　誰か知らないが、私の活動を、とことん探る気かも……。実は、列車内でもホームでも、気配は感じていた。サングラスをかけた、二人組だ」

僕はもう一度バックミラーを見つめてみたが、人相までは確認できそうにない。

「とにかく、支部に入ってしまおう」と、彼女が言う。「そこまでは、ついてこられないはずだ」

それから間もなくして、ＩＪＥＴＯ日本支部の正門前に到着した。

沙羅華が言った通り、入場する際のチェックが厳しい。原子力関係の研究施設も併設されているのが理由の一つではないかと、彼女は教えてくれた。

顔写真付きの身分証明証を提示しなければならなかったので、僕は免許証を、沙羅華はパスポートを見せて、入場証を交付してもらう。さらに手荷物とレンタカーのチェックを経て、ようやく中に入れてもらえた。

敷地面積は、〝むげん〟よりも広いかもしれない。すぐ近くにある駐車場に車をとめ、ビジター・センターでしばらく待っていると、助手の亜樹さんがきてくれた。

「お待ちしていました」

彼女が満面の笑顔でおじぎをする。

早速僕たちは、彼女が運転するワンボックス・カーの後ろについて、研究棟へ向かうことにした。

駐車場で、また車から降りる。

研究棟の内部は意外と開放的で、ロビーは吹き抜け構造になっていた。一階にはコミュニケーション・ラウンジがあり、外国人研究者の姿も多くみかけることができる。

廊下で学生風の若者が、亜樹さんに挨拶をしていった。

彼女に案内されるまま、僕たちはエレベータに乗り込んだ。

両備さんの研究室に入ると、彼はさほど広くない部屋の中にある自分の机で、おにぎりをほおばっている。

僕たちに気づいた彼は、それをお茶で流し込んでから挨拶をした。

「失礼。前の実験のデータ整理をしていたら、遅くなってしまって……。君たち、食事は？」

「軽くすませました」僕は机のランチ・ボックスをのぞき込んだ。「へえ、お弁当ですか。両備さんが自分で？」

「まさか」笑いながら彼が言う。「アキティの手作りだ。前に聞いたかもしれないが、俺は仕事をしながら食べることが多いので、片手が空く方がいい。するとサンドイッチかおにぎりになるんだけれども、これがなかなかうまいんだ」

彼は次のおにぎりに手をのばしている。

亜樹さんが照れくさそうに、「母に随分、仕込まれてきましたから」と言う。

「逆に言えば、弁当を作る以外に取り柄はないんだが」

彼女のふくれた顔を見て、彼は笑っていた。

「冗談に決まってるだろ。アキティがいてくれて、本当に助かっている」

僕たちとは大違いだと思って、僕は二人をながめていた。沙羅華なんて、お弁当を作るどころか、僕がときどき命令されて、彼女の弁当を買いに走るのだ。

「じゃあ、私たち、そのあたりを見学してきます」と、沙羅華が言う。

「いや、もう食べ終わるから、少し待っててくれ。見学なら一緒に行こう」

彼に言われた通り、僕たちはしばらくここで待っていることにした。

彼の机はパソコンの他に、書類や資料が山積みになっている。室内には会議机やホワイトボード、英語の参考書籍で一杯の本棚なんかがあった。またキャビネットには、プラモデルが置いてある。映画『バック・トゥ・ザ・フューチャー』に登場する、車型《デロリアン》のタイムマシンだ。闇研のテーマを自分で白状しているようなものだと思って、僕はながめていた。

沙羅華は本棚に注目していてまだ気づいていないようだったが、キャビネットの上には、ヒメヒマワリらしき可憐《かれん》な花を差し込んだ小さな花瓶《かびん》もある。彼の趣味ではないと思うので、おそらくこれも、助手である亜樹さんのさり気ない配慮なのだろう。

　両備さんの昼食がすんだようなので、僕たちは部屋に鞄《かばん》を置いて、支部内の見学に出ることにする。

　そのとき、眼鏡《めがね》をかけた一人の中年男性が、あわてた様子で研究室に飛び込んできた。彼は沙羅華を見つけると「これは穂瑞先生」と言って深々と頭を下げ、彼女に名刺を差し出した。

　遠藤和人《えんどうかずと》という名前で、何とここの支部長らしい。

「こんなところにまでわざわざお越しいただき、ありがとうございます。守衛室から連絡があって、驚いてかけつけた次第です」

　沙羅華が笑顔をつくろいながら応対する。

「急に決めたことなので……。ご迷惑だったかもしれませんが」

「いえ、迷惑だなんて、そんな……」彼は沙羅華に顔を近づけてたずねた。「また何か、新しいことでも始めるおつもりでは？」

　彼女は手を横にふる。

「いえ、仕事じゃなくて、夏休みなんで、海水浴のついでに寄ったんです。先日、両備先生が〝むげん〟に来られたときにあちこち案内させていただいたんですけど、そのお礼がしたいとおっしゃって……。ＩＪＥＴＯの日本支部なんてめったに入る機会がないので、これから見学しようかと思っているところです」

「じゃあ、ご案内させていただきます」

自分の胸のあたりに手をあてて、遠藤支部長が言う。

沙羅華はまたしても、パタパタと手をふった。

「いえ、自由に見学させていただいた方がありがたいんですけど」

「そうですか……」彼は両備さんたちの方を見て続けた。「じゃあ両備君も柳葉君も、くれぐれも穂瑞先生に失礼のないようにね」

僕たちは彼が立ち去っていくのを、その場でしばらく見送っていた。


研究棟の中をざっと見学した後、僕たちは駐車場に向かった。

ワンボックス・カーの運転席に、両備さんが乗り込む。この車はもともと、彼のものらしい。そして沙羅華が助手席に、僕と亜樹さんが後部座席に乗って出発した。

「広いので、主立ったところだけでいい」と、沙羅華が言う。

それならと言うわけで、両備さんはまず、陽子加速器の主要施設を順に案内してくれた。

八月中は、定期点検で運転を停止しているという。

どの施設も天井が高く、パーツも大きくて、まるで巨人の国に迷い込んだような気がした。何しろ沙羅華と両備さんたちの会話が専門的過ぎてよく分からないから、僕にはこんな感想しか出てこないのだ。ただ粒子を加速していく大きな流れは、〝むげん〟と同じらしいことは何となく理解できた。

しかし〝むげん〟にはメインリングが二つあり、さらにリニアコライダーによって最終加速するという独自の構造をとっている。これはアメリカにあるアスタートロンを見学したときもそうだったが、オーソドックスな加速器を見ると、より〝むげん〟の奇抜さを感じてしまうのだ。

「実験装置は大がかりだが、地に足のついた研究ばかりだ」と、両備さんが言う。

確かにここで〝人工ワームホール〟なんて言い出したら、白い目で見られるだろうと僕は思った。

「スピン状態の確認なら、陽子の方が向いているかもしれない」沙羅華が施設の出口でつぶやいた。「〝むげん〟のＥＰＳテストで効果が実証されれば、陽子加速器への応用も検討してみたいな」

「是非、そう願いたい」微笑みながら、両備さんがうなずいた。「支部長も喜ぶだろう」

「じゃあ、研究室に戻ろう」

驚いたように、彼が聞き返した。

「え、もう？　まだ案内したいところがあるんだが」

「いや、何だか落ち着かないんだ。誰かに見られているみたいで……」

「穂瑞さんは有名人なんだから、仕方ないんじゃないですか？」と、亜樹さんが言う。

「いや、それ以上の何かだ……」

車の中で、食堂やコンビニの場所などを亜樹さんに教えてもらいながら、僕たちは研究室へ戻ってきた。

亜樹さんが、みんなにコーヒーをいれてくれる。

「落ち着いたら早速、仕事に取りかかろう」と、両備さんが言う。「少し狭いが、ここなら四人で話ができる」

しかし沙羅華は、首を横にふっている。

「ここはちょっと、まずくないか?」

「どうして?」

「そもそもあなたの闇研のことを、どうして今回の依頼者たちが知っていたんだ?」

「いや、それは……」

彼は沙羅華から目をそらした。

「とにかくこの棟内に、密告者、あるいはスパイがいる可能性は否定できない。あなたを説得するならともかく、そんなところで闇研のアドバイスなんか、できるわけがないだろう。通常の研究は、今まで通り研究室ですればいい。しかし私たちとは、外で会おう」

そういう事情で僕たちは、打ち合わせ場所を探しに出ることになった。両備さんと亜樹さんが研究室を閉めている間、僕と沙羅華は一階のロビーで待っていることにする。

「スパイの心配もさることながら、あの研究室は〝ウィルソンの霧箱〟みたいに思えて、何だか落ち着かないんだ」と、沙羅華がささやいた。

「ウィルソンの霧箱?」僕は彼女に聞き返した。「どういう意味だ?」

「君に説明するのは難しいが……。過飽和状態の気体で満たされた箱のことだ。そこに荷電粒子のような異物が通ると、イオン化した気体分子が核となり、粒子の軌跡が液化して霧が生成される。それを利用して、目に見えない荷電粒子の検出などに使われるんだ」

僕が首をひねりながら、「それと打ち合わせ場所の変更と、どんな関係があるんだ?」とたずねたとき、両備さんと亜樹さんがエレベータでロビーに下りてきた。

「いずれにしても、他の場所を探そう」と、彼女が僕に言う。

そして僕の運転するレンタカーで、支部を出たのだった。


亜樹さんの案内で、僕たちは駅前のスーパーに入った。

そろそろ夕方ということもあってか、子供を連れた母親などもいて、とてもにぎわっている。僕がもし将来、誰かと結ばれるようなことにでもなれば、休みの日にはきっと、こんなところへ一緒に出かけたりしているのかもしれないとは思うものの、話し合いの場所としては不向きではないかという気がした。

その一階にあるフードコートで、亜樹さんが立ち止まる。

「ここなんか、どうかしら?」

小さなテーブルが四十ほど並んでいて、百人以上は余裕で入れそうだった。そこにハンバーガーやフライドチキンやドーナッツなどの、複数のファストフード店が軒を並べている。天井を見上げると、扇風機の羽根のお化けみたいなサーキュレータが、ぐるぐると回っていた。お客さんも結構入っていて、子供が走り回っていたりもする。

「落ち着かないかもしれないけど、まわりはにぎやかだし、むしろ盗み聞きされる心配はないかも」と、亜樹さんが言う。

沙羅華が、窓側の席に座った。

「確かにここなら、打ち合わせにも支障ない。かえって好都合だ。貧乏くさい合コンに見えなくもないし、誰もこんなところで、闇の研究テーマについて話し合っているとは思わないだろう……」

ここはセルフサービスなので、それぞれ飲み物を注文して、また席に戻る。

早速、ストローでイチゴシェイクを飲み始めながら、沙羅華が口を開いた。

「さてと、タイムマシン計画について、アドバイスするんだったな」

両備さんは大きくうなずき、その横で亜樹さんが、自分のバッグからノートを取り出していた。

「いや、記録はしないでほしい」沙羅華が片手を前に突き出す。「必要なことはパスワードを決めた上で、メモリーカードか何かでやりとりしよう」

4

緊張した様子の両備さんに、沙羅華は向き合った。

「タイムマシンを作ろうと言うのなら、そもそも時間とは何なのかを考えておく必要がある」

「いきなりか」と、彼がつぶやく。「そこから考えないといけないのか?」

「あなたが言ったことじゃないか。タイムマシンを作るには、時間の謎を解明しなければならないと……。それで私は、協力する気になった。時間も数学的に説明できるはずだが、いまだによく分かっていないことが多い。しかしそこへ切り込んでいかないと、タイムマシンはできない」

「時間は原理のようなもの、という話だったと思いますけど」亜樹さんが小さな声で言う。

「だとすれば、ふみ込めないのでは?」

「そうかもしれない。しかしタイムマシンを作りたいのであれば、ふみ込まないわけにはいかないだろう」

「それはいいけど……」僕はアイスココアをストローで吸い上げ、彼女に言った。「スーパーのフードコートでするような話か?」

「手がかりがないわけではない」沙羅華は僕にかまわず、話し続けている。「時間の性質について注目し、考察してみるんだ。まず、時間はいつから流れ始めたのか?」

「ビッグバンからだろ?」と、僕は答えた。「僕でも知ってる」

「では、空間は?」

「それもビッグバンだ。時間と同時に空間も生み出され、時間とともに空間は広がり続けている」

「また空間が広がることによって、時間が流れるとも考えられる」と、彼女は言う。「こんなふうに時間と空間には、密接な関係がある。時間を操作しようというのは、空間を操作することでもあるんだ」

「要するに、時間だけの問題ではないということか」僕は軽くうなずいた。「タイムマシンを作るというのは、時間以外のもっと大きなものを相手にしているのかもしれないと……」

「それこそが、宇宙の真理だ」彼女はそう言い、イチゴシェイクに口をつけた。「時間の性質については、着目すべき点がまだある。たとえば時間の単位だな。一秒はどうやって定義されている？」

「原子時計だろ？」と、両備さんが答える。「今では、セシウム原子が吸収する電磁波の振動数を基に、一秒の長さが決められているはずだ」

「しかし、基準にしているセシウム一三三が吸収する電磁波は、何でいつも同じ振動数で振動するのか？」

「知るか、そんなこと……」

両備さんが、横を向く。

僕は冗談半分で、「セシウム原子に聞いてみないと、分からないだろう」と答えた。

「その通りだ」と、彼女が言う。

「今ので、正解なのか？」

僕は驚いて聞き返した。

「重要なポイントだ。もしここととは別な宇宙があるとすれば、そこのセシウム原子が吸収する電磁波の振動数は、また違っているかもしれない。宇宙定数が違っていればね」

「それこそ、別宇宙のセシウム原子にでも聞いてみないと、振動数は分からないことになるわけか……」

「時間に大きな影響を及ぼしているものの一つに、宇宙定数がある。宇宙定数が異なれば、時間の進み方もここととは違うかもしれないし、ひょっとして時間の定義も違っているかもしれない……。それはともかく、タイムトラベルがしたいのであれば、宇宙の摂理に照らし合わせて可能かどうかを考える必要があるということだ」

沙羅華は僕たちの顔を見回して続けた。

「にもかかわらず、最初に言ったように時間の本質については、いまだによく分かっていないと言ってもいい。それが私たちの、スタート地点だ」

僕は首をふった。

「のっけからそんなふうに言われたら、とてもスタートできないんじゃないか？」

「いや、よく分からないにせよ、そういうわけの分からないものを操作しようとしているという、問題意識はもっておくべきだと言いたかったんだ」

フードコートのにぎわいとは対照的に、この四人のテーブルにだけ、重い沈黙が流れていた。

「けど、だから時間移動できないということはない」と、沙羅華が言う。「時間に関しては少なくとも、ビッグバン後から流れ始めている、というぐらいのことは分かり始めているじゃないか。だからそうした謎についても、探りながら進めていこう」

彼女は、イチゴシェイクを飲みながら、話を続けた。

「タイムマシンと言うからには、未来へも過去へも行けなければならない。前にも指摘したように、より問題になってくるのは、過去へ行く方法だ」

沙羅華の前口上が重過ぎたのか、誰も発言しない。

仕方なく僕は、思いついたことを口にした。

「要するに、光速を超えればいいんだろ？」

「そう簡単に言うな」不機嫌そうに両備さんが答える。「秒速三十万キロメートルだぞ。それに光速に近づくほど、質量は増加する」

「ただ、たとえば〝インフレーション〟という発想もある」と、沙羅華が言う。「興味深い点のみを言うと、始まりにおいてこの宇宙は、光速を超えて形成されていたとする説だ」

「じゃあ、インフレーションと同様の現象を再現できれば」僕は彼女を指さした。「タイムトラベルもできることになるのでは？」

彼女が僕を見ながらうなずいた。

「インフレーションの再現までは困難だけど、加速器の衝突点では時空のひずみも生じている。そうしたひずみを利用するとなると、やはりワームホールがお手頃かな……。それで研究を始めたんだったよね？」

沙羅華が顔を向けると、両備さんが首をかしげながら言った。

「問題は、そのワームホールを人工的に作れるかどうか。そして制御できるかどうかだ」

「しかもタイムマシンを作るなら、一対のワームホールを一定期間、開いたままにしておかなければならない」と、沙羅華が言う。

「それには確か、負のエネルギーが有効とかいう話だったよな」僕は彼女にたずねた。

「けれどもタイムマシンが通れるほどの大きさにするような負のエネルギーを、どうやって得るのかが分かってないのだと」

「エキゾチック・マターでも同じことだったわね」と、亜樹さんがつぶやく。「でも、ワームホールをソリトン・ウェーブ化できれば、何とかなるのでは？」

「ソリトン・ウェーブ？」僕は聞き返した。

「分かりやすく言えば孤立波のことで、エネルギーの集積によって粒子に似た性質を備えることができる」と、沙羅華が教えてくれる。「漠然と考えていることは分からないでもないが、具体性がまるでないな」

「何か他に名案はないのか？」

僕がそう言うと、彼女はまたイチゴシェイクに口をつけた。

「言ったじゃないか。人のアイデアで作っていたら、自分が作ったことにならないだろ」

何かいいアイデアはないかなと思いながら、僕は天井でくるくる回っているサーキュレータを見つめていた。そしてひらめいたことを、そのまま口にした。

「ただのワームホールではすぐに蒸発するというんだったら、渦状にして、その自転で消滅を防ぐことはできないか？」

「いわば〝カ《K》ー・ワ《W》ームホ《H》ール〟か」両備さんが顔を上げた。「〝カ《K》ー・ブ《B》ラックホ《H》ール〟という自転しているブラックホールがあるんだから、カー・ワームホールというのがあってもおかしくないことにはなる。ただし原始的な発想だな」

原始的と言われようが、他に思い浮かばないのだから仕方ない。

「しかし加速度が重力と同等ならば、遠心力も反重力と同等と見なしていいのでは」と、沙羅華が言ってくれた。

両備さんもうなずいている。

「等価原理か」

「ああ。カー・ワームホールの遠心力は、利用し得る」

「ただ、その回転エネルギーをどうやって得るかも問題なんじゃないのか？」

沙羅華の言葉に両備さんが疑問を発すると、僕たちはまた、しばらく天井のサーキュレータをながめていた。

「仮に一対のワームホールを安定的に得られたとしても……」両備さんがつぶやいた。「タイムマシンに使えるようにするには、時間差を生じさせなければならない。どうやって生じさせればいいんだ？」

みんなが黙ってサーキュレータを見続けているので、僕はまた思いついたことをそのまま言ってみた。

「宇宙船に片方のワームホールを積み込んで超高速で飛ばせばいいというのを、何かで読んだことがある」

「そんなロケットを、どうやって作るんだ？」沙羅華がいかにあきれているかは、その表情に表れていた。「速度もさることながら、ワームホールを閉じ込めて管理し続けないといけないんだぞ。そんなものは思考実験のレベルで、話にもならない」

僕は彼女の冷たい視線に耐えながら、二つのワームホールに時間差を生じさせるためには、技術的に相当な困難が予想されることを漠然と感じていた。

「両備先生は、ワームホール・ネットワークに期待していますが」と、亜樹さんが言う。「いくつかのワームホールはつながっていて、そこを通れば他の時代に行けるかもしれないと……。うまく使いこなせれば、電車みたいに乗り換えや乗り継ぎができて、好きな時代の好きな場所へ行けるかもしれない。私たちの人工ワームホールが、そうしたネットワークにつながれば……」

「ネットワークは仮説にすぎない」沙羅華が首をふる。「苦し紛れに言っているのかもしれないが、前にも話した通り、やはり自力で時間差をセッティングできないと、タイムマシンを作ったとは言えないと思う。そもそも時間差を生じさせるのは次のステップであって、まず考えなければならないのは、人工ワームホールの生成そのものじゃないのか？」

「だから高エネルギーで」と、両備さんが言う。「〝むげん〟で難しいことは前回の実験で分かったから、今度はアスタートロンで試してみれば……」

面白くなさそうにしている沙羅華を見て、亜樹さんがフォローした。

「〝むげん〟でも、将来的には可能かもしれませんけど……」

「現状でも、可能性がないわけではない」

ちょっと気がかりなことを沙羅華が言ったので、僕は聞き返した。

「今の〝むげん〟でも？」

「いや」彼女が僕から目をそらす。「確かにハードルが高過ぎるかな……」

「やはり、アスタートロンへ行くしかないか」と、両備さんがつぶやいた。

「アメリカへ行っても、ワームホール生成に成功するとは限らないと思います」亜樹さんが珍しく、両備さんに反論していた。「出力を上げればいいというものでもないでしょうし……。それに、安全性の問題も詰めておかないといけない」

「その通りだ」沙羅華が亜樹さんを見つめながらうなずいた。「そしてタイムマシンを作ろうというのなら、ここでざっとあげた問題について何らかの答えを見いだし、可能にする技術を考案しないといけないわけだ」

「とすると……」僕はあごに手をあてた。「タイムマシンなんか、一研究室のレベルでできることじゃないんじゃないのか？　これだけの大きな問題を避けて、タイムマシン計画なんて前に進められないだろう」

沙羅華がまた、イチゴシェイクに手をのばした。

「あなた方のタイムマシンで時間旅行させてもらえるまで、まだまだ先は長そうだな……」

僕は、彼らが計画を断念してくれるのではないかと期待しながら、二人の様子を見つめていた。

しばらくじっと思案していた様子の両備さんが、ようやく口を開く。

「けど、二人いる」

沙羅華は顔をつき出し、「どういうことかな？」と聞き返した。

「研究体制のことだ。確かにタイムマシンの研究は、少なくとも一人では難しい。パートナーがいた方がいいと、君が言ったじゃないか。相対する座標系に、それぞれ誰かがいるべきだと。幸い、少なくとも我々は、その条件を最低限、満たしている」

そして彼は、亜樹さんと見つめ合っている。

何も言い返せず、沙羅華は黙ってストローをくわえていた。

「何と言われようが、研究をやめるつもりはない」

両備さんが、アイスコーヒーに手をのばす。

「どうしてですか？」と、僕はたずねた。「話を聞けば聞くほど、勝算は限りなくゼロに近いようにしか思えないのに……」

「もうそろそろ、正直に話したらどうだ」沙羅華が両備さんに言う。「そんなに、認められたいのか？」

「よく知っているな」彼は、苦笑いを浮かべた。「確かに俺は、優秀な父や兄さんと子供のころから比べられて、ずっと劣等感を持ち続けていた。その上、大学受験にもしくじる始末だ。父や兄と同じ道に進んでからも、ろくな研究成果もあげられず、陰ではみんなから馬鹿にされてきた」

「それでタイムマシンみたいな研究テーマを……」と、僕はつぶやいた。

「自分を馬鹿にした連中を、見返してやりたいと思っている。何らかの成果を出すまで、意地でもやめるわけにはいかない」

「そんな動機で研究してたのか？」

「ああ。タイムマシンを――せめて人工ワームホールを生成させることができれば、彼らにも見せつけてやることができる」

「でもタイムマシンの研究をしているなんて知られたら、余計に馬鹿にされるだけかも。表の研究の方でも目ぼしい成果は出てないのに」

「しかし人間に生まれた以上、何らかの形で競争は避けられないじゃないか。それに勝たないことには、幸福になれない」

僕は首をかしげた。

「それはちょっと、違うと思うけどなあ……。大体、僕なんて、幸福かどうかを別にすれば、負け続けてもこうして生きてるわけだし。それに、ものは考えようじゃないですか。大学受験にしくじったって言うけど、そのおかげで彼女に会えたんでしょ？」

黙ったままの両備さんの横で、亜樹さんがこっくりとうなずいている。

僕は沙羅華に聞いてみた。

「ワームホールで行き詰まってしまっているけど、時間旅行できる他のアイデアはないのか？」

「もちろん、ないわけじゃない。解説本に紹介されたりしているから君も知っているかもしれないが、要は時空のひずみがあればいいんだ。だから、〝宇宙ひも〟を利用するというアイデアなんかもある。その付近をうまく飛べば光速を超えることが可能なので、理論上は過去へ行ける。宇宙ひもまで行けるような宇宙船さえあればね」

「そんな宇宙船がどこにあるんだ」僕は漫才師のように、彼女に突っ込みを入れた。「て言うか、そもそも宇宙ひもがどこにあるかも分からんだろう」

「宇宙ひもが気に入らないのなら、高速で自転する中性子星を利用するという手もある」

「同じことじゃないか。また突っ込みを入れてほしいのか？」

四人はまた押し黙ったまま、それぞれ自分のドリンクを口にしていた。

ここでの話し合いで僕が気づかされたのは、現実的なタイムマシンを考えていくと、驚くほど非現実的なものであることが見えてくるということだった。それが分かれば、両備さんも研究を断念するかもしれない。

「何か日本でもできる研究はないんですか?」亜樹さんが沙羅華にたずねる。「この際だから、穂瑞さんにアドバイスいただければ」

「しかし、タイムマシンという大前提にはこだわりたい」と、両備さんは付け足す。

確かに彼の面目を立てればいいだけなら、何もワームホールでなくてもいいのかもしれないと僕は思った。

「それも、ないわけではない」と、沙羅華が言う。「たとえば水などの媒質による光の速度差によっても、わずかながら時間差は生じる。それを利用すれば……」

「チェレンコフ光の原理か」両備さんが首をふった。「けど、発展性がないじゃないか。有人実験につながっていかないだろう。それに自分で言うのも何だが、俺みたいな研究者が、今から新規で他のことを始めるのは、相当難しい。実験施設を新たに作ることはもちろん、借りるのも困難かもしれない」

亜樹さんが肩を落とし気味につぶやいた。

「じゃあやはり、両備先生はアメリカへ行ってワームホールの研究を続けるしかないんでしょうか……」

「そもそもタイムマシンの新たなアイデアについて、穂瑞さんにはお聞きしないという約束だったじゃないか」両備さんが亜樹さんの肩に触れた。「あくまでこれは、俺の研究テーマに対するアドバイス契約なんだ。彼女には彼女の研究があるし、その意味では俺と穂瑞さんは、ライバルでもあるんだからな……」

「アドバイスと言っても、タイムマシンは根本的に、〝エントロピー増大の法則〟とやらに反するとかいう話じゃなかったんですか？」僕は両備さんに聞いた。「大げさに言えば、宇宙膨張にさらかうようなものだと……。このことだけで、もう十分困難だという気がしますけど」

「それには『閉じた系内で』というような、注釈が入っていたはずだ」

「じゃあ、無理な話でもないと？」

「ただし、いかに特定のエリアを熱力学的な系から切り離すかは、やはり困難をともなうだろうな」

沙羅華がうなずいている。

「時空間をわずかにねじ曲げることができたとしても、本来、時間と空間は連続しているものだからね」

「何か、錬金術より難しそうだな」僕は両手を、頭の後ろに組んだ。「それに、光速を超えるという問題は？　まだ結論は出てませんでしたよね」

「同じようなことだ」と、両備さんが言う。「何とか時空間をねじ曲げることができれば

「……」

「でも電磁気力をいくら操作したって、できない相談なんでしょ？」

「だから、ワームホールがベストだと信じてやっている」彼はテーブルを軽くたたいた。「時空間と時空間をワームホールによってショートカットすれば、光速を超えることになる」

「けれども、ワームホールを作るにしても問題だらけなわけですよね？　エネルギー不足かもしれないし、仮にできたとしても制御困難で、時間差を生み出す方法も見当たらない。まったく堂々めぐりじゃないですか。両備さんはアメリカで実験を続ける気持ちに変わりないみたいだけど、これで果たして何らかの成果が得られるのかどうか……」

窓の外に目をやると、もうそろそろ日が暮れかけていた。

「タイムマシンに期待される機能は、Ｈ・Ｇ・ウェルズのセンセーショナルなアイデアから、基本的には変わっていない」と沙羅華が言う。「しかし彼が『タイムマシン』を書いたのが、確か十九世紀末。アインシュタインの特殊相対性理論が一九〇五年だから、それさえ反映されていないものだったんだ」

「つまり始めからタイムマシンというアイデアそのものに十分な科学的裏付けがないまま、現在にいたってしまっていると？」

僕がそう言うと、沙羅華が苦笑いを浮かべた。

「少なくとも相対性理論の発表が十年ちょっと早ければ、ウェルズだってタイムマシンの形ぐらいは書き直していたかもしれないね。文学的に見てそういうことが正しいかどうかまでは、私には分からないが」

　僕は思わず、ため息をもらした。

「やはりタイムマシンなんて、夢のまた夢なのか……」

「しかし、あさってには前に話した出資者に、研究内容をプレゼンすることになっている」

　平然としている彼女に向かって、僕は言い返した。

「そんなことを勝手に決められても、何も用意できていないじゃないか。遅らせるわけにはいかないのか？」

「私だって、いつまでもここにいるわけにはいかない。ＥＰＳのテストがあるし、学校だって新学期が始まる。それまでに、話をつけてしまいたい」

　僕は両備さんに顔を近づけてたずねた。

「やっぱりもう、断念した方がいいんじゃないですか？」

「いや、アスタートロンの実験で確かめるまでは、やめる気はない」

　亜樹さんは、そんな彼を心配するように見つめていた。

「これ以上、こんなところで顔を突き合わせていても、名案は浮かんでこない」両備さんが、大きく背伸びをする。「明日はみんなで、海水浴場へ行こう」

「そうですね」僕は、沙羅華とサンオイルの塗りっこをしている自分を想像しながら、彼女の方を向いた。「少しはお前も青春らしいことを楽しんだらどうだ？　アフタービーチには、みんなで花火大会をしようじゃないか」

僕は今晩のうちに、コンビニかどこかで花火を買っておこうと思った。

「そうだな」彼女は両備さんの方を見て、うなずく。「この続きは明日、海水浴場ですとしよう」

僕は彼女に聞かないわけにはいかなかった。

「え、泳ぎに行くんじゃないのか……？」

5

翌日の僕たちは、朝から浜辺にいた。念願の海水浴デートである。

両備さんと一緒に着替えを終えた僕は、海の家でビーチパラソルを借り、必要経費で落とすことも考えて領収書をもらっておいた。

アウトドア・スポーツをやっていたというだけあって、両備さんはさすがにいい体格をしている。

待っていると、ようやく二人が更衣室から相次いで登場した。

亜樹さんは着痩《きや》せするタイプだったみたいで、スタンダードなライトブルーのワンピース水着ながらも、僕のポイントは一気にはね上がっていた。

少し遅れて出てきた沙羅華は、赤がベースの水玉模様のビキニで、細い紐《ひも》を、上は首の後ろで、下は腰の両方のあたりでくくっていた。僕の知っている彼女のセンスからすると露出部分が多く、かなり大胆ではないかという気がする。じゃあ似合ってないのかというと、まったくそんなことはないのだが、どういう心境の変化なのかと思わないでもなかった。

「あんまりジロジロ見るな」彼女が僕の脇腹に、拳《こぶし》をあてる。「試着せずにネットで買ったら、サイズがちょっと小さかったみたいなんだ」

ちょっとどころか、大分小さいと僕は思った。

その彼女が、今度は胸をつき出して僕たちにたずねる。

「どうだ、セクシーか?」

これは、僕へのモーション？　それとも、両備さんに対するアピールなのだろうか……。

とにかくロケーションの良いところを探して、みんなで場所取りをすることにした。

沙羅華も、その派手できわどい水着で、堂々と浜辺を歩き始めている。

少なからず彼女のことを理解していたつもりの僕としては、今日の彼女が、何でわざわざ自分を晒《さら》すようなことをしているのだろうと思わないでもなかった。ひょっとして、ボーイハント?　いや、彼女の性格からして、それも考えにくい。実際、早くも視線を投げかけてくる男たちが複数いるにもかかわらず、彼女は無視して歩き続けている。

けれど、彼女も一人の女性に違いない。もしも彼女が理想とするような男性がこの場に現れたら、彼女だって……。

僕たちは、うまい具合に空いていたスペースにビーチパラソルを立てて、場所取りを完了させた。

両備さんと亜樹さんが、僕たちの横に並ぶようにして、腰を下ろす。

シーズンのピークは過ぎたはずなのに、地球温暖化のせいかまだまだ暑く、海水浴客も多かった。なかには浜辺に寝そべり、入れ墨《タトゥ》を見せびらかしているようなカップルもいる。

「うーん」沙羅華はまわりを見渡し、腕組みをしてつぶやいた。「乱れているな……」

「そうか?」僕は周囲を行き交う女の子たちを目で追いかけながら言った。「僕なんかには、いい目の保養なんだけど」

「君は単純だからすぐに釣られているみたいだが、彼女たちの魂胆が見えないのか? メイクアップだって、ウォータープルーフのアイラインは〝デルブーフの錯視〟の応用で、目を大きく見せているだけだ。目尻の描き込みは、切れ長に見せるための〝ミュラー・リヤーの錯視〟だ。大体、泳ぎに来ていて、何で化粧なんかしなきゃならないんだ……」

彼女は、持ってきたグラスビュアを、モード・チェンジでサングラス仕様に変えた。使うのかと思って見ていたら、そのツルの片方を、ビキニの胸の谷間に差し込んでいる。次にポシェットから、スティッキーを取り出した。今日は、表面に何も塗ったりまぶしたりしていない、プレーンスティッキーらしい。そして彼女は、まるで自分が穂瑞沙羅華であることを誇示するかのようにそれをくわえ、アイドルチックな微笑みを浮かべている。

僕はそんな彼女をチラ見しながら、妙な胸騒ぎをおぼえていた。やはり彼女、これからボーイハントでもするつもりなのだろうか……？

それにしてもここは、潮風も波の音も、すべてが心地よい。

「こんなところで、ずっと一緒にいたいよなあ……」

僕が話しかけても、彼女は遠くを見るような眼差しで、周囲の様子をうかがっていた。

さて、ここでじっとしていては、進展するものも進展しない。僕は沙羅華を誘ってみることにした。

「なあ、僕たちも海へ行かないか？」

つまらなそうに彼女が答える。

「私にビーチボールで遊べというのか？」彼女の視線の先には、水を掛け合っているカップルがいた。「波打ち際でじゃれ合って、何が面白いんだ」

「じゃあ、何しにきたんだよ。みんなが遊んでいるときぐらい、一緒に遊べばいいのに」

「仕事はどうするつもりだ。私に遊ばれると、契約違反じゃないのか？　むしろ、それを監督するのが君の役目だろう」彼女はスティッキーを一かじりする。「こんなところでカップルたちの痴態をながめていても、時間がもったいないだけだ。私は両備さんと話がある」

沙羅華は立ち上がると、彼の方に向かっていった。必然的に、僕は亜樹さんと並ぶ格好になる。

「あれから家に帰ってからも、ずっと考えていた」両備さんが沙羅華に話しかけている。

「君のアドバイスも、もっともだと」

僕が首をつき出し「断念する気になったのか？」と聞くと、彼女に注意された。

「横から口をはさまないでくれ」

気を取り直したように、両備さんが話を続ける。

「夢の実現のためには、当面の目標設定を低くしようかと思う」

「どういうことですか？」と、僕は聞いた。

「要するに、まず無人計画で成果を出したいということだ。たとえば人工知能《AI》か何かを、過去へ送るとか……」

沙羅華が首をふる。

「有人でも無人でも、ワームホールを利用する気なら、同じ問題がつきまとうだろう」

二人が話しているのが面白くない僕は、「刺激的なビキニを着てするような話か」と、つぶやいた。

「うるさいな」彼女がまた僕を叱る。「これから両備さんと大事な話をするんだから、君はあっちへ行っててくれ」

そして彼女は、一握りの砂を僕に向かって投げつけたのだった。これが夢にまで見た海水浴デートの真実なのかと思うと、僕は愕然《がくぜん》とせざるを得なかった。

両備さんが微笑みながら、亜樹さんに話しかけている。

「綿貫君と二人で、散歩してくれば？」

軽くうなずきながら亜樹さんが立ち上がったので、僕もしばらくこの場を離れることにした。


「お互い、損な役回りですよね」

砂浜を歩きながら、僕は亜樹さんに話しかけた。

「そうかなあ。あまり意識したことはないけど……」

小さな声で、彼女が答える。本当に控え目な人だと、僕は思った。

「そもそも、お二人が出会ったきっかけは？」

「大学のゼミのときね。彼が助手をしていたの。右も左も分からない私に、親切にしてくれて、いい人だなって……」

「でも一緒にいて、腹が立ったりしないんですか？　無理な注文を押しつけられることもあったでしょ？」

「そう言われても、あんなふうにカリカリし始めたのは、研究がうまくいかなくなってからなのよ。それに勝手にくっついているのは私の方なんだし、おっとりした性格は田舎《いなか》育ちだからかな？　両親はいまだに田んぼに出てるんですよ」

それを聞いて、僕は納得した。彼女の素朴さは、案外そういうところからきているのかもしれない。

「僕も実家は農業なんですよ。もっとも、兼業農家ですけど」

「前にお話ししたかもしれませんけど、私は一人娘なんで、そろそろ帰ってくるように言われているの。いずれ両親の面倒をみなければならないのは分かっているし、田舎暮らしは、私も嫌いな方じゃないんですけどね……」

「とすると、彼のアメリカ行きが決まれば？」

「私たち、まだそこまでの関係じゃないし……」

彼女はうつむきながら、首を横にふった。

「研究もやめてしまうんですか？　他の研究室からのお誘いも、ないわけじゃないんでしょ？」

「本当のことを言えば私、ダークマターにも時間の謎にも、それほど興味があるわけじゃなくて、ただ彼のそばにいたいなと思い続けていたら、ここまで来ちゃっただけなの」

「彼のどこがそんなにいいのかなあ？」首をかしげながら、僕はたずねた。「頑固だし、失礼ながら才能に恵まれていないのは、自分でも認めている。確かに、いい男だけど……」

「あの人、不器用だけど、真面目《まじめ》でしょ？　それに何か、いつも遠くを見ている。それが素敵《すてき》かどうかはともかく、誰かが足元の方を見ていてあげないと、こけちゃうじゃない」

そう言って、彼女が笑う。

僕はストレートに「好きなんでしょ？　彼のことを……」と聞いてみた。

「まだそこまでの関係じゃないって、言ったでしょ」

「じゃあ、どうして一緒にいるんですか？」

「さあ、分からないからじゃないかなあ」

僕は立ち止まり、彼女を見つめた。

「言ってることがよく分からないんですけど」

微笑みを浮かべながら、彼女が答える。

「初めて喫茶店に入ったとき、彼がホットコーヒーだったんで『お砂糖、いくつですか？』って聞いたの。そしたら『ブラックなんだから、かまわないでくれ』って言うわけ。ふうん、ブラックなんだと思ってたら、別な日に注文したアイスコーヒーには、シロップをたっぷり入れるのよ。ね、分からないでしょ？　でも、お互いが謎だから、一緒にいられるのかも」

そんなものか、と僕は思った。男と女というのは、気が合うだけがいいとは限らないみたいである。

「分からないものは受け入れないというケースもあると思うけど」と、僕はたずねた。

「そうそう、実はそれも分からないの。何で、ああいう人の助手を続けているのかは、自分でも分からない。でも、理屈で説明できないそういう気持ちが、大事なんじゃないかとも思ってる」

僕はゆっくりと彼女の顔をのぞき込んだ。

「人を愛する上で、ということ?」

恥ずかしそうに、彼女がうなずく。

「苦しいときもあるけど、悪いものでもないのよ。誕生日やクリスマス、バレンタイン、といったイベントのたびにドキドキするから、何だか生きてるっていう実感がある。プレゼントだって、自分の趣味に合うものだけを探していても、喜ばれないわけじゃないの」

「彼は、そんな亜樹さんのことを?」

僕がそうたずねると、彼女はこっくりとうなずいた。

「気づいてくれているとは思う。でも彼、仕事のことで頭が一杯だし、今は大事な時期でもあるし、邪魔しちゃ悪いでしょ」

「いや、むしろもっとアピールしないと、彼、アメリカに行っちゃいますよ」

「そう言われても、余計なことを言うと、うるさがられるから……」笑いながら、彼女が続けた。「友だちからは、『あんな変人と一緒にいるのはよせ』って、言われるの。田舎の両親も、『早く結婚しろ』って、うるさくて。実際にお見合いで結婚させられそうなんで、ちょっと困っているところ……。

悪い話じゃないし、親のことを含めていろいろ考えたら、お受けした方がいいとは思ってるの。先方を待たせるのも失礼だし、そろそろ返事をしないといけないんだけど……。その話になるのが嫌だったこともあってお盆休みにも帰らなかったんだけど、今度帰省するまでには決心しておかないといけないでしょうね」

「両備さんは？」

　彼女は首を横にふる。

「彼には何も言ってない。それに彼が夢を持ち続けたままだとうまくいかないと思うし、彼にそんな話、できるわけもない。第一、研究をやめる気はなさそうね……。今だって、穂瑞さんにアドバイスしてもらっているし、どんどん彼が遠くへ行ってしまうような気がしてならない」

　僕も同感だった。沙羅華のような天才が話していて刺激になるのは、僕なんかより間違いなく両備さんの方だろう。僕は思わず、沙羅華と両備さんがいるビーチパラソルの方をふり返った。

「でも私より、穂瑞さんのそばにいるあなたの方が、もっと辛《つら》いんじゃないかと思う」

「どうして？」と、僕はたずねた。

「綿貫さんだって、感じてないはずはないと思う。孤独なイメージがあるみたいだけど、彼女だってちゃんと恋愛していることを……。ただしお相手は、きっと宇宙の真理なのよ。どんな男の人にだって、太刀《たち》打ちできない」

　そうかもしれない、と僕は思った。またそれ以上のことは、言われなくても分かるような気がした。

　実際、沙羅華にとって僕は、どういう存在なのだろう。特異な才能をもつ彼女には、僕みたいに平凡な人間が理解できないので面白いということなのだろうか？　まさかそれだけで腐れ縁が続いているとは、思いたくないのだが……。

亜樹さんとビーチパラソルの近くまで戻ってくると、黒い海水パンツをはいた二人組の男が少し離れたところに立ち、沙羅華と両備さんの方を向いてスマホをかまえていた。

彼女の写真を撮っているようにも見える。ほとんど後ろ姿しか分からなかったのだが、一人はノッポで面長、もう一人は小太りで丸顔で、ともにサングラスをかけているようだ。彼女が天才少女の穂瑞沙羅華だと気づいているのかどうかも分からないし、盗撮というのも僕の思い過ごしかもしれない……。

とにかくビーチパラソルに戻った僕は、沙羅華の肩にバスタオルをかけてやり、注意するよう言っておいた。

それから自分のスマホを手に取り、逆に写真を撮ってやろうと思ったのだが、そのときにはもう、彼らの姿は見えなくなっていた。

「こんなところにまで……」

がっくりと、沙羅華が肩を落とす。

「どういうことだ？」と、両備さんはたずねた。

僕は、少し前から彼女が不審者につけ狙われているらしいことを説明した。

「いわゆるパパラッチなのか？」

両備さんが聞くと、沙羅華は首を横にふる。

「だとすれば、まだましさ」

「と言うと?」

「産業スパイではないかと疑っている。テストを目前に控えた〝むげん〟のEPSは、量子コンピュータ・メーカーだけでなく、あなた方の所属しているIJETOも詳細を知りたがっているからね。警戒はしているつもりなんだが……」

「パパラッチでも産業スパイでもないとすれば、時間警察だったりしてな」両備さんが落ち込んでいる彼女を笑わせようとしているのか、冗談めかして言った。「タイムマシン作成の密談をしている俺たちを、監視しているんだ」

「それは考えられない」僕は二人にジェラシーを感じていたこともあってか、両備さんに反論した。「時間警察は、タイムマシンの完成が前提でしょ? まだ作ってもいないんだし、我々の研究を阻止するなんて、つじつまが合わなくないですか?」

「阻止ではなく、監視だと言っただろ。実は穂瑞さんとも、さっき話していたところなんだが、パトロールも時間警察の任務の一つじゃないか。そして我々の研究が進み、歴史に重大な影響を与えることが確実になれば、彼らは一気に行動に出る」

「じゃあ、その可能性はあると?」僕はあごに手をあてた。「逆に時間警察の出没が事実とすれば、僕たちのタイムマシン計画にも見込みはあることになる……」

「解釈は君の自由だが、本当のところは彼らに聞いてみないと分からないだろう」両備さんは、二人組が立っていたあたりに目をやった。「それとも単に、穂瑞さんの追っかけなのかもしれない。何しろ君は、物理学の話さえしなければチャーミングだからな」

そう言って両備さんが笑うと、顔を伏せていた沙羅華も微笑みを見せていた。

「さて、そろそろお昼にしましょうか?」

亜樹さんはそう言い、更衣室までお弁当を取りに戻った。

僕が手にしたままのスマホを見てみると、メールが一通届いていた。依頼者の田無先生からで、その進み具合を聞いておきたいという内容だ。

彼はまず会社の方に問い合わせたみたいで、僕たちがIJETO日本支部にいることも知られてしまっている。沙羅華が研究者に協力していることまでは、まだ感づいていないようだったが、心配になって問い合わせてくる彼の気持ちは、分からないでもなかった。

しかし一体どうなっているのか聞きたいのは、むしろ僕の方である。考えてみれば、僕も沙羅華に引きずり込まれる形で、いつの間にかタイムマシン計画に荷担してしまっているではないか。

とにかくうまい言い訳でも考えて、あとでメールすることにした。

6

戻ってきた亜樹さんは、保冷バスケットからサンドイッチを取り出した。カツ、タマゴ、野菜、ハムなど、種類も豊富で、サラダやデザートもある。僕たちの分も作ってくれていたから、早速いただくことにした。

　亜樹さんは、水筒のアイスコーヒーを紙コップに注いでいる。

「昼食なら、海の家ですますという手もあるのに」と、沙羅華がつぶやく。

　確かに沙羅華がこんなものを作ってみんなにふるまうことなど、僕にはとても想像できなかった。僕はサンドイッチを手にしながら、彼女に言った。

「いや、こういうのは、金で買えばいいというものでもないだろう……」

　昼食の間、手作りサンドに関心のない沙羅華と両備さんの話題は、もっぱらワームホールの制御についてだった。ただし電磁気力で制御できないものをいかに制御するかという問題には、まだ答えが得られていないようである。

　僕は思わず、小言を口にした。

「おい、見てみろよ。まわりの連中はもっと楽しそうにしているぞ。少なくとも、タイムマシンの作り方で議論したりはしていない」

「また砂を投げてもらいたいのか？」

　その一言に一抹《いちまつ》の恐怖をおぼえた僕は、黙ったまま首をふる。そしてサンドイッチを頬《ほお》張《ば》り、何気なく海水浴場の端にある突堤に目をやった。何人かの人が小さな椅子に腰かけ、海釣りをしている。

　しばらくながめていると、ふとひらめくものがあった。そして独り言のように、こうつぶやいたのだ。

「釣り糸とエサがあれば……」

　両備さんが聞き返す。

「何のことだ？」

「だから、制御ですよ。釣り糸とエサみたいなものがあれば、電磁気力でも制御できないワームホールを引き寄せることができるんじゃないのかと思って」

「だからその、釣り糸とエサが問題なんじゃないか」

　砂を握りしめて、沙羅華が言う。

　僕は苦し紛れに、「加速器なら、粒子ビームが釣り糸にもエサにもなるんじゃ？」と、答えた。

「なるほど、加速器か……」両備さんは食べるのをやめて、考え込んでいる。「うちの加速器の陽子ビームぐらいのエネルギーがあれば、エサになるかもしれない」

「どういうことなの？」と、亜樹さんがたずねる。

　自分のアイデアであるにもかかわらずうまく説明できない僕に代わって、両備さんが話してくれた。

「彼が思いついたのは、おそらくこういうことだ……。ワームホールはその性質上、質量をもった粒子を吸い込もうとする。しかしそれがマイクロ《M》・ワーム《W》ホール《H》・クラスであれば、そうした粒子群のエネルギーがホールの出入り口を動かすことも考えられる。つまり、質量をもった荷電粒子というエサで釣れば、マイクロ・ワームホール程度なら制御できるのではないかということのようだな。綿貫君の思いつきだけあって、単純な話だ」

解説はありがたかったが、最後の一言は余計だと僕は思った。

「陽子ビームで、食らいついたマイクロ・ワームホールを制御することもできるのでは？」と僕は付け足した。「それこそ釣り糸と同じで、陽子ビームが強いほど、しっかりホールドできる可能性はある。しかもワームホールに突っ込んでいく陽子ビームの消失や、別なワームホールからの出現によって、それぞれのワームホールの位置が確認できることも考えられる」

「なかなかの名案かもしれないな」

両備さんにほめてもらった僕は、思わず笑顔になった。

沙羅華も否定することなく、また砂をかけることもなく、僕たちのやりとりを聞いていた。

「けどワームホール制御は、釣りとは違うからな」と、両備さんがつぶやく。「陽子ビームというエサがあれば、確かにワームホール制御はできそうにも思えるが、しかし制御しなければならないワームホールは、二つもあるんだ。二つ同時に制御するなんて、少なくともうちの陽子加速器にはできない芸当だ」

「エサを与え続けるのも程度問題だろう」沙羅華がサンドイッチを食べながら言う。「蒸発せず、ブラックホール化してしまう可能性もある」

「それなら高エネルギーの陽子ビームじゃなくて、電子ビームにすれば？」と、僕は聞いた。「出力が強ければ、電子ビームでも可能な気はするけど……」

それ以上余計なことを言うな、というような顔で、沙羅華は僕を見ていた。

「問題は、まだ残されている。なかでも時間差の件なんて、根本的な大問題にもかかわらず、未解決のままだ。明日には出資者のティム・マーティンがやって来ることになっている。しかしこのままでは、プレゼンテーションもできない」

両備さんが、ビーチパラソルをあおぎ見ている。

「つまり俺が考えるようなワームホール型タイムマシンは、現状では有人はおろか、無人計画さえも絶望的ということか……。どうやらそれが結論のようだな」

両備さんが、ようやく研究中止をほのめかすような発言をしたと、僕は受け止めていた。

「いや……、無人計画に関しては、情報だけの時間転送——つまり情報時送なら研究の余地はあると思う」と、沙羅華が言う。「質量の影響などは、最小限に抑えられるからね。ただし、あなたが望むような発展性は、ないに等しい。さて、どうする？」

両備さんが、眉間《みけん》に皺《しわ》を寄せて答える。

「やはり、人工ワームホールの研究は続けたいな。将来的なタイムマシン・ユースも、断念するには忍びない……」

それを聞いた亜樹さんが、ため息をもらしていた。

その選択だと何も変わってないことになり、やはり彼も彼女も破滅してしまうことになるのかもしれない。

亜樹さんの様子に気づいた両備さんが、「もう少し考えさせてほしい」と沙羅華に告げた。

「あなたが迷うのも無理はない。確かにタイムマシンは、ユニークなテーマだ」と、沙羅華が言う。「前にも話し合った通り、時間転送を考えると、科学の根本原理にまで行き着く。タイムマシンは、それさえ揺さぶっているんだからね。しかし今回、あなたにアドバイスしていて感じた一番の問題は、実はモチベーションなんだ」

「何だって？」と、両備さんが聞き返す。

「私たちは何故《なぜ》、こんなことをしているのかということだ。両備さん、あなたは一体、何のために科学をしている？」

答えに困っている様子の彼は、逆に沙羅華に質問していた。

「穂瑞さんは？」

「私は、〝自分とは何か〟を知るためだ」と、沙羅華が言う。「ＴＯＥ――最終理論のさらに背後にあるはずの、〝究極の疑問〟をね。すべての研究者がそうあるべきとは思わないけれど、あなたがもし、世間や馬鹿にした人たちを見返したくて研究を続けているのなら、科学する者のモチベーションとしてふさわしいとは思えないな」

「でもこのままでは、俺は何者にもなれないまま、終わってしまうことになる。そんな人生なんて嫌でたまらない。何か大きなことを成し遂げないことには……」

「それが気に入らない」沙羅華が首をふる。「研究テーマの選択はあなたの自由だが、個人的には地位や名誉のためであってはならないと私は思っている。特にタイムマシンの製造において、そうしたモチベーションは危険でさえある」

「しかし、ここまで続けてきた研究生活を、途中で投げ出したくはない……。この際だ。情報だけでも送れないだろうか？」

アイスコーヒーを飲みかけた沙羅華が、その動きを止める。

「何だと？」

「君がさっき言ったじゃないか。情報時送なら研究の余地はあると。せめて情報だけでも、過去や未来へ送れたら……」

沙羅華はアイスコーヒーを一口飲み、両備さんに言った。

「確かに情報だけを送る実験なら、できないことはないかもしれない。出資者にも提案できるだろう」

「本当か？」

「アドバイザーなんだから、嘘《うそ》は言わない。情報時送なら、実際に、いくつか実験もされている」

「それも、ワームホールを利用するのか？」と、僕はたずねた。

「いや、情報だけなら、別な方法がいろいろ考えられると思う」

「でも光速は超えなきゃならないんだろ？　するとやはり、タキオン粒子？」

「存在すれば便利な素粒子だけど、まだ証明も発見もされていないと言っただろう。私が考えているのは、他の方法だ」彼女は両備さんに向き直った。「ただ、出資者のティム・マーティンを説得できるかどうかまでは分からない」

「そのティム・マーティンというのがどんな人かは知らないが、出資者だって興味を示すはずだ」と、両備さんは言う。「何せ、過去に情報を送れるだけでも、相当凄《すご》いことだからな。自然災害やテロ、あるいは事故を未然に防ぐこともできてしまうかもしれない」

僕は首をかしげた。それはそれで問題ではないのかという気がしたからだ。

そのことを確認しようと思っていたら、沙羅華が先に発言した。

「しかしさっきも言ったように、私の考えている情報時送だと、有人、無人にかかわらず、物質時送への発展性は、期待できない。私の構想では〝タイムマシン〟と言うより、〝タイムプロセッサ〟と呼ぶべきものなんだ。出資者の了解を得てこれで動き出すと、あなたには物質時送を断念してもらうことになるかもしれないが、それでもいいかな？」

彼はややうつむきながら、唇をとがらせた。

「具体的に、どうするつもりなんだ？　ワームホールでもタキオンでもないのなら、もっと現実的な方法なんだろうな……。この前、媒質による光の速度差のことを話していたが、それなのか？」

「いや、それでタイムプロセッサに使えるほどの時間差を得るのは困難だ。私なりに、考えている方法はある。しかし前から言っている通り、これは私の計画であって、あなたの計画じゃない。ここから先は、私とあなたとの関係も含めて、システム全体を詰め直しておく必要がある」

「どういうことなんだ?」と僕は聞いた。

沙羅華が何か、聞き捨てならないことを言い出したような気がしたからだ。

「おそらく私は、単なる彼のアドバイザーではなく、研究テーマや期間などの条件付きで、〝共同研究〟という形を取ることになると思う」彼女はそう言うと、また両備さんの方を見た。「だからこれ以上話すとすれば、私だけでなく、あなたにもそれなりの覚悟がいるはずだ。あなたの態度がはっきりしてから、話を聞いてもらいたい」

「そうだったな」彼が、亜樹さんに目をやる。「やはりもう少し、考えさせてくれないか?できればアキティとも話したい」

亜樹さんはうなずくと、保冷バスケットを片付け始めた。

「それより、せっかく海に来たんだから、お互いもっと楽しまないと」

僕がそう言うと、両備さんと亜樹さんは、笑顔を浮かべながら波打ち際へ向かっていった。

そういうわけで、ビーチパラソルの下は僕と沙羅華の二人きりになる。下心で満杯の僕が近づこうとすると、彼女は胸からグラスビュアを外して立ち上がった。

「さて、私もちょっと頭を冷やさないと……」

「どうするつもりなんだ？」

「決まってる。君に言われた通り、せっかく来たんだから泳ぐんじゃないか。誰もいなくなるのはまずいから、君はそこで、貴重品の番をしていてくれないと困る」

沙羅華が走り去った後、僕は彼女の胸の谷間にぶら下がっていたグラスビュアを、しばらくじっと見つめていた。

7

海から上がってきた沙羅華は、濡《ぬ》れた体をバスタオルで拭くと、何も言わずに僕の横にやってきた。〝至福のひととき〟とは、まさにこれから始まる時間のことを言うのではないかと思ったりもしたが、相手が沙羅華だとなかなかそうはいかないようである。

何故なら、おもむろに彼女が砂浜に書き始めたのはラブレターなどではなく、数式だったからだ。遠目で見ると少女が砂遊びをしているようでもあるのだろうが、書かれているものには積分記号や偏微分記号がしっかり交じっている。もちろん僕にその意味など分かるはずもないが、さっきまで両備さんと話していた情報時送について考えているのかもしれない。隣にいる僕にはまったく関心がない様子で、彼女は真剣に書き続けている。

何が書いてあるのか分からないものをじっと見つめているのも間が抜けていると気づいた僕は、売店へ行き、ソフトクリームを二つ買って戻ってきた。そして一つを、彼女に差し出す。

「早く食べないと、溶けるぞ」

一応、聞こえているみたいで、彼女は「こっちの問題が解けない」と言っていた。

「そう言わず、ちょっと休め」

僕は彼女の目の前に、ソフトクリームを突きつけた。

しぶしぶといった様子で受け取ってはくれたが、沙羅華は自分が書いた数式に、また目を戻している。

「仕事のことより、残り少ない夏休みをいかに有意義に過ごすかを考えた方がいいんじゃないか?」僕は、倉内さんのアドバイスをあれこれ思い出しながら、彼女に言った。「両備さんと亜樹さんだって、今はそんなふうに楽しんでいるみたいだしさ……。さっき彼女に聞いたんだけど、彼のことを思っているときは、苦しいけどドキドキするし、何て言うか生きている実感があるらしいよ」

彼女は、ソフトクリームをペロペロなめながらつぶやいた。

「それはちょっと、うらやましいかな……」

そういうことを彼女が言い出すのはいい兆しではないかと思い、僕はさらに続けることにした。

「お前の一日一日も、そんなふうにドラマチックであっていいんじゃないか? 独りで研究ばかりしていないでさ……」

「綿さんこそ、ガールフレンドでも見つければいいのに」彼女は話の矛先を変えようとしているのか、僕を横目で見た。「守下さんは？　優しいし、気がきくし、綿さんとはお似合いだと思う」

「勝手に決めるな」彼女の肩を、僕は肘《ひじ》で軽く小突いた。「今はお前のことを話しているのに……」

「君はまだ、私のことを分かっていないようだな」あきれたように彼女が言う。「私が〝穂瑞沙羅華〟である限り、恋愛はあり得ないんだ。それに男で自分の人生が決まるなんて、私はまっぴらだね」

「そう言わずに、学校とかにいないのか？」

「前にも同じことを聞かれて、『いない』と答えたじゃないか」

「じゃあ好きな人でなくても、お前と話が合う、異性の友だちとか……？」

「私と話が合う人間なんて、学校にはいない。いや、学校だけじゃないな。けど、あえて言うとすれば……」

彼女は口ごもると、唇についたクリームを、舌でなめている。

「どうした？」と、僕は聞いた。

「いや、今は過去の話をする気にもなれない」

話のついでに、と言うか、最初から聞くつもりだったことを、僕は彼女にたずねてみた。

「僕は？」

「君が？」彼女は思いがけず道端でけつまずいたような表情で、僕を見つめた。「一人では何事にも限界があると、私も思っている。だからと言って、君を選ぶ理由にはならないだろう。君と研究の話はできないわけだし、〝話が合う異性〟という君が出した条件に、君自身が合致しない」

しまったと思いながら、僕は顔を伏せた。

「けど、自分を完全に満たしてくれるのを相手に期待すること自体に、無理があるんじゃないのか？」

「じゃあ、満たされない部分は、どうする？　綿さんの考えていることはさっぱり分からないけど、そもそも私はまだ高校生なんだよ。君は一体、未成年者の私に何をするつもりなんだ」彼女は自分のビキニの谷間のあたりを指さした。「君にはやっぱり、守下さんがお似合いだと思う」

「僕のことはいいだろ。お前だって、せっかく女の子に生まれたんだから、ボーイフレンドとデートしてみたいとか思わないのか？」

「別に」

ソフトクリームを食べ終わった彼女は、再び砂の上に数式を書こうとしている。

「でも、好きなタイプとかあるだろう」

「しつこいな。私が好きなのは研究に決まっている。恋人について聞かれれば、やはりTOE――最終理論ということになるかな。それこそ、私が求めてやまないものなんだから」

　さっき、亜樹さんが彼女について推察していた通りだと僕は思った。

「けどそれ、異性の友人じゃないだろう」僕は彼女に食い下がってたずねる。「人間の男性の話だ。身近に誰かいないのか？」

　彼女は数式を書く手を止め、何かを思い出したように顔を上げた。

　その憂いに満ちた彼女の横顔を見た瞬間、僕は、ちょっとまずかったかなと思った。彼女の心の傷の部分に、触れてしまったかもしれないからである。

「悪かった」僕は先回りして謝ることにした。「言いたくなければ、言わなくてもいい」

「いや、かまわない。私と話が合う異性について聞いていたんだよな」彼女が僕を見つめて続ける。「強いて言えば……兄さんかな」

「君の兄さんが？」

　彼女と同じく、精子バンク・サービスで生まれた異母兄のことだ。

「勉強でもプライベートでも話が合い、何でも悩みを打ち明けられるような人というと、私にとってずっとそれは、兄さんだった。アメリカにいたころはよく遊んでもらったし、一緒にいても、まったく違和感はなかったな。私と母が日本に来てからも、彼とはネットで連絡を取り合っていた。ところが私が思春期をむかえたころから、意識するようになってしまった」

「意識、と言うと？」と、僕が聞き返す。

「異性としてだ。それで何だか、二人の関係がおかしくなっていったんだ。ある意味、当然だよね。兄妹なんだから。それからはメールをくれないどころか、居場所も分からなくなったというわけさ」

彼女が突然、自嘲的《じちようてき》な微笑みを浮かべる。

「今はこれぐらいで許してくれ……」

沙羅華は僕から目をそらすと、数式の続きを砂に書こうとしている。

「いや、ちょっとそういうことから離れた方がいいと言ってるじゃないか」

僕は彼女の体の向きを、数式とは反対の方向に変えさせた。

「やっぱりおかしいだろ。そんなセクシーな水着を着ていて、砂浜で、何で現代物理なんだ？　何で微分や積分方程式なんだよ。同じ年頃の女の子がするような、好きな男子の話とか、ファッションの話とかをどうしてしないんだ？」

「そんなの、興味ないし、したくもない」

「しかしそうまでして、何でお前は研究を……」

彼女は膝《ひざ》をかかえ、首をふった。

「本当は私も、普通の女の子みたいに、デートもしたいし、恋だってしてみたい。でも、うまくいかないんだ。いや、できないのかもしれない。内心ではずっと、自分を変えたいとは思っている。それができる可能性の一つが、タイムマシンだと思わないか？　過去の自分に忠告してやるか、あるいは出生にまつわる事情そのものを操作してやれば……」

だから彼女は熱心に研究をしているのかと、僕は思った。

「違う、そんなことじゃない」と、僕は言った。「自分を変えられるのは、きっと自分自身だ。お前、頭がいいのに、どうしてこんな単純なことが分からないんだ？」

「自分のことだ。人に指摘されなくても、自分で分かっている。自分はみんなと違うらしいことぐらい……。こんな自分を、自分でも好きになれないし、自分のどこがいけないのかと思う。自分を変えようにも、それさえどうしていいのか分からない……」

彼女はまるで自分の体を抱きかかえるように、両腕を背中の方に回していた。

「私だって、人を恋しく思うことはあるけれども、どうやらそれも、他の人とは何か違っているようだ。いくら考えたって、これればかりは克服できそうにないかもしれない」

「でも、努力すれば、何とかなるんじゃないか？」

僕がそう言うと、彼女は首をふった。

「顔とか体つきと同じで、私の心も、今さら努力でどうなるものでもないと思う。生まれつき、そうなんだから……。そもそも私は、人と人が愛し合って生まれてきたわけじゃないじゃないか。精子バンク・サービスによる人工授精だ」

彼女は自分で、自分の過去のことを口にしていた。

「おかげで私は天才かもしれないが、超人でも、聖人でもない。内側では、さまざまなエレメントが対立していて、辛うじて人格を維持しているにすぎないんだ」

「誰だって、そうだと思うよ」

彼女は僕を見つめ、「君が言うと、説得力があるな」とつぶやいた。

珍しく、褒めてもらえたらしい。

「今回のことも、最初は彼の研究がどうなろうと、またそれでＩＪＥＴＯがどうなろうと、それほど関心はなかった」と、彼女は言う。「でも君が、彼と彼女の関係について話したのを聞いているうちに、もしかすると愛というものについて、少しでも理解できるかもしれないという気がしたんだ」

彼女が今回の依頼を引き受けた真の理由は、どうもそういうことだったのかと僕は思った。

「そうだな。一つのきっかけにして、しっかり学べばいい……」

「じゃあ早速、教えてくれるか?」彼女は真面目な顔で、僕に聞いた。「君が考える愛とは、どんなものなんだ?」

僕は頭に手をあてた。

「急に聞かれても……」

「ダメモトで言ってみてくれてもいいじゃないか」

「そうだな……。死が二人を分かつまで一緒にいること、とか?」

じっと僕を見つめていた彼女は、「そんな阿呆《あほ》くさいことだったのか」と言った。

「他の言い方だと……。愛とは、かけがえのないもの。あるいは、互いが互いの一部になること、とか……？」

「やっぱり、君に聞いたのが間違いだったかもしれない」そうつぶやきながら、彼女はビーチに目をやった。「愛よりも修羅場に詳しそうな連中なら、このあたりにいくらでもいそうだな……。一体、誰が分かっているんだ？　もっと原理的な説明はないのか？」

「だからきっと、誰もが試行錯誤しながら身につけていくんじゃないか？　あえて言葉にすると……。自分よりも相手を思いやる心かもしれない。自分のためというより、むしろ人のために生きるんだ。そう、愛の本質には、与える愛があると思う」

「与える愛だと？」沙羅華が聞き返す。「何故、与えなきゃいけないのかが理解できない」

「そう言われても、きっとそういうものなんだと思う。自分さえ良ければいいというわけにはいかない」

「随分と面倒くさいんだな」

彼女は唇をとがらせた。

「具体例をあげれば、さっきの亜樹さんの弁当みたいなものじゃないかな」

「何でそこで、お弁当が出てくる？」彼女が馬鹿にしたように笑う。「大体、何で自分の貴重な時間を、そんなことに使わないといけないんだ。不合理かつ非論理的なだけじゃないか」

どうも彼女の理屈で愛を定義することは、かなり困難なようである。しかし教えるなら今だと思って、僕は話し続けた。

「やみくもに与えろと言っているんじゃない。取りあえず、大切な人のために何でもいいから与えてみてはどうだ。何らかの感触はつかめるかもしれない」

「また分からないことを言う……。自分の他に大切なものなんて、あるのか？　すべては、自分という存在の上に成り立っている。それを揺るがすような概念は、受け入れられない」

「そうじゃない。与えることで、つながりをより強固にするんだ」

「そんな……。人とつながると、私はユニットの一部になってしまうということじゃないか。それも受け入れられない。人に依存するなんて、私は嫌だね。自分に課せられた問題を解き切るまで、誰も受け入れるわけにはいかない」

僕はがっくり肩を落としながらも、レクチャーを続けるしかないと思っていた。

「そういうわけにはいかないだろう。社会で生活していれば、多かれ少なかれ、人と一緒に暮らさないといけない。それらを円滑に進めていくのが、広い意味での〝愛〟ということになるんじゃないのか？」

彼女の表情からは、理解してくれた様子はまったくうかがえない。そして僕に向かって、こう言い放った。

「私は安易に愛を語る男だけは、信用しないことにしている」

「お前、人にさんざん聞いておいて、その言いぐさはないだろう」

「しかし私がこんなふうでも、誰に迷惑をかけているわけでもない。だからもういいじゃないか。単に私が恋愛に向かないというだけのことだろ？　ぎこちない君の恋愛講座も、それぐらいで終わりにしてくれ。君にはやっぱり、守下さんの方がお似合いだ」

　僕は首をかしげた。

「何でそういうオチになるんだ？」

「それより、両備さんたちにも声をかけて、そろそろここを引き上げないか？」

　彼女が言うように、今日の暑さのピークはもう過ぎてしまったようだ。


　ふり向いた僕は、少し離れたところにさっきのパパラッチだか時間警察だか分からない二人組が、まだいるのに気づいた。ノッポの男がもう一人の小太りの男を肩車していて、上にいる男はやはり、スマホをかまえている。

　沙羅華は今、背中を向けているので、彼女そのものを撮っているのではないのかもしれない。

　カメラをやや下に向けているようなので分かった。どうやら彼女が砂浜に書いた数式を狙っているようだ。

　今度こそ注意しようと思って僕が立ち上がると、彼らは薄ら笑いを浮かべながら、直ちに走って逃げていった。

「どうかしたのか？」

　彼女に聞かれたので、僕は事情を説明する。

「大丈夫。この数式の意味なんて、私にしか分からないはずだ」彼女は苦笑いを浮かべていた。「逆に言えば、そんな私にアドバイスできる人間も、私しかいないということなんだろうが……」

8

その後、僕たち四人は、近くのレストランで夕食をとった。

沙羅華と両備さんは、ずっと何かを考え込んでいる様子だったが、僕たちはあえて仕事の話はしないようにして、他愛《たわい》ない雑談を楽しんで時間をすごした。

そのひとときがとても心地よく思えたので、レストランを出るとき、僕はみんなを誘ってみた。

「戻る前に、砂浜で花火大会でもやらないか?」

しかし沙羅華にも両備さんにも、明日があるからという理由で断られる。

僕が運転するレンタカーには、沙羅華と両備さんが後部座席に、そして亜樹さんが助手席に座った。まず亜樹さんを、彼女のアパートまで送ることになっている。

「このあたりは夜空も奇麗なんだね」

沙羅華が窓の外を見上げてつぶやいた。

「都会と大分、離れているからな」両備さんも星をながめながら言う。「奇麗だが、俺は今見ている星が、どれも過去の姿なんだなと考えることがよくある。すると少しだけだが、タイムトラベルしたような気分になれるんだ」

「どういうことですか？」と、僕はたずねた。

「それぐらい、自分で考えろ」

両備さんがそう答えると、僕以外のみんなは面白そうに笑っていた。


亜樹さんのアパートに到着したので、その前で彼女を降ろす。

彼女の代わりに、沙羅華が助手席に移動してきた。

そして「お疲れさまでした」と、笑顔で手をふる彼女を後ろに見ながら、僕は車を出発させた。

「不思議な娘《こ》だろ？」後部座席の両備さんが、僕に言った。「何も話さなくても、彼女といるだけで俺の気が落ち着くんだ」

「今どき、あんないい娘は珍しいですよね。うかうかしてたら、他の男に取られてしまいますよ」

「まさか、君が狙っているのか？」と、彼が問いかける。

「そういう意味じゃないですけど、でも彼女とずっと一緒だと想像すると、幸せな光景の数々がスッと思い浮かんでくるじゃないですか。子供ができて小学生にでもなれば、きっと彼女、毎朝、黄色い旗を持って横断歩道の横に立ったりすると思いますよ」

「君の想像は自由だが、何だかそういうの、分かりやす過ぎないか?」

「どういうことですか?」

「だって、あまりにもステレオタイプな光景じゃないか。残念ながら俺の夢は、そんな小さな幸せの形じゃない」

「でも、気にならないんですか? 彼女のことが」

「それとはまた別だろう。まだ人生を決めてしまいたくないだけだ。たとえは良くないかもしれないが、精子は卵子にタッチすると、尻尾《しっぽ》も取れて、それ以上何も探さなくなるだろ?」

「そんなふうにはなりたくないというわけ?」

「研究に没頭していると、自分の答え探しにかかわらない日常のあれこれが、つまらないことのように思えてくるんだ。俺はまだ、自分の可能性を出し切っていない。もっと高みを目指していけると思っている」

僕は彼に聞いてみた。

「本当は、決めかねているのでは?」

「それぐらい、君に指摘されなくても分かっている。けど今は、生活のために生きたくはない。だからなるべく早く、仕事の方でも何らかの成果を出したいと思っている……」

「さて、これからどうする?」今まで黙って聞いていた沙羅華が、両備さんに言った。

「私も九月になれば、〝むげん〟に戻らないといけないし、ずっとあなたの雇われアドバイザーでいるわけにもいかない」

「そうだったな」ため息をもらしながら、彼が言う。「実は、このことはまだアキティにも話していないんだが……。君に言われた通り、生成にも制御にも問題のある人工ワームホールの研究は、アメリカ行きの話も含めて、断念するしかないかと思っている。本当は、あきらめ切れないんだけれども……」

やっと両備さんが納得してくれたと、僕は内心、胸をなで下ろしていた。まだ心の整理はついていないようだが、いずれ亜樹さんとも一緒になるのかもしれない。

「じゃあ、出資話も断念するんだな？」と、沙羅華がたずねる。「何ら成果もなく、研究者生命を終えてもいいと？」

「いや、問題はそこなんだ」彼は一度、舌打ちをした。「せめて情報だけでも、過去や未来に送れるようにしたいが、どうだろう？」

「まだそんなことを……」僕は思わず、声を荒らげてしまった。「そんな未練たらたらじゃ、彼女が可哀相《かわいそう》じゃないですか」

「しかし、ティム・マーティンとかいう出資者のことも考え合わせると、より現実的なのは、やはり情報時送の共同研究だと思えてくるんだ」

「本当に、情報だけでもいいんだな？」と、沙羅華が念を押す。

「だとしても、もう少し話を聞かせてくれないか？」

彼女は軽くうなずくと、僕に言った。

「綿さん、車をどこかにとめてほしい」

「どうした？　花火大会でもする気になったのか？」

「君は少し黙っていてくれ。両備さんに、大切な話があるんだ」そして後部座席の両備さんにたずねる。「時間はまだ大丈夫かな？」

腕時計を確かめながら、「ああ、もちろん」と、彼が答えた。

「いい時計だね」

沙羅華がそうたずねると、彼が微笑む。

「アキティのプレゼントなんだ。誕生日の……。俺も気に入っている」

少し行くとコンビニがあったので、僕はその駐車場に車をとめることにする。

彼女は助手席から、両備さんのいる後部座席に移動した。

「再度、確認しておかねばならない」沙羅華が両備さんを見つめて話し始める。「さっき言ったみたいに、私の構想しているタイムプロセッサには、あなたが夢見ているような物質時送への発展性はない。ただし情報時送の実用化によって資金を蓄積し、将来的にあなたがそれを物質時送の研究につぎ込むことはあり得るかもしれない。いずれにせよ、あなたの現在の研究内容とは異なるので、物質時送は一旦《いったん》、断念してもらうことになるが、それでもいいのか？」

「正直、まだ迷っている。けど君と一緒に研究すれば、良い刺激を受けるだろう。情報時送も、実験してみる価値はあるかもしれない」

「よし、乗った」彼女は力強くそう答えた。「光速を超えて情報を送ることは、可能だと私は考えている。限定的であれ、過去や未来の情報を、現在の我々が受け取ることもできるだろう」

「それだけでも、凄いことなんだろうなあ」と、僕はつぶやいた。

「問題の一つは、その点だ」沙羅華が両備さんを指さす。「たとえ情報だけだとしても、タイムプロセッサは他のどんな発明品とも違う。社会に与える影響が大き過ぎるので、研究していることは一切公表できない」

「つまり、これも〝闇研〟というわけか」と、両備さんが聞いた。

「ああ。だから秘密を守ってほしい。研究体制が変わることは亜樹さんにも事情を説明してかまわないが、研究内容については、このメンバーと出資者だけの秘密にすること。いいね？」

両備さんとともに、僕もうなずいた。

「で、どうやって実験するつもりだ？」と、両備さんがたずねる。

「アイデアそのものは、シンプルなんだ。まず、光速に支配された因果律という概念は、量子の世界では放棄する必要があることに着目した。エンタングルメント――つまり、からみ合いの状態にある素粒子は、見かけ上、光速を超えて情報が伝わることが知られている」

両備さんが膝をたたいた。

「アインシュタイン《E》＝ポドルスキー《P》＝ローゼン《R》相関か」

沙羅華が大きくうなずく。

「EPR相関は、量子テレポーテーションに利用することも考えられている。それを応用すれば、ある種の情報群を、光速を超えて過去へ送ることもできるかもしれない。からみ合い状態にある一方に情報を書き込めば、それが瞬時に——つまり光速を超えて伝わることになる」

「ただしEPR相関の効果を確認するためには、最低でも光速が必要だったはずだ」と、両備さんがつぶやく。「だから光速は超えられないのでは？」

「いや、私なりに考えていることはある。もっとも、いきなり大量の情報を送ることはできないだろうから、数ビットから数キロビット程度の情報を送る実験から始めてみたい」

彼女の口ぶりは実になめらかで、急にひらめいたアイデアではないことをうかがわせた。

「でも、どんなふうにして信号を送る？」と、両備さんがたずねる。「量子スピンを利用するとしても、からみ合った関係性を作り出し、状態を維持してそれを操作し、なおかつ測定するというのは、至難の業だろう」

「でも今話に出た量子テレポーテーションの研究なんかだと、それをやってるんでしょ？」

僕の質問には、両備さんが答えてくれた。

「確かに量子テレポーテーションだと、レーザーを使う研究なんかはすでに進んでいる。鏡などで光子の経路に距離差をつけたり、あるいは媒質を変えたりするなどして時間差を生じさせるんだ。ただし、実験室の大きさなどの制約も多く、時間差を生じさせるのには相当苦労しているらしい」

「あなたたちが心配しなくても、私なりに考えていると言っただろう」沙羅華がポシェットから、プレーンスティッキーを取り出した。「加速器を使う。情報だけなら、現在の施設状況でも実験は可能だ」

「まさか、〝むげん〟で?」

僕がおそるおそるたずねると、沙羅華はスティッキーをかじりながらうなずいた。

「うまくいけば、最初の実験から結果は出せる。からみ合いの関係にある電子あるいは陽電子を、〝むげん〟の二つのリングで別々に加速すれば、実際の両者の位置関係はほとんど変わらなくても、両者の相対的な距離をどんどん広げていくことが可能になるんだ。すると結果の確認は、両者の相対的な距離が理論上どれほど離れていたとしても、光速未満でできることになる」

僕にはよく分からなかったが、両備さんは何となく理解している様子だった。

「なるほど……。だが問題はまだあるだろう。大体、からみ合い状態の電子に、どうやって情報を書き込んだり読み取ったりする? いや、そもそも、どうやってからみ合いの関係にある電子を作り出すんだ? まさか……」彼は話しているうちに、自分で気づいたようだった。「エンタングルメント・プローブ・システム——EPSを使うのか? しかしEPSでも、スピンの向きを信号に応じて自在に変えることはできないだろう」

「それ以上のことは、ここでは答えられない」と、沙羅華が言う。「ただ、思いつきではない。以前から研究していたということだけは、あなたたちにも伝えておこう」

「分かってるさ」彼が小刻みにうなずいた。「それは君のアイデアであって、俺の研究にはならないことぐらい」

「そこが重要なところだ。落ち着いて聞いてほしい」彼女はしっかりと、彼を見つめている。「残酷なようだが、あなたがタイムマシンの最初の発明者にはなり得ないのではないかと私はみている。だからと言って、あなたのワームホール研究を阻害するものではない。自分で判断すればいい」

彼は苦笑いを浮かべていた。

「いや、君にアドバイスしてもらっているうちに、今のままだと限りなく破滅に向かうことは、自分でも分かってきた」

「でも、夢は捨て切れないんだろ?」沙羅華も微笑む。「そこで提案がある。私と〝むげん〟で、このタイムプロセッサの実験を一緒にやらないか? この先のことを私が打ち明けるにしても、あなたの経験から何かを引き出すにしても、共同研究が望ましい。私の発案でもあるのでメインは私になるが、あなたにはサブを引き受けてもらいたい。あなたが自分の夢をあきらめ切れずにアメリカへ行くとしても、それからでも遅くないだろう」

僕は彼女の提案を聞いて、率直に驚いていた。彼女は彼とのアドバイス契約の話を、さらに共同研究へと進めようとしているのだ。

「私は本来、理論物理の方で、実験は専門外なんだ」と、彼女が言う。「しかしあなたなら、根気強いし真面目だし、いいパートナーになってくれそうな気がする」

「お前が研究パートナーを？」僕は思わず、そうつぶやいた。「僕には考えられないなあ」

「確かに一人で研究するのは、自分のスタイルだった。けれど前にも言った通り、タイムマシンの実験というのは、パートナーがいた方が理想的なんだ。時間的に相対する二つの座標――つまり送信側と受信側に、それぞれ観測者が必要だからね。さあ、どうする？これはあなたの研究に対するモチベーションを問うことにもなる。時間の謎を解きたいというのであれば、私と一度、共同研究をしてみないか？」

「綿貫君じゃないが、君から共同研究の話を持ちかけてくるとは、俺にも意外だったな。穂瑞さんはチームではなく、一人で研究をするタイプかとずっと思っていたから」

　両備さんも沙羅華のことをよく見ていると、僕は思った。

「しかし俺は、一人じゃない」と、彼は言う。「研究室を構えていて、助手もいる。俺を共同研究に誘ってくれるのなら、助手のアキティも一緒に参加させてもらえないか？」

「彼女は駄目だ。あなたの研究室ならともかく、私との研究には不要な存在でしかない。彼女にはあなたから事情をよく説明して、分かってもらうようにしてほしい」

「どうして駄目なんだ？」と、彼は聞いた。

「研究上の機密を維持するために、チームは少人数の方がいいというのは鉄則だ。研究費用の分配など、経理上の問題もある。そもそも研究に徹するには、早い段階で情的な成分などを切ってしまうに限る。とにかく、IJETO日本支部ではあなたの自由にすればいいが、〝むげん〟での共同研究に参加するのなら、連れてこないでほしい」

「じゃあ、綿貫君は？」彼は僕の方を横目で見た。「俺に助手はいらないと言うのなら、君にも助手はいらないはずだ」

「それはそうかもしれないが……。この人物は、共同研究者とはちょっと違うんだ」

「じゃあ、一体君の何なんだ？」

それは僕も知りたいことだったので、彼女の次の一言に耳を傾けた。

しかし彼女は、「今は私の運転手だ」と答えたのだった。

その回答には僕だけでなく、彼も不服そうにしていた。

沙羅華は、僕たちにかまわず話し続ける。

「それで今後の二人のルールだが、研究に関して、私が秘密にしていたことの一部を、あなたにも打ち明ける。逆に、あなたの研究も教えてもらう。そして研究成果は、あなた単独のものでも私単独のものでもなく、二人のものだ。それでいいか？」

「じゃあ、研究論文も連名で発表するということだな？」

「それなんだが、さっきは言葉が足りなかったかもしれない。タイムプロセッサに関しては、研究中はもちろん、結果も公表しない」

「闇研どころか、成果も含めて一切が闇ということか？」彼が目を瞬《しばたた》かせている。「どうしてそこまで……。物理学史に大きく名前が残るかもしれないのに」

「少し考えれば分かる。影響力が大き過ぎるんだ。今も言ったように、相場が先読みできるんだから、まず投資ビジネスに使える。資金捻出《ねんしゅつ》のため実際に我々がそれを行うとしても、手の内は絶対に明かさない方がいいに決まっている。それだけじゃない。この研究の意味は、あなたたちの予想以上に重大で、決して他言してはならないんだ」

「けど実験に成功し、それを公表すれば、名声を得ることができるじゃないか。馬鹿にした連中だって、見返してやることができる」

「そうだろうな。それがあなたのモチベーションなのであれば……。そうなるとまた、あなたにとって科学とは何なのか、何故科学するのかという問題に突き当たる。私は前にも言った通り、自分とは何かを探るためなんだが」

「そこは違う気がする……」と、彼がつぶやく。「いや、そうじゃないと言ってるんじゃないが、何かしら、そこは通過点のような気がする。科学であれ何であれ、もっと広いところ——つまり外の世界へ抜けていくべきではないかという気がしないでもない」

「どうしてだ？　自分の疑問が研究によって解消されるのなら、それでいいはずじゃないのか？　共同研究をするか否かについては、やはりこの点の確認が最も重要かもしれないな……。しつこいようだが、タイムプロセッサで私のやろうとしていることは、まったくの純粋科学だ。時間の真理に迫っていき、ただ分からなかったことのいくつかが分かるというだけだ。名誉にも何にもならない。もしそれでもよければ、私と一緒にやってほしい」

しばらく考えていた様子の両備さんは、ややためらいがちにうなずいた。

「よし、決まりだ」

沙羅華は両備さんに向かって、僕にはめったに見せることのないような微笑みを浮かべていた。

「早速、プレゼンテーションの準備は私の方でしておこう。実験内容よりも、出資者、ティム・マーティンに対するメリットが最大のポイントになるだろうが、さっきも少し触れた通り情報時送に成功すれば、その応用として株や外国為替《かわせ》市場などで大儲《おおもう》けできる。それで研究資金を得られるようになるまでは時間がかかるから、やはり出資者が必要になってくるんだが、この点はティムにも強くアピールできると思う」

僕は彼女にたずねた。

「でも出資者に、タイムマシンからタイムプロセッサへの計画変更はまだ伝えてないんじゃないのか?」

「いや、ティムには元々、研究内容を詳しく伝えていない。金になりそうなら、何でも協力するはずだ。それに出資金を早く返してしまうためにも、短期間で成果を出せる方がいいに決まっている。その点でも情報時送は望ましいし、彼も納得してくれるはずだ」

ひょっとして彼女は、最初からそのつもりでティム・マーティンとかいう出資者を呼び、両備さんに共同研究をもちかけているのではないかと僕は思った。

「成功したら、出資者への返金以外に、莫大《ばくだい》な研究資金が得られる」彼女が両備さんの肩をポンとたたく。「儲けは、二人で山分けだ」

「金儲けに使って、何が純粋科学だ……」僕は、思わずつぶやいてしまった。「そんなことだから、時間警察に狙われるんだ」

「儲けた金は、新たな研究に使う」彼女は両備さんを見て続けた。「あなたは、タイムプロセッサの研究をさらに続けてくれてもいいし、それを資金にしてワームホール型タイムマシンの研究に戻るのもいいだろう」

「そう願えればありがたい」

彼はそう言いながら、何度もうなずいている。

その後僕は、両備さんを彼の家まで送った。

別れ際、彼は右手を差し出し、沙羅華としっかり握手をしていた。


それから沙羅華を乗せてビジネスホテルへ向かったのだが、僕は彼女に聞かないわけにはいかなかった。

「二重契約だけでも大問題なのに、どうしてまた、共同研究なんか持ちかけるんだ？」

助手席のシートを少し倒しながら、沙羅華は答えた。

「さあ、きっと私も、孤独に耐え切れなくなったのかも」

「けれどもせっかく、両備さんが一旦、研究を断念しかけて、亜樹さんともうまくいく可能性も出てきていたのに、何も別な研究を一緒にやらなくても……」

「それはどうかな。彼が研究の道に未練を残しているのは、君も見ただろう。それがあるうちは、やはりうまくいかないと思う。とにかく、二人で〝むげん〟での実験に成功すれば、彼がアメリカへの転属話を取り下げる可能性も出てきたわけだ。そうなれば、依頼者のリクエストには応《こた》えたことになる」

「そう言われればそうだけど、それも当面の話だろ？　純粋科学だか何だか知らないが、お前といくら研究を続けたって、タイムプロセッサだと表立った成果にはならないことは彼も分かっている。彼が研究者としての地位と名誉を欲しているのなら、やはりアメリカ行きを選ぶんじゃないか？」

「そんな先のことは、分からないさ」あくびをしながら、彼女が言う。「さて、夏もそろそろおしまいだ。私たちだって、いつまでも遊んでいるわけにはいかない。共同研究も決まったことだし、これから私もビシバシ仕事をするからね。早速、今晩はプレゼンテーションの準備をするんだから、邪魔をしないでくれたまえ」

こうして僕と沙羅華は、一夏の思い出に花火大会をすることもなく、それぞれ自分の部屋に戻っていったのだった。

3　からみ合い

1

翌日の朝、僕はＩＪＥＴＯ日本支部から少し離れたところにある、国際空港へ向かった。ティム・マーティンとかいう出資者を出迎えるためだ。

沙羅華は両備さんとプレゼンテーションの準備をしなければならないというので、仕方なく僕一人で行くことになった。

僕の頭の中には昨日の沙羅華の水着姿が、彼女の肌に焼きついたであろう水着のあとのようにこびりついたままになっていたために、少し寝坊してしまう。おまけに渋滞に巻き込まれたこともあって、空港に着いたのはギリギリだった。

到着出口の前で、彼の名前を書いた紙を両手で掲げようとしたとき、誰かが僕の背中を、ポンとたたく。

ハンチング帽をかぶった老人で、サングラスをかけ、口にマスクもしている。彼は大きなキャリーバッグを横に置くと、僕に話しかけた。

「沙羅華から聞いている。あんたが綿貫君か？　彼女のアシスタントの」

「そんなところです」笑顔をつくろいながら、僕はたずねた。「ティム・マーティンさん？」

「ティムでいい」

その場で僕は、彼と握手を交わした。どうやらすでに到着していたようだ。見た目は七十代の後半ぐらいだろうが、かなりしっかりとしている。マスクとサングラスのせいで顔はよく分からなかったものの、沙羅華に聞いていた通り日系人らしい。翻訳機を使わなくても、会話には支障ないみたいだった。

サングラスはともかく、マスクが気になったので、僕は聞いてみた。

「風邪《かぜ》か何かですか？」

「まあ、そんなところだ」と言って、彼は咳《せ》き込んだ。「あんたは随分、日に焼けているんだな」

「ええ、ちょっと海へ……」

少々申し訳ない気持ちで僕はそう言い、彼の荷物を持ってあげることにした。そして僕が遅れたことと、わざわざ呼びつけておきながら沙羅華が来なかったことを、ティム老人に詫《わ》びた。

「些細《ささい》なことだ」と、彼が言う。「沙羅華の仕事なら、何が起きようが、別に驚かないさ。それで彼女は？」

「ええ、ティムさんが予約を入れたホテルの方で待っているはずです」

出資してくれるというからにはきっと大金持ちなんだろうが、そんなふうでもなく、気さくな感じの人だった。

「沙羅華には、いろいろ儲《もう》けさせてもらっている」と言って、彼が微笑《ほほえ》む。

僕は、「新企画については変更もあるので後ほど説明させていただきたい」という沙羅華からの伝言を、彼に伝えておいた。


車の中でティム老人は、ずっと窓の外をながめている。懐かしそうにしているようでもあったが、何か僕から顔を隠しているように思えないでもない。

間もなく、IJETO日本支部からそう遠くない都市にある高級ホテルに到着した。僕の泊まっているビジネスホテルとは大違いである。

ロビーには、日焼けした沙羅華と両備さん、それから、まだ今回の研究から外れるよう説得できていないのか、亜樹さんもいる。

最初、沙羅華には僕とティム老人が視界に入っていない様子で、両備さんと議論を続けていた。

「あ、失礼しました」

ようやく気づいた沙羅華が立ち上がり、ティム老人に挨拶《あいさつ》をする。

続いて両備さんと亜樹さんを、彼に紹介した。

「実はプレゼンテーションの内容について、彼と話し合っていたところなんです」

しかしティム老人は、まったく上の空で彼女の弁解を聞いているようだった。何故《なぜ》なら彼は、亜樹さんと握手をしたまま、愛《いと》おしそうにじっと彼女を見つめていたからだ。そして彼は、「時間よ、止まれ。君は美しい……」と、つぶやいている。

亜樹さんは少し困っている様子だった。

「あの」彼女に代わって、僕がティム老人に言った。「握手はもう、それぐらいでいいんじゃないですか?」

「いや、すまなかった」彼が苦笑いを浮かべる。「わしみたいな年寄りは、もう気味が悪いだろうな」

「いえ、そんなことは」

亜樹さんが恥ずかしそうに首をふる。

「気を使わなくてもいい。そりゃそうだろう。こんなモウロック爺《じじ》いに、色目を使われても……」

彼の言う〝耄碌《もうろく》〟は、発音もイントネーションもおかしかったが、正すのも失礼だと思い、黙っていることにした。

沙羅華は両備さんを、これから自分と共同研究を進めていくパートナーだと紹介した。

「彼と、真理を探究していきたいと思っています」

ティム老人に向かって、両備さんが頭を下げる。

「よろしくお願いします」

並んでいる二人を見比べていた僕は、背格好などが何となく似ているような気がしてならなかった。

「研究に人生をかけるのはいいが、後悔だけはするな」

老人がそう語りかけると、両備さんは首をかしげていた。

「は？」

「いつまでも若いわけじゃない。いつかはあんたも、年をとる。そのときの話だ……」

沙羅華が咳払《せきばら》いをする。

「着いたばかりで恐縮ですが、チェックインがお済みになれば、早速、お話しさせていただきたいと思います」

「それはかまわんが、プレゼンテーションはどこで？」と、老人が聞いた。「彼の研究室なら、勘弁願いたいな。いろいろ案内してくれるのはありがたいんだが、こっちもたたけばホコリの出る身だ。不用意に足跡をつけてまわりたくない」

「それは私たちも同感です」

僕は彼女に、「でもまた、スーパーのフードコートというわけにもいかないだろ？」とたずねた。

「ティムさんさえよろしければ、あなたのスイートルームでは如何《いかが》でしょうか」と、彼女が言う。

「まあ、いいだろう……」

ティム老人のチェックインを待った後、全員で最上階にあるスイートルームに入った。ベッドルームの他に、リビングルームもある。広々としていて、景色もいい。こんな部屋に泊まれるような身分に、いつかはなってみたいと僕は思った。

沙羅華と両備さんは、直《ただ》ちにプレゼンテーションの準備に取りかかる。プロジェクターなどは、小型のものを両備さんが自分の研究室から持ってきていた。

「時間がなくて、まだスタッフにも十分説明できていないんです」と、沙羅華が言う。

「時間なら、作ればいいじゃないか」老人が愉快そうに笑う。「あんたたちのタイムマシンでね」

「いや、そのことも含めて、計画には変更があるんですが、これから順に説明させていただきます。恥ずかしながら、本当はプレゼンテーションできるような段階にもいたっていません。ティムさんにも、ご納得いただけるかどうか……」

「しかし、出資がいらないわけじゃないんだろう?」

「ええ、特に初期段階には資金が必要です」

「せっかく来たんだ。話だけでも聞かせてもらおう。もちろんうまい話なら、わしにも一枚かませてくれ」

老人はキャリーバッグから、タブレットを取り出した。

「わしには分からないこともあるだろうから、調べながら聞かせてもらいたい」

「どうぞご自由に。質問があれば、いつでもしていただいてかまいません。けれども、秘密は必ず守っていただきたい」

両備さんが部屋のカーテンを閉めると、亜樹さんが気をきかせて、部屋の照明を暗くした。

沙羅華が、両備さんの耳元でささやいている。

「すまないが、亜樹さんには……」

それを聞いた両備さんが、彼女に命じた。

「しばらく部屋から出てくれないか？　ロビーで待っていてくれ」

彼女はうなずくと、黙ったまま退出していこうとした。

せっかくここまで来たにもかかわらず出ていくなんて、ちょっと物分かりが良過ぎるのではないかと僕は思った。ひょっとして僕たちが到着するときに彼らが話し合っていたのは、亜樹さんの処遇についてだったのかもしれない。

「何故だね」ティム老人が、沙羅華にたずねる。「彼女にも参加してもらえばいいのに。彼女みたいな美人にいてもらわないと、わしの楽しみがないじゃないか」

さすがの沙羅華も出資者には頭が上がらないようで、彼女の参加をしぶしぶながらも認めていた。

2

全員、リビングルームにあるテーブルのまわりに集まる。

沙羅華が白い壁を背にして立った。

「まず、方針の変更についてです」

それを聞いたティム老人が吹き出していた。

「いきなりか……」

「ご出資いただくティムさんには、漠然と〝タイムマシンに関する研究〟とだけお伝えしていました。しかし我々は、そこから連想されるような生命を含む物質の時間転送ではなく、情報時送を目指します。つまり、情報のみを過去や未来へ送る。それはタイムマシンというより、タイムプロセッサと呼ぶべきものです」

プロジェクターによって、〝タイムプロセッサ〟という文字が壁に投影される。

それを指さしながら、彼女は続けた。

「利用価値は計り知れない。実は情報を媒介するものとして、光子を使ったタイムシフトなどは、すでに研究されています。しかし箱庭みたいな装置で実験をやっていても、私たちが利用可能なレベルのタイムシフト効果は、なかなか得られない。シフトできる時間の幅もできるだけ延ばしたいし、私たちも、一から装置を組み立てて他の研究者の成果を後追いする気はありません。そこで私たちは、一つの方法を提案したいと考えています」

「ほう……」椅子《いす》に腰かけながら、ティム老人は沙羅華を見上げた。「どんな方法だ？」

「加速器〝むげん〟を使うのです」と、沙羅華が言う。

壁に、〝むげん〟の空撮影像が映し出される。

「電子あるいは陽電子の〝からみ合い〟という量子情報科学上の特異な性質を利用し、それを拡張する。その鍵《かぎ》になるのが、〝プロジェクトQ〟として作業を進めてきた新技術、〝エンタングルメント・プローブ・システム《EPS》〟です」

沙羅華はEPSについて、前に僕や両備さんが教えてもらったような程度の内容を、プロジェクターを使いながらティム老人に説明した上で、エンタングルメント・インスペクターを情報の書き込みと読み込み装置として使うとつけ加えた。

「タイムプロセッサの基本的な発想は、シンプルです」と、沙羅華が言う。「からみ合いの関係にある量子間では情報が光速を超えて伝わるという、アインシュタイン＝ポドルスキー＝ローゼン《EPR》相関を利用します。すると理論上、情報は過去へも送り得ることになる」

ティム老人は彼女にたずねた。

「ただし送った情報を確かめるには、最低でも光速が必要だったのでは？」

「そこで、加速器を使うんです。エンタングラー電子銃《EEガン》によって生成された、からみ合いの関係にある二種類のバンチ――つまり電子あるいは陽電子の塊の、見かけ上の距離を、円形加速器を使ってどんどん引き離す。するとどうなるか。円形加速器だと、理論的な直線距離にすれば相当離しても、実際には両者は至近距離においてＥＰＲ相関が生じることになる。

ここに光速を超えて情報をやり取りする可能性が生じるわけです。バンチの速度や回転時間によって、どれぐらい過去へ送れるかが決まる。こうした情報時送を実現するために、〝むげん〟固有の特徴を、最大限利用します」

「〝むげん〟の特徴？」

ティム老人がつぶやくと、沙羅華が〝むげん〟の空撮影像を指さした。

「つまり〝むげん〟には、二つのリングがある。これをうまく使うと、周回する電子に速度差をつけ、それを相対論に基づく時間差に発展させることが可能になります。たとえば、〝アリス〟側を高速回転させて、〝ボブ〟側をアイドリング状態でスタンバイさせておくわけです」

「アリス？　ボブ？」

僕は首をかしげた。

「情報科学でよく用いられる名前だ」と、両備さんが教えてくれる。「〝Ａ〟とか〝Ｂ〟では味気ないので、送信側や受信側にそんな名前を付けて呼ぶことがあるんだ」

沙羅華が微笑みながらうなずいている。

「どっちがアリスでもボブでもいいんだが、〝むげん〟の中央制御室がイーストサイド側にあるので、イーストリングをアリス、ウエストリングをボブにしよう」

「ボブはともかく、アリスって、可愛《かわい》いのかな……」

僕のつぶやきを無視して、沙羅華が説明を続ける。

「とにかく、からみ合い状態にある電子・陽電子を、二つのリングにふり分け、回転によって距離差を生じさせるわけです。その片方に情報を書き込めば、光速を超えて、もう片方に伝わる。将来的にはこのプロセスをリレー形式でくり返すことにより、遠い未来からの情報を受け取ることも夢ではないかもしれません」

「共同研究者が質問するのも恐縮だが、情報の書き込みにも読み取りにも課題があるのでは？」両備さんが手をあげて発言した。「ＥＰＳという〝むげん〟の最新システムを使うというのは分からないでもない。けどＥＰＳでも、何らかのメッセージを送れるほど、エンタングルメント――つまりからみ合い状態を自在にコントロールできないんじゃないのか？

ＥＥガンといえども、メッセージに応じてアップとダウンをより分けて銃口から出すというような芸当はできないはずだ。からみ合い状態を観測するインスペクターだって、情報の上書きはできないだろう。測定すればその時点で、必ずデコヒーレンス――つまりからみ合いの情報をキープしたコヒーレンス状態は崩れてしまい、復帰しない。そんなものに、どうやって思い通りに信号を書き込むつもりだ？」

「順に説明する」

彼女はそう言うと、僕と亜樹さんを指名して椅子から立たせた。

言われるままに起立した僕たちは、お互いを見つめ合っていた。

「仮に亜樹さんがアリスで、綿さんがボブだとしよう。確かに両備さんが指摘した通り、EEガンで直接メッセージを送れるほど、エンタングルメントは自在にコントロールできない。しかし観測したかしていないかは、観測の内容とともにインスペクターで区別できる。それを利用してアリスの情報は、読み込むことで書き込む」

沙羅華の発言は意味不明だったみたいで、僕だけでなく全員が首をひねっていた。

彼女はプロジェクターで〝むげん〟の模式図を表示させていた。

「つまりアリス側のインスペクターで、連続するバンチにおける、ある部分のからみ合い情報を読み込むんだ。するとその部分のからみ合い状態は、解除されてしまう。それがまさに信号になり得るということです。そしてからみ合いが維持されたバンチや解除されたバンチによって形成される情報が、連続してボブ側のインスペクターへ伝えられることになる」

両備さんは、軽くうなずいていた。

「インスペクターの読み取り機能によって、連続したバンチのどの部分を開封したかをシグナルにするというわけか」

「SNSの機能にたとえると、既読サインね」と、亜樹さんがつぶやく。「その有無を連続させて、それをシグナルにする……」

　僕にも何となく分かってきた。沙羅華は、スピン状態のアップやダウンではなく、からみ合いを解いたかどうかを信号にして送るつもりだったのだ。

　両備さんは、沙羅華の発想に感嘆している様子だった。

「よってアリス側の作業としては、送りたい情報に応じて、インスペクターでバンチのエンタングルメントを部分的に解除していくことになる。モールス信号のようにね。だからこの場合、読み取ることが、情報を書き込むことになるわけだ」

「じゃあ、ボブ側の受信はどうする?」と、両備さんが聞いた。「まさか、衝突点での粒子衝突パターンで?」

「EPSはテスト前だ。それを判別するほどのデータは、まだ得られていない」沙羅華が首をふる。「ボブ側も、インスペクターで読み取る。やはりスピンの向きではなく、からみ合いの関係が壊されているかどうかで読み取る。アリスがモールス信号みたいに送りたい情報に応じてインスペクターを作動させるのに対し、ボブは連続的に作動させ、残されたからみ合い状態も壊しながら情報を読み取っていくことになる」

　ティム老人が、苦笑いを浮かべていた。

「量子情報科学と言う割には、極めて原始的なやり方だな」

「ただ、ここにおいて注目しなければならないのは、アリス側とボブ側でからみ合い関係にある電子に、それぞれのリングにおけるバンチの回転数の違いによって、相対論的な時間差が生じていることです。そこに刻まれた信号は、アリスが送る前に、ボブに届いていることもあり得てしまう。つまり未来の情報を、過去へ送ることができるのです。

ちなみに信号を未来へ送るには、加速器におけるアリスとボブの回転数の違いを入れ換えればいいことになりますが、情報時送の場合、ボブ側にすれば過去の情報を受け取ることになるので、それにはあまり利用価値はないかもしれません」

沙羅華は、起立したままだった僕と亜樹さんに、着席するよう言った。

「いずれ、あらゆる情報を過去へ送れるようにしたいのですが、さっきも言いましたように鍵となるEPSは、まだこれからがテスト段階です。今のところ、まったくデータがないと言っていい。情報を正確に送れるかどうかも、読み取れるかどうかも分からないので、まずそれを調べなければならない。情報量も、初期段階では情報時送が証明できる程度のわずかなものとなります」

「まさか一ビット——イエスかノーかぐらいということはないだろうね」と、老人がたずねる。

「それではノイズとも区別しにくい。最低限でも何らかの有意味信号を送りたいと考えていますが、何を送るかは検討中です。いずれにしても大量のデータは無理で、送れる情報量は〝むげん〟のリング一周分に詰め込めるバンチの数に限られます」

「それはどれくらいなんだ?」

「ビームパイプ一周分の中に目一杯詰め込んだとしても、バンチ数は数千個程度でしょう。そこに情報を書き込むわけですが、バンチは高速回転させているので、時間にすると書き込めるのは十万分の数秒というところですね。それでバンチはリングを一周してしまい、情報の上書きも無理なので、上限はそのあたりということになってしまいます」

「十万分の数秒だなんて、イエスかノーかも無理なんじゃないか？」

「心配しなくても、より高精度な十億分の一《ナノ》秒レベルの識別は、カーナビでもやっていることですよ。もちろん制約は大きいですが、情報はコンピュータに自動圧縮させますので、アリス側からの簡単なメッセージに加えて、時刻情報など、客観的に情報時送を証明できるようなデータも添付したいところです」

「で、アリスとボブは、どうやってインスペクターの操作をするのかね？」

「いえ、実際に操作するのは、アリスとボブの関係性を利用する、上位次元にいる私たちということになりますが……。中央制御室での操作が理想ですけれども、タイムプロセッサの実験においては、両者が同じ場所にいない方がいい。かと言って、稼働中はインスペクターのある加速器内には入れないので、そこで直接操作することもあり得ません。

ですから、送信側——仮にキャロルとしておきますが、タブレットなどによる遠隔操作を考えています。そして受信側——仮にデイブは、コンピュータを介して信号の解析をしなければならないので、私の事務所あたりがいいでしょう。

同時にいろいろなことを高速処理しなければならないので、ほとんどの操作はあらかじめプログラミングして自動的にすることになります。しかしこのインスペクターによる送受信だけは、任意の情報を人が過去や未来へ自在に送るというタイムプロセッサの主旨からして、マニュアルで行いたいと思います」

沙羅華の説明は分かりにくいところもあったけれども、話の中にアリスとボブが頻繁に出てきたので、僕はアリスにもボブにも会ったことはないにもかかわらず、何だか二人と友だちになったような気がしていた。

3

プレゼンテーションはまだ途中だったが、一旦《いったん》休憩をはさんで昼食にしようということになる。雑談の内容も外部に漏らしたくなかった僕たちは、レストランへ行くよりも、ルームサービスに持ってこさせる方を選んだ。

ただし両備さんと亜樹さんは、また彼女の手作りのお弁当をテーブルに広げていた。今日はおにぎり弁当のようだ。

「会議がスイートルームになるとは思ってもいなかったので、二人分しか用意してないんです」

亜樹さんが、申し訳なさそうに言う。

ティム老人はテーブルに顔を近づけ「こっちの方が、ご馳走《ちそう》だな」とつぶやいた。

「でも、ただのおにぎりですよ?」

「そういうことじゃない」老人は、彼女に微笑みかけた。「どうかね、わしにも食べさせてくれないか?　でないと、出資してやらないぞ」

「出資話は、おにぎりと交換ですか?」僕は驚いて、老人に話しかけた。「サルカニ合戦みたいですね」

二人の了解を得た老人は、足りない分はルームサービスで補うことにして、亜樹さんのおにぎりをゲットしていた。

休憩の間も、やはりと言うか、タイムプロセッサやタイムマシンにまつわる議論は続いていた。

「そもそも〝時間とは何か〟という問題なんかは、当然、考えてから始めてるんだろうな?」

老人がそうたずねると、沙羅華はうなずいて答えた。

「もちろん。さほど進展はしていませんが……」

「ただ宇宙誕生時、すでに空間はひずんでいたわけですから」と、両備さんが言う。「それを矯正しようとしているのが時間と考えていいのではないかという気はしています」

「そうだろうか」老人は首をかしげた。「わしなんかには、そもそも時間なんて、客観的ではあり得ないもののような気がしてるんだ。何故なら外に流れる時間を、自分の〝体内時計〟と照合して認識しているわけだろ?　たとえは良くないかもしれないが、死人に時間はないじゃないか」

沙羅華の現代物理学全開のプレゼンテーションとはまったくかけ離れた意見だったが、僕は何となく共感をおぼえていた。

「そうですよね」僕は老人に話しかけた。「時間なんて、他に誰かがいてくれるから流れるようなものかもしれない」

「君の詩的な時間解釈を聞いている余裕はない」と、沙羅華が言う。

「でも時間は、何か、人間関係と似ていると思わないか? 他者の時間によって、自分の時間も在り得ている、みたいな……」

「その考え方は、気に入らないね。そういう主観的な時間解釈は、私のいないときにしてくれたまえ……」

とりとめもない雑談はそれぐらいにして、僕たちはプレゼンテーションを再開することにした。アイスコーヒーとオレンジジュースを持ってきたルームサービスが退出してから、全員テーブルに戻る。

まず、両備さんが手をあげて質問した。

「食事中もずっと考えていたんだが……。加速器で電子を運動させても、普通に考えればこの場合、うまくいったとしても単に高速回転しているアリス側の時計が遅れるという効果しか得られないんじゃないのか?」

沙羅華は自分の考えを整理しているのか、少し間を置いてから答えた。

「アリスとボブだけで考えると、そうなるかもしれない。ただ、さっきも言ったように、私たちはアリスとボブに生じた時間差を利用しようとしている、上位次元にいる第三者、キャロルとデイブなんだ。確かに実際のところは、実験で確かめるしかないと私も考えている」

今度はティム老人が手をあげた。

「君の理論はともかく、名前が気に入らない」

「は？」沙羅華が聞き返す。

「その、〝キャロル〟と〝デイブ〟だよ。それだとアリスとボブの次で、上位次元にならないじゃないか」

妙なところに突っ込みを入れる人だなと思って、僕は聞いていた。

沙羅華も返事に困っている様子だった。

「いや、これらはただの呼称なので、むしろキャロルとデイブでなければならないこともありません。ABC順にこだわらないのなら、別にロミオとジュリエットでもいいわけです。トリスタンとイゾルデでも、あるいは真知子《まちこ》と春樹《はるき》でもかまわなない」

「往年のメロドラマ『君の名は』か……。何でもいいのなら、出資者の特権でわしに決めさせてくれ」老人は微笑みながら僕たちの顔をながめていた。「〝コンスタンチン〟と〝アンナ〟ではどうかな？　あんたらを見ていて、今ひらめいたんだが」

返事をしかねている沙羅華に向かって、老人が続けて言った。

「それとも、お初《はつ》、徳兵衛《とくべえ》にするか？　『曽根崎心中《そねざきしんじゅう》』のキャラクターだ」

「アンナは悪くないと思うが」と、両備さんが答える。「コンスタンチンはちょっと長いな。一分一秒を争うような実験に、長ったらしいコールサインは無意味でしょう」

「じゃあ縮めて、〝コスチャ〟はどうかね。送信側が〝コスチャ〟で、受信側が〝アンナ〟だ」

それ以上は特に反対意見も出ず、沙羅華も両備さんも、老人の案にOKしていた。

「もっと根本的な疑問もある」両備さんが手をあげた。「そもそもこのやり方で、時間差が得られるのかということだ。言い換えると、〝むげん〟の二つのリングを周回している電子の間で、距離差が広がっていると見なしていいのかということでもある。見方によって両者は、単なる振動運動のようでもあるんじゃないのか？」

「ポイントの一つになるのは、両者のからみ合いの関係だ」と、沙羅華が答える。「からみ合っている量子間には、時空を超えた有機的なつながりがあると考えるべきなので、電子の運動はある一成分への投影ではなく、やはり軌跡でとらえるべきだと思う。またこれは、GPS衛星の時計が一般相対性理論の重力効果とは別に、特殊相対性理論によっても狂い続けるのと原理的には同じだから、やはり時間差は得られるはずだ」

「そのからみ合いも問題だろう」アイスコーヒーを一口飲みながら、両備さんが言った。

「時間が経過するほど、デコヒーレンスの影響を無視できなくなる。加速器における加速そのものも、デコヒーレンスを誘発してしまうかもしれない」

沙羅華も、テーブルのオレンジジュースに口をつけた。

「確かに……。この方法での情報時送なら、デコヒーレンスの制御という点で、むしろ陽子加速の方が向いているかもしれない。将来計画として、そういうことも検討してみていいが、まず〝むげん〟で実験してからだ」

彼女は、立ち上がって話を続けた。

「ここで説明したことについて、私に確証があるわけではないし、まだ分からないことも多い。言えることがあるとすれば、確かめてみる価値はあるだろうということだ。電子・陽電子のからみ合いを用いた情報時送は、誰も実験したことがない。そして実験すれば、何もかもはっきりするんだ」

「実験申請は、どうする？　準備は進めているのか？」

ティム老人がたずねると、沙羅華は首をふった。

「申請しません。この実験は、秘密裏に行います」

「しかし成功すれば、画期的なことだろう」

「それでも、公表は見送ります。影響が大き過ぎるので、発表するとしても、時期を待つしかないでしょう。最初の実験のチャンスは、もう来週にはやってきます。ＥＰＳのテストで、〝むげん〟を貸し切り状態で使えることになっている」

「けどそれは、ＥＰＳの性能テストだろ？」僕は沙羅華をにらみつけるようにして言った。

「それをやめるわけにはいかないじゃないか」

「ＥＰＳテストは、もちろんやる。両方やるということだ。つまり、表では予定通りＥＰＳのテストを行い、その裏で、タイムプロセッサの実験をする」

「そんなことができるのか？　ＥＰＳテストに成功しないと、お前も困るだろう。そんな大切な実験の裏で……」

「こっちだって、大切だ。それにＥＰＳの方は、テストと言ってもデータの収集と衝突パターンの確認ぐらいで、コンピュータ・シミュレーションのデータを充当すれば、裏実験の時間は稼げる。今回はＥＰＳテストが一段落したタイミングでの実行を考えているが、その後も実験できる機会はたびたびある。

　くり返しになるけれども、裏実験については一切、非公表とするのが原則だ。最初の実験に成功すれば、実用化に向けて設備の拡充も図っていきたいので、ティムさんには是非とも、出資していただきたいと思っています」

　老人は腕組みをしながらつぶやいた。

「もし、裏実験が露見するようなことになれば……。沙羅華の科学者生命が終わるだけじゃない。ここにいるみんなも、きっと一蓮托生《いちれんたくしょう》に違いない。それでもやるかどうかだ」

「細心の注意を払うつもりです。このタイムプロセッサは投資マシンにもなるので、将来的には研究を続けながら資金を確保していきたい。それまでの間、何とか出資の方をお願いします」

彼女はティムさんに向かって頭を下げた。

「計画がタイムマシンからタイムプロセッサに変わったのは仕方ないとして……。それでもリスクは高いと言わざるを得ないな。今まで沙羅華のアドバイスのおかげでネットビジネスや何やかやで儲けさせてもらってきたが、今回の話は相当怪しい。それにさっきから気になっていたが、共同研究者の両備さんとのチームワークも、はなはだ疑問だ」

沙羅華がティムさんに向かって、手を合わせる。

「そこを何とか……」

「かと言って、今までの恩もある」老人は口に手をあて、咳払いをした。「出資するかどうかは、最初のテストの結果次第ということではどうかな？　納得できるような結果が得られれば、あんたたちのお望み通りにさせてもらうし、そうでなければ援助はしない」

「それで結構です」沙羅華はもう一度、ティムさんに深々と礼をした。「ありがとうございます」

「それと両備君だが」ティムさんが彼の方に向き直る。「あんたにもそういうリスクをすべて背負わせるのは気の毒だ。今、続けている研究があるとすれば、それを中止してまで沙羅華と共同研究するかどうかは、〝むげん〟での実験終了後に判断すればいいんじゃないか？」

両備さんは沙羅華と目を合わせた後、「そうさせていただきます」と返事をした。

「それと、参考のために聞かせてほしい」ティムさんは、両備さんを指さした。「あんたの目標は、あんたの幸せよりもすばらしいものなのか？」

質問の意図がよく理解できない様子の両備さんは、「はぁ？」と聞き返している。

ティム老人が立ち上がり、両備さんの肩をたたいた。

「まあ、後悔のないようにという話さ……」

両備さんは苦笑いを浮かべながら、「分かりました」とだけ答えている。

そして老人は、壁を背にしてみんなに言った。

「条件付きにしろ出資するのは、時間についてわしも知りたいからだ」

「と言うと？」と、僕はたずねた。

「実は、時間に対しては昔から、何かしらの違和感がある。何と言うか、映画が始まろうとしているにもかかわらず、指定席の番号が合っているかどうか、気になり出したときのような感覚かな」

「つまり、自分の居場所は、本当にここで良かったのかどうかということですか？」僕は軽くうなずいていた。「福袋を一つ開けてから、『自分の福袋はこれじゃなかったかも』と言うようなものですよね」

「ああ。開けてみるまで、中身は分からない。それが人生だ」

「でも多分、そういう人は、違う方を選んでいても『こっちじゃなかった』って言うと思いますよ」僕は袋を開けるしぐさをしながら言った。「どっちを選択しても、後悔する人はきっと、後悔する。そういうものですよ……」

彼も、笑いながらうなずいていた。

「沙羅華も両備君も、そういうことだ。まあ、十分には手伝えないかもしれないが」

ティム老人は右手を差し出し、二人と握手を交わしていた。

「どうせもう、長くは生きられない。最後に何か、とてつもなく馬鹿《ばか》げたことにかけてみるのも、悪くはないだろう……」

その後はティムさんもお疲れだろうということで、プレゼンテーションはそこで終えることになった。

プロジェクターなどの撤収は、亜樹さんも手伝ってくれている。

沙羅華は引き続き、両備さんと話があるとのことで、僕と亜樹さんには先に帰っておくよう言った。

「先に帰れ」というのは、いくら何でもあんまりではないかと僕は思った。

やはり最近の彼女は、妙によそよそしく感じられるときがある。何か、僕を避けているような気さえするのだ。その反面、両備さんには近づき過ぎている。

僕は帰る支度《したく》をしながら、沙羅華にグチッてしまった。

「お前、何か、僕に隠してないか？」

「いや、別に」素っ気なく彼女が答える。「仕事に集中したいだけだ」

それも問題だらけだったのを、僕は思い出した。それで今のうちに、気になっていることを彼女に言っておくことにする。

「共同研究も、出資の基本合意も別にいいけど、僕には裏実験が引っかかっている。しかも〝むげん〟でやるなんて……。部分的にでも実験手順を公開して、ちゃんと表の実験としてできないのか？」

「まだ分からないのか？」沙羅華が真顔で僕に言った。「君はタイムプロセッサの本当の恐ろしさを理解していない。タイムプロセッサがあれば、自分の人生をやり直すなんて、ケチなレベルじゃない。もっともっと大きなことができてしまう、かなり危険な代物なんだ。

それは核兵器よりも強烈で、最低でも、人類を征服できてしまう。強制的に歴史を変える、という脅迫も成立するし、悪用を考える輩《やから》が必ず出てくる。事の重大性が分かっていれば、タイムプロセッサなんて発明しても、誰も公表しないに違いない。うかつに発表すれば、歴史に名を刻むどころか、社会から抹殺されかねないんだ」

彼女の話を聞きながら、それで時間警察のような人間が監視しているのかもしれない、と僕は思っていた。

さらに彼女の小言は続く。

「それでもタイムプロセッサの研究を公表するというのであれば、何者にもつぶされないような権力を得てからになるだろう。大体、君は、マネージメントだけやっていればいいんだ。そんな基本的なことも分からないで私の邪魔をするつもりなら、もう私の前から消えてくれたまえ」

沙羅華が僕に向かって一方的にまくし立てるのを、他のみんなは黙って見つめていた。

その時、僕のスマホが鳴った。この気まずい空気を救ってくれるのなら誰であろうとありがたいと思えたが、ディスプレイを見ると、電話をかけてきたのは依頼者の田無先生だった。

スマホを握りしめたまま、僕はあわてて隣のベッドルームへかけ込んだ。

〈用件は分かっているだろうね〉田無先生が、低い声で言う。〈その後どうなっていますか?〉

僕はベッドに向かっておじぎをしながら返事をした。

「はっ、今やっています。遅くなりましたが、契約書の草案も近いうちにお送りいたしますので……」

沙羅華が両備さんと共同で新たな実験計画を練っていることなど、もちろん内緒である。

〈それならいい。しっかり頼みますよ〉

それだけ言うと、彼の方から電話を切った。

依頼者が心配するのも、もっともな話だと僕は思っていた。

すべてはタイムプロセッサの最初の実験の成否にかかってきているようなのだが、もし実験に失敗すれば、両備さんはアメリカへの転属希望を取り下げることはないだろう。逆に成功したとすれば、一時的であれ彼は取り下げるかもしれない。すると、田無先生の依頼に沿うには、来週の裏実験が成功すればいいことになるのだろうが、僕としては心中複雑である。そうなると両備さんと亜樹さんの仲も壊れてしまうかもしれないし、僕と沙羅華の関係も……。

リビングルームに戻ると、みんなは今後の予定について話し合っていた。

沙羅華は先に実験の根回しをしなければならないので、明日には〝むげん〟に戻るという。両備さんやティム老人とは、あさって現地で合流するらしい。

そして今からは、プログラミングなどの打ち合わせのため、沙羅華と両備さんはこのホテルにしばらく残るというのだ。

それでやはり、僕と亜樹さんには早くこのスイートルームから出ていくよう、沙羅華がうながすので、仕方なく僕は先に帰ることにする。

ティム老人や両備さんに挨拶をして、亜樹さんと一緒に部屋を出ると、僕はまず、亜樹さんを彼女のアパートまで送ってあげた。そしてホテルをチェックアウトしてレンタカーを返し、駅弁を買い、急いで特急電車に乗り込んだ。

4

八月三十日の木曜日、僕はこっちに戻ってきているはずの沙羅華に会うため、〝むげん〟へと向かう。

まず管理棟に立ち寄り、念のため、両備さんたちの入場申請が提出されているかどうかを確認しておいた。担当者の説明では、昨日のうちにメールで申請があったようだが、亜樹さんやティム老人の分はなく、両備さんだけに入場証を発行することになるという。

それから僕は、沙羅華の事務所へ向かうべく、クロスポイントの下にある駐車場に車をとめた。坂口主任が前に言っていたように、施設内にやたら警備員が増えた気がする。

一方、畑の方に目をやると、留守《るす》の間にまた雑草が伸びているようだった。草取りをしておかなければ、もうかなり見苦しいかもしれない。今の仕事が一段落すると少しは時間の融通もつくはずなので、僕は来月の休みのときにでもすることにした。

エレベータで、観測室のあるフロアに上がる。何気なく鳩村先生の観測室をのぞいてみると、須藤がまた、パソコンでアニメを見ながら、スマホをいじっていた。

「相変わらず暇みたいだな」

僕が背後からそう言うと、彼はふり向いた。

「何や、お前か」彼がアニメの再生を止め、僕の後ろの方に目をやる。「沙羅華ちゃんは?」

「もうじき来るはずなんだが……」僕もふり返ってつぶやいた。「駅まで迎えに行ってやるとメールしたのに、返事もよこさないんだ」

「何かあったんか?」疑《うたぐ》り深そうな目で、彼は聞いてきた。「出張中に喧嘩《けんか》でもしたと

「そんなんじゃない」

「ほな、ひょっとして、何とか言う名前のIJETO日本支部の研究者の方と、深い仲にか?」

なったとか?」

「『深い仲』の解釈にもよるけれども、距離が縮まっているのは確かかもしれない。明日にはその彼氏も〝むげん〟に来る予定だから、自分で確かめたらいい」

「へえ、沙羅華ちゃんが、生身の男に興味を示すなんてなあ。あの〝トロン好き〟が……」

須藤は含み笑いを浮かべていた。

「お前が今想像しているほど、単純な話じゃないのも確かだ。彼女は彼女で、いろいろ悩んでいるみたいだし」

「恋愛のノウハウが分からんから、考え込んでいるだけとちゃうのか? そんなん、わしがいつでも教えたるがな」

そう言って笑う須藤の顔が、何故か急激に素に戻る。

彼の視線の先には、沙羅華がいた。そして自分の事務所の方にぷいと体を向けると、早足で歩き出したのだった。

「おい、ちょっと待てよ」僕はすぐさま、彼女を追いかけた。「どうして昨日は、『先に帰れ』なんて言ったんだ？」

彼女は事務所の前で立ち止まり、ふり返って言う。

「両備さんとの共同研究の条件の一つとして、亜樹さんを遠ざけるよう、彼に指示しただろ？　その手前もあって、私からも君を遠ざけておきたかったんだ……」

彼女はセキュリティ・ボックスを操作し、ドアを開ける。

僕も彼女に続いてＳＨＩに入りながら、つぶやいた。

「そうやって自分を孤独にして、追い込んでいくこともないだろう」

「けど真理とは、そうやってアプローチしていくものだ」と、彼女は言う。「だから私の邪魔をしないでくれ」

「本当にそれでいいのか？　お前がそんなふうだと、いつまでたっても幸せになんか……」

「ああ、私には無理かもしれない」

彼女は自分の席に腰を下ろした。

「どうしてそういう考え方をする？　どうして自分には無理だと決めつけるんだ」

「言ったじゃないか。そもそも私は、愛というものがうまく理解できないんだと……」

「だとしても、努力すればいいじゃないか」

「だから、やっている。自分でも何とかしたくて、ずっと考えているんだ。今回の依頼を受けることにしたのは、そのためでもある。君のアドバイスがヒントになってね。これも言っただろう」

彼女は机に顔を伏せた。

「でも、やっぱり私には、無理かもしれない。もしそれが、私の才能に起因しているとするなら……」

「そんなに難しく考えなくても、お前だって、普通に人を好きになるだろう。それでコミュニケーションしていけば、自然に分かることもあるんじゃないのか?」

「それが、うまくいかなかったんだ」

彼女は何故か、過去形で答えた。

「うまくいかなかったって……」僕はおそるおそる、彼女にたずねた。「以前に何かあったのか?」

「私と合うのは、兄さんだと言っただろう」

確かに彼女の異母兄——アスカ・ティベルノの話は、つい先日、海水浴場で聞いたばかりだった。

「でもそれは、話が合う人だろ? 僕が今、聞いているのは……」

「分かっている。けど私にとって兄は、それ以上の存在だったんだ……」

そう言って彼女は、唇をかむ。

何か声をかけてやらないと、と思った僕は「でも初恋なんて、そんなものじゃないか」と言った。

「そうだろうか？」と、彼女がつぶやく。「私には、そんな生易《なまやさ》しいものじゃなかった。私みたいな人間と話の合う人物は、本当に兄しかいなかったんだ。興味も何もかもが、うまくかみ合っていた」

「まあ、そうかもしれないな……。大体、お前が物理の話を始めたら、誰ともかみ合うわけがない。そもそも、お前に物理学への興味を深めさせたのが、兄さんなんだろ？」

そう言えば彼女は、兄にもらったとかいう小さな方位磁針《コンパス》を、ずっと大事に持っていたことを僕は思い出した。

「確かに兄は、私以上の〝トロン好き〟でもあった。〝むげん〟のインスピレーションだって、兄からもらったと言っても過言じゃない。また兄は、私にとって、とてもポテンシャルの高い人だったといえる」

「ポテンシャル？」と、僕は聞き返した。

「さまざまな使われ方をするが、分かりやすいのは位置エネルギー――単純に言えば、高さに質量をかけて表すエネルギー量だ。たとえとして、潜在能力のことを言うこともある。その点でも、兄は申し分なかった。もちろん知能は高かったし、何を話しても楽しかった」

僕とは大違いだと思った。

「母に会うのを反対されてからも、メールのやりとりは続けていたし、こっそり会ったりもしていた。けど、一人で勝手にのぼせ上がっている私に気づいたのか、兄は会ってくれなくなったんだ」

「兄妹なんだし、ちょっと距離をおいた方がいいと思ったんじゃないのか？」

「結局、いまだに私は、兄さんの面影を追い続けている。あり得ないのにね」彼女がため息をもらす。「いっそ誰かに無茶苦茶《むちゃくちゃ》にされたら、スッキリするかも、と思ったりする」

僕がじっと見つめていると、彼女が笑い出した。

「心配しなくても、綿さんにそれを望んだりしないよ……」

「そんなに焦らなくても、時間が解決することもある」僕は彼女に、そうアドバイスした。

「兄さんとの思い出にしたって、そうやって止まった時間があるが故《ゆえ》に、流れる時間もきっとあるんだと思う」

急に彼女が顔を上げる。

「今、何て言った？」

彼女の反応に驚きながら、僕は答えた。

「だから、止まった時間があるが故に、流れる時間があると……」

「そうか」

そうつぶやくと、彼女はグラスビュアをかけ、パソコンを起動させる。

「どうかしたのか？」と、僕はたずねた。

「今、君が言った通りさ。絶対時間はなく、時間は単独では流れない。今ここに流れている時間も、自分とは異なる何者かとの相対的な関係性によって成立しているんだ」

僕は首をかしげた。

「言っていることが、よく分からん」

「別に君に分かってもらう必要はない。ただ、私たちはあまり意識することもないが、何か他の時空間との相対によって、この場の時間も在り得ているということなんだ」

「他の時空間……て、何との相対だと言うんだ？」

「もっとも極端で、かつシンプルな存在だとすると、この場所から、光速で遠ざかっている時空間と考えるべきじゃないか？」

「宇宙の果て？」と、僕はつぶやいた。

「相対性理論は、絶対的だ。要するに私たちの時間は、宇宙の彼方《かなた》にあって、質量無限、空間ゼロで、まったく時間が流れないエリアとの相対効果によって、流れていることになる。ただしこの世界と相対している世界は、光速で遠ざかっているので、めぐり合うことはない。この相対性を基に新たな時間理論が構築できるはずなんだが、さて、それをどう数式化すればよいのか……」

彼女はディスプレイを見つめながら、キーボードをたたき始める。

沙羅華の言ったことを頭の中で整理しようとしてみたが、結局、僕にはよく分からなかった。

「その理論は、そんなに凄《すご》いことなのか？」僕は彼女にたずねた。「いや、そんなことが分かったからと言って、一体どうだというんだ」

「確かにタイムマシンへの応用も、未知数だ」と、彼女が答える。

「そういうことじゃない。第一お前、兄さんとの思い出さえ、新たな時間理論とやらを考えるためのヒントにしてしまうのか？」

キーボードをたたく指を止めた沙羅華に向かって、僕は続けた。

「そもそもお前は一体、何のために科学するんだ？　セオリー《T》・オブ《O》・エブリシング《E》を見いだして、さらに自分の謎《なぞ》を解くつもりなのか？　でもその答えを見つけると、どうなるというんだ？　それで一体、人間の何が分かったと言える？　何もかもが科学で割り切れるわけじゃないだろう。そもそもＴＯＥとやらに届けば、お前は幸せになれるのか？　そんな問題に囚《とら》われてまわりを見られないのなら、かえって不幸じゃないか」

「私がどんな問題に囚われていようと、君には関係ない」と、彼女が言う。「とにかく私は、自分に課せられた問題を考えるのに忙しくて、他人にかかわっている暇なんてないんだ」

「そうじゃない。人と接してこそ、自分のことも分かるようになるんじゃないのか？」

ディスプレイをぼんやりながめながら、彼女がつぶやく。

「何故生まれてきたかは、生まれてから考える……」

彼女の発言が唐突に思えた僕は、「え？」と聞き返した。

「だからこの命題は因果律に合わないと、両備さんが言っていたよね。この世界では、一番肝心なところで因果は逆転していて、しかも解けていないんだ。しかしその答えが分からないからと言って、安易に人情の世界に流れていくのは嫌だ」

「人情の何たるかもよく理解してないのに、そんなふうに決めつけるべきじゃないだろう。そうやって人との付き合いを絶って研究に没頭したとしても、かえって答えなんて、見えてこないんじゃないか？」

しばらく考え込んでいた沙羅華は、急に立ち上がった。


「私にどうしろと？　君に奉仕しろとでも？」

机の周囲を歩きながら、彼女が話し続ける。

「私が晩御飯を作って、君の帰りを待っているのか？　家を隅々までお掃除して、お風呂《ふろ》も沸かして？　誕生日には君好みに自分を着飾って、プレゼントの交換か？　それで感激して、君にキスでもねだるのか？　この私が？」

あり得ない、と僕も思った。逆だと想像できないこともないのだが、確かに彼女は、家庭に納まるようなタイプではない。一緒にいても、ずっとうまく暮らしていけるとはちょっと思えないのだ。それは別に相手が僕でなくても、きっと同じことだろう。彼女のような非凡な才能の持ち主が、僕たちのような凡庸な人間とうまくかかわり合うということは、やはり無理なのかもしれない。

「さっきも言ったように、分かりやすく言えば、ポテンシャルが違うんだ」彼女が僕を指さした。「だとすれば一緒にいても、お互い苦痛なだけだ」

要するに、今の彼女と対等に付き合えるような人間はいないということらしい。そんな彼女にとって、唯一の例外が兄さんだったのだろう。

ただ僕の場合は何と言うか、そのポテンシャルとやらが低過ぎて、彼女にとってはそばにいてもあまり気にならない人間だったのかもしれない。もちろん、そんな僕は彼女の天才性についていけないわけだし、きっと彼女の苦しみの何分の一も察してやれてはいないのだ。

「いくら君でも、もう分かっただろう」と、彼女が言う。「穂瑞沙羅華と森矢沙羅華は、両立しない。普通の女の子、〝森矢沙羅華〟という一つの到達点《ゴール》は見えている。しかし私が〝穂瑞沙羅華〟では、どんなに走っても、そこへはたどり着けないんだ……。

でも恋愛できないことが、そんなにいけないことなのか？　人付き合いが苦手で、どうしていけない。私だって、好きでこんな自分に生まれてきたわけじゃないんだ。でもこんな自分に生まれたんだから、それを貫いて生きるしかないじゃないか」

彼女は目に涙を浮かべながら、拳《こぶし》で机をたたいた。

「こんな自分を変える方法なんてないかもしれないと、私は思っている。もしあるのだとすれば、未来の自分にそれを教えてもらうことぐらいだ。私は一体、どう生きればいいのかを……」

「未来の自分、か」と、僕はくり返した。

「私と話の合う人が同時代にいないのなら、他にないだろう」彼女がそうつぶやく。「今日はもう、帰ってくれ」

彼女が僕を、ドアの方へ押し出そうとした。

「いや、しかし……」

「私にかまうな。さもないと……」

それ以上言わせたくなかった僕は、彼女の言葉をさえぎり、「分かった……」とだけ答える。

そして今回の出張で彼女が使った分のお金を支払い、当分、彼女の悩みごとについて、あれこれ言わない方がいいのではないかと思っていた。そうでないと、彼女から絶交を言い渡されるのは明らかだからだ。

5

会社へ戻ってきた僕は、出張旅費の精算などをしながら、さっき聞いたばかりの苦しみから沙羅華を救ってやる方法は、何かないだろうかと考えていた。しかし、こんな自分に何ができるだろうとも思う。彼女が現代物理の話を始めるとまるでチンプンカンプンだし、実験の協力者にもなってやれない。第一、彼女が囚われている宇宙の謎など、僕はそれほど興味がないのだ。

彼女にしても、こんな僕に多くを期待していないことは十分考えられる。仮に、僕のことを数少ない理解者だと思っていてくれたとしても、彼女は自分が深くかかわると、僕に迷惑をかけると思っている節もある。

実際、僕は彼女といて、心が休まったことがあっただろうか？　こうした彼女と僕とのギャップは、決定的とも言えるのかもしれない。しかしもし、彼女が〝穂瑞沙羅華〟ではなく、〝森矢沙羅華〟になることができれば……。

言い換えるとこれは、彼女がこのまま真理の探究を選ぶか、そんなこととはまったく無縁でも、平凡な幸福を選ぶかという問題になるだろう。けれどもあの沙羅華が、真理の探究と決別することはできるのだろうか？

一方、僕は僕で、もし沙羅華を見限るようなことを僕がしてしまえば、彼女はどうなるだろうとも思ってしまうのだ。兄さんが彼女の元に戻ってくることがないとすれば、おそらく彼女は独りぼっちのままということになる……。僕にとってこれは、タイムパラドックスよりも難問かもしれない。

「私にかまうな」と言われてしまったのだから、彼女の性格からして、うかつに彼女にかまうと、絶交を宣告されるに決まっている。すると僕にできることとしては、彼女を下手《へた》に刺激しないよう注意しながら、そばについて見守っていてやることぐらいだろうか。早速、表面上はEPSテストをやりつつもタイムプロセッサの実験をするという、危険な綱渡りが控えている……。

夕方、カウンセリングの個人レッスンの後、また話していいと思える範囲で沙羅華のことを倉内さんに相談してみた。

「ブラコンか……」と、彼がつぶやく。

何のことか分からなかった僕は、「は？」と首をつき出してたずねた。

「ブラザー・コンプレックスの略だ」腕を組みながら、倉内さんが言う。「ただ彼女の場合、兄さんは恋愛の対象というより、そのあたりが未分化な状態かもしれないな」

「と言うと？」

「幼いころから神童扱いされていた彼女は、ずっといじめの標的だったとも聞いている。平静を装ってはいても、人に対する恐怖心は根強く残っているんじゃないだろうか。そもそもそんな社会と向き合うのが恐ろしいから、一人で研究の道に入っていったとも言える」

「つまり彼女は、人を愛することに対しても、何かしらの恐怖心があると？」

「そこに兄がいたということだろう。子供のころから、兄が彼女にとっての唯一の逃げ場所であり、一緒に遊んでくれる存在でもあった。好きになるのは、むしろ自然の成り行きだ。思春期とともに芽生えた感情も、彼に向けてしまったとみていいのでは？

だから彼女は、まだ恋に恋している状態かもしれない。身近で信頼できる異性が、ずっとお兄さんしかいなかったというだけのことなんだ。彼女が社会とうまく交わるようになっていけば、また本当に愛し合える人が現れれば、そうしたことも解消していくんじゃないかな」

「でも果たして、そんなにうまくいくのかどうか……」

彼女なら自分で抱え込み、下手すると自爆するのがオチではないかと僕は思った。

「やはり、カウンセリングをしていただいた方がいいのでは？」

「前にも言った通り、本人が受ける気にならなければ、カウンセリングは成立しない。彼女に関しては、私より適任者がいるだろうとも言ったはずだ」

「僕ですか？　でも僕なんて、まだまだ……」

「確かに十分かどうかはともかく、今までだってそれなりに役目を果たしてきていると思うがね……。君は多分、彼女が身構えたり、警戒したりする必要がなかったんだろうな。何せ魂胆があったとしても、全部透けて見えるような人間だから」

「それ、褒めているのかけなしているのか分からないんですけど」

「褒めているに決まっている。だだ、それが即、恋愛対象かというと、そうでもないみたいだがね。そこがまた問題かもしれない」

余計なお世話だと思ったが、彼は愉快そうに笑って続けた。

「君も知っていると思うが、カウンセリングの基本は、とにかく相手の話を聞くことだ。まあ、しっかりやってくれたまえ」

そう言って、彼は僕の肩をたたくのだった。

6

　八月三十一日の朝、ティム老人を新幹線の駅まで迎えに行くことになっていた僕は、車の鍵を取りに、まず会社へ顔を出した。

　すると守下さんが、困った顔で僕にささやく。

「綿貫君にお客様よ。もう応接室でお待ちになっている」

「え、誰？」

「依頼者の、田無先生」

　その名前を聞いた僕は、あわてて応接室へかけ込んだ。そしてソファに腰かけている田無先生に向かって、深々と頭を下げる。

「お早うございます。また今日はわざわざお越しいただきまして、誠にありがとうございます」

「何が『ありがとう』だ」彼は立ち上がって、僕をにらみつけた。「穂瑞先生が両備君の研究を手伝っているというのは、本当か？」

「いや、そんな」僕は両手と顔をふって否定する。「契約もしてませんし……」

「見え透いた言い訳はいい。この二枚舌めが……。それが事実なら、それだけでも立派な契約違反になるぞ」

前にお会いしたときはもっと穏やかな人だったと思うのだが、今日はまったく別人のような形相で彼は話し続けた。

「IJETO日本支部に確認したところ、実際両備君は、いまだにアスタートロンへの転属申請を取り下げていない。それどころか、彼はまた〝むげん〟に向かっているというじゃないか」

どうやら両備さんの出張申請で、今回のことが田無先生に知られてしまったようだ。

「穂瑞先生はまさか、両備君の実験に協力する気じゃないだろうな」

「いえ、違います」僕は、共同研究のことまではまだ気づかれていないようだと思って、ちょっとだけホッとしていた。「その、表の研究テーマ――ダークマターの物性研究の方で、穂瑞先生からアドバイスがあるというので、それで両備さんも出張を決めたみたいです」

「本当か？　いずれにしても、私の依頼に反していまだに彼が研究を続けているのは問題と言わざるを得ない。真の依頼者も、大層ご立腹のご様子だ。我々だって、いつまでも待っているわけにはいかない。来週中に何らかの動きがなければ、契約の話はなかったことにしていただく」

「そんな……」

口の中でもごもごとつぶやく僕に向かって、彼は「金の方はすでに用意してあるが、当然それも支払わない。分かったな」と大声で言い、部屋を出ていった。

途方に暮れながら自分の席へ戻ってすぐ、今度は樋川社長に呼び出される。社長室へ急行すると、彼も田無先生に勝るとも劣らぬ怖い形相で、僕をにらみつけた。

「大体の状況は守下君から聞いている。どうやら事実上の二重契約がバレたようだな」

「はあ……」

僕は頭をかきながら、顔を伏せた。

「君には危機意識というものがないのか？　私が恐れていた最悪の事態じゃないか」

「いや、申し訳ありません」

「大体、穂瑞先生の暴走を防ぐために、君がついているんだろう。それがまったく機能していない」

彼は机をたたいて続けた。

「こうなったら、どっちの契約でもいい。肝心なのは、それで利益を出すことだ」と、樋川社長が言う。「損失が出れば、もちろん君の給料から天引きさせてもらう。さもなくば……」

「いや、分かりました」と答えて、僕は社長室を出た。

さもなくばクビ、というのは、こうしたシチュエーションで何度か宣告されたことなのだ。今さら言われなくても分かっている。こんなブラック企業まがいの会社でも、沙羅華の実験でできるかもしれないブラック《B》ホール《H》よりは、ずっとましかもしれないのである。

しかし具体的にどうすればいいのか、僕にはまったく見当もつかなかった。駐車場に向かいながら、沙羅華の面倒を見るぐらいなら、案外ブラックホールに吸い込まれた方がましかもしれないと僕は思っていた。

駅の改札でしばらく待っていると、予定通りの時間にティム老人が現れた。相変わらずサングラスとマスクをかけているので、顔ははっきり分からないのだが、逆に顔を隠していることで、彼だと分かるのだ。

早速、挨拶し、彼のキャリーバッグをあずかった。

その後、〝むげん〟からも比較的近い高級ホテルに彼を案内する。ここでも彼は、スイートルームに予約を入れていた。そのスイートルームがタイムプロセッサ計画の基地になることも、彼は了承してくれている。

彼が荷物整理をしている間に、僕は沙羅華にメールを入れておくことにした。老人をホテルまで無事お連れしたことに加えて、田無先生とお会いしたことも書き添えておく。

すぐに返信が届いた。

〈両備さんと一緒にいれば、いつかは依頼者にも知られる。そんなに落ち込むな。向こうとの契約話が破談になっても、こっちの契約がある〉

沙羅華の強気のメールを読んでいた僕は、さらに落ち込みそうになっていた。

「どうした？」

僕の様子に気づいたティム老人が、声をかける。

これまでの経緯をかいつまんで話すと、彼は笑っていた。

「あんたも大変だね。真理を知るためには魂だって売りかねない人間を相手にしてるんじゃ……」

さて、今度はその沙羅華を迎えに行かねばならない。彼女は今〝むげん〟にいるはずで、両備さんともそこで合流する予定になっている。

ティム老人とは一旦、ホテルでお別れすることにした。


〝むげん〟に入場し、管理棟へ向かって車を走らせながら、敷地内の警備員の数が確かに増えていることを僕は実感していた。入場審査も、以前より厳しくなっている。やはり例の幽霊――じゃなくて、不審者情報が影響しているらしい。

沙羅華は、鳩村先生や相理さんたちとともに、中央制御室にいた。EPSテストの準備は、坂口主任らが中心となって進められてきたが、それもほぼ完了していて今は最終チェックの段階のようだった。

ここで僕たちは、両備さんの到着を待つことになる。EPSに関しては彼に手伝ってもらうような仕事はないのだが、沙羅華は彼に今後の陽子加速器への応用をアドバイスしてもらうというような理由を加え、彼女が彼を招待した形で事務局には説明していた。

最初のテストは、九月三日の月曜日の午前九時から、二十四時間の予定になっていて、EEガンからは、電子をイーストリングに、陽電子をウエストリングに向けて発射する。

「いつでもテストできます」

坂口主任は、自信たっぷりの様子で沙羅華に言っていた。

彼女が小声で主任にたずねる。

「ここだけの話、明日でも？」

「ええ、できます。ご存知のようにテストのメニューはほとんどプログラム通りに進んでいきますので、よほどの異常事態でも起きなければ……。けど、どうして？」

「主任もお気づきの通り、周辺の不穏な動きが気になって……。それが破壊工作に出ないとも限らない」

「とすると、確かに早い方がいいですね」主任はあごに手をあてた。「まあ、準備だけはしておきます」

そのとき、沙羅華のスマホに両備さんから連絡が入った。

正門前に着いたが、入場審査でちょっと手間取っているという。

「どういうことだ？」

スマホを握りしめながら、沙羅華がたずねる。

聞いていると、どうやら亜樹さんも彼に同行してここまで来たということらしかった。

彼女と正門前まで行くと、両備さんが自分のワンボックスカーの前で、亜樹さんと一緒に立っていた。

彼が頭に手をあててつぶやく。

「いや、アキティがどうしてもついてくると言うから……。大体、君だって、まだ綿貫君を連れているし……」

「それを言われると弱いな」

沙羅華は苦笑いを浮かべながら、彼女の分の入場手続きも手伝ってやっていた。


両備さんの車は管理棟の駐車場にとめておき、僕たち四人はまず、僕の会社の車で〝むげん〟の展望台へ向かった。イーストサイドの蓄積リングなどが乗っかっている小さな山の、ほぼ頂上付近にある。沙羅華はそこで作戦会議をしようというのだ。

「いいところだろう」車から降りながら、彼女が言う。「人に見られたとしても、ゲストに〝むげん〟を案内しているとしか見えない」

しかし周囲に人影はなく、そんな心配も無用かもしれない。確かにここだと、ほぼ真下にあるイーストサイドの蓄積リングから、二本のリニアコライダーが中央で交差しながら、ウエストサイドの蓄積リングに向かって伸びていく様子など、〝むげん〟の全体像がよく見えた。

風が時折、沙羅華の髪の毛を揺らしている。

亜樹さんがバッグからメモ帳を取り出すと、沙羅華が注意した。

「記録はするなと、前にも言っただろう。必要なデータは、私の方から提供する。また裏の計画に関しては、外ではお互い、前のプレゼンテーションで使った暗号名でなるべく呼び合うことにしよう」

と言うと、送信側の両備さんが〝コスチャ〟で受信側の沙羅華が〝アンナ〟、それで彼らが受け持つ下位次元が、それぞれ〝アリス〟と〝ボブ〟ということだったと思う。

沙羅華は、僕たちが今いるイーストサイドの蓄積リングとリニアコライダーの接合部付近を指さした。

「まずコスチャだが、イーストサイドで、下位次元となる電子塊のアリスを監視する。そして情報の書き込み装置となるインスペクターを、いつでも操作できるようにしておく」

「どうやって?」と、両備さんが聞いた。「まさか中央制御室というわけにもいかないだろう」

「ノートパソコンを使う。ソフトは私の方で組んでいるところなので、それが完了次第、あなたのパソコンにコピーしよう」

「けれども稼働中は、〝むげん〟の内部にも入れないんじゃないのか?」

「ああ。インターロックがかかるからインスペクターを直接操作することはできず、どうしても遠隔操作になる。しかも中央制御室や観測室などからの干渉も、極力遠ざけておきたい。それでコスチャは、移動基地にすることを考えている。あなたのワンボックスカーが、そのまま使えると思う」

「しかし〝むげん〟の敷地内でゴソゴソやってたんじゃ、それも怪しまれるだろう」

「その通りだ。警備も強化されている。それで考えたんだが、イーストサイド側のリニアコライダーのほぼ真下に、県道が走っているだろう。その側道の先には、田んぼや空き地が結構あるんだ。そこに車をとめて、信号を送るのがいいと思っている。場所は帰りに確認しておこう」

彼女は展望台から下をのぞき込み、県道のあたりを指さした。

「ということは、コスチャは〝むげん〟の敷地の外から？」

「あのあたりには、監視カメラもなかったと思う。垂直方向で見れば、案外、アリス側のインスペクターに近いんだ。インスペクターには、すでに受信機を仕掛けておいた」

僕も下をながめてみたが、確かに彼女の言う通りだと思った。

「で、コスチャからアリスへの通信方法は？」と、両備さんが聞いた。

「それが肝心だ」と、彼女が言う。「信号の書き込みには、無線LANを使う」

「無線LANを？」

「ああ。ネット経由よりも、レスポンスがいい」

「しかし、エリアが限られるだろう」

「通信するポイントは決まっているんだし、距離的には十分届く。しかも情報は外部に漏れにくく、ハッキングもされにくい。ただしあなたの指摘通り、コスチャが通信可能な範囲にいなければならないんだが、イーストリングのほぼ真下であればまったく問題ない。それとコスチャとアンナについてだが、これとは別に携帯をグループ通話モードにして、信号発信の三十分前には常時つないでおこう。さて、そのアンナだが……」

沙羅華は自分の胸のあたりを指さした。

「アンナはウエストサイドのボブを監視するとともに、計画全体をコントロールする。そして私の事務所であるＳＨＩにいて、信号の読み取りもそこで行う。信号は即座に解析され、ディスプレイに表示される予定になっている。またアンナは、コスチャとの連絡に、このグラスビュアを使うことにする。日常的に使っているツールなので、これをかけて〝むげん〟を歩いていても怪しまれない」

彼女はグラスビュアを取り出し、みんなに見せた。その〝つる〟の部分から口のあたりに向かって、オプションの小型マイクが取り付けられている。

「次にスケジュールだな。本来アンナは、ＥＰＳテストのためにずっと中央制御室にいるべきなんだけれども、仕方ない。信号発信の一時間前には、中央制御室からＳＨＩへ移動しよう。その間、中央制御室には、カムフラージュとしてダミーデータを走らせる。私がコンピュータでシミュレーションしたものだ」

「そんなことをして、バレないか？」と、僕は聞いた。

「定められたプログラムに沿ってメニュー通りテストを進めるから、制御室の方でマニュアル操作に切り換えたりしなければ、まず問題ないだろう。ＳＨＩに入った私は、念のため、まずＥＰＳテストの進み具合を確認しておく。そして信号発信の十五分前に、〝むげん〟を裏計画に切り換える。十分前には、念のためコスチャとの通信を控え、メッセージの到着を待つ」

「通信を控える？」僕はまた、彼女にたずねる。

「この実験における重要なポイントなんだが、情報を送受信する時点で、双方がリアルタイムで情報交換していては具合が悪いからね。そしてコスチャが送信するよりも先に、アンナ側に信号が届けば、実験成功だ」

「それで、肝心のメッセージは？　確か未来の株相場や外国為替なんかが分かるといいとかいう話だったよな」

「いきなり、それは無理だ」と、彼女は言う。「それに関しては私も大分悩んだが、やはり複雑なものは送れない。それで最初の実験では、時刻同期タイプのワンタイム・パスワードのようなものを用いてはどうかと思っている」

「ワンタイム・パスワードでも長過ぎないか？」と、両備さんがたずねる。

「四桁《けた》程度なら、それに時刻情報を加えたとしても何とか送れるだろう。実験に成功し、今回の方法を連続的に行うことができれば、より意味のある信号を過去へ送れることになる。実はメッセージについても、プログラミングはほぼ終えているんだ。直前でじたばたしたくはないからね」

沙羅華が微笑むと、両備さんも彼女を見つめて笑顔を見せていた。

何だか二人のチームワークも急激に仕上がってきていて、僕なんかが入り込む余地はまったくないのではないかという気がしてきた。

彼女が両備さんに言う。

「実験結果は、すぐにティムにも伝えてあげなければならない。彼は〝むげん〟への立ち入りも望んでいないようだし、できればホテルで待っていてもらうのが望ましいと思っている」

両備さんが大きくうなずいた。

「そうだな。実験終了後はホテルで合流し、彼に結果を報告しよう」

「あの……」遠慮がちに、亜樹さんがたずねる。「私は何をすれば？」

「コスチャを手伝えばいいじゃないか」と、沙羅華が答える。「とにかく、このことが発覚すると大問題だし、成功は絶対条件だ。そのためにも、一度リハーサルをしておきたい。早速、今夜あたりではどうかな？」

特に反対意見は出ず、リハーサルの件もあっさり決定した。

7

僕たちは軽く昼食をすませた後、両備さんのパソコンのプログラミングやティム老人への報告のため、計画の基地となるホテルのスイートルームへ向かうことにした。車二台で行くのも厄介だから、両備さんの車に乗せてもらうことにする。

途中、裏計画でコスチャの基地となるイーストサイド側リニアコライダー直下の空き地も、みんなで確かめておいた。

亜樹さんが同行していることを知ったティム老人は、とても上機嫌で彼女の手を握りしめていた。

沙羅華は咳払いをし、「実はさっきも打ち合わせをしたところなんです」と、老人に言う。

彼女はまず計画の進捗《しんちょく》について、ざっと彼に報告した。

「プログラミングもほぼ終了していますが、虫取り《デバッグ》などの作業が残っています。さらにシミュレーションやリハーサルによる計画の微修正もしておく必要がある」

彼女と両備さんはリビングルームへ行き、ノートパソコンを広げた。そして両備さんにレクチャーしながら、彼女がプログラミング作業を再開する。

その間、僕と老人は、亜樹さんがいれてくれたお茶でも飲んでいることにした。

「お昼は君のお弁当が食べられずに残念だった」ティム老人が亜樹さんに話しかける。

「彼らの作業を見ていても仕方ないから、わしと散歩でもしないか？」

「え、でも私……」

亜樹さんの方を見ながら、両備さんが首をふった。

「部屋から出ない方がいい」

「あんたはこんな素敵《すてき》な人を、独りぼっちにさせておくのか？」老人が、両備さんにたずねる。「どうやら彼女の本当の魅力が、今のあんたには理解できていないようだな」

「でも今は、大事な研究中ですから。これが成功すればノーベル……」両備さんは一瞬、沙羅華に目をやった。「いや、誰だって、未来について知りたい。それがこの研究で分かるかもしれないんです」

「そうかな……」顔を伏せながら、老人が微笑む。「知らない方がいい未来もあるだろう」

タイムマシンの研究に投資するというのに、えらく消極的な発言だなと僕は思った。

「ただ両備君の言う通り、迂闊《うかつ》に外には出ない方がいいかもしれない」と、老人が続けた。

「と言うのも実は、あんたたちが着くまでにもそのあたりを散歩していたんだが、誰かにつけられているような感じがしたので、早めに戻ってきたんだ。どうも、二人組の男みたいだったが」

「顔は見ましたか？」と、僕はたずねた。

「いや、はっきりとは……。ただ一人は背が高くて、もう一人は小太りだったと思う。二人ともサングラスをかけていて、顔もよく分からない」

「時間警察だ……」

思わず僕は、そうつぶやいてしまった。それが沙羅華だけでなく、ティム老人もマークし始めているようだった。

「時間警察？」と、老人が聞き返す。

「現時点では仮説にすぎない」パソコンのディスプレイを見つめながら、沙羅華が答えた。

「君の会社の車に私がよく乗るから、それで車を尾行してここに行き着いたのかもしれない。確かにこの部屋の中にいる限り、そういう問題は心配ないとは思う……」

　彼女はそう言いながら、首をひねっていた。

「時間警察にマークされているから、というわけでもないが」ティム老人は、自分のタブレットを取り出した。「作業しながらでいいから、タイムプロセッサ以後のことについてもいろいろ聞いておきたい。投資分はもちろん返してもらうが、さらに儲けが出れば、どうする？　両備君は、タイムマシン計画を本当に断念しているのか？　沙羅華も最終理論とやらを、追いかけ続ける気なのか？」

「どうしてそんな先のことを？」と、沙羅華が聞き返した。

「いや、二人を見ていると、どうも気になってな……。と言うのも、〝真理〟とやらに見入られ、身を滅ぼした科学者は数知れない。精神を病んだ者さえいる。時間に関する研究も、そうじゃないのか？　そんなものにうつつを抜かしていたら、下手するとあんたたち、一生を棒にふることになる。タイムプロセッサにしたって、仮に成功しても、極秘プロジェクトなら人に知られることもないわけだし、ずっと孤独な研究者のままじゃないか」

「何が言いたいのですか？」と、両備さんが小声でたずねた。

「それがいいとか悪いとかじゃない。選択の問題さ。今は最善の選択と思ってやっているんだろう。しかしそれが、いつまでも絶対的な一番とは限らない」

「真理の探究か否かの、二者択一でもないでしょう」

「それはそうかもしれないが、念願だったタイムマシン作りに成功してから後悔しても遅い。ワーム《W》ホール《H》ごしにキスはできないはずだ」

笑い出した老人を、両備さんは苦々しい表情で見つめながら言った。

「そういう話は、できれば後にしてもらえませんか？」

「いや、あんたたち若い者を見ていると、つい自分の昔を思い出してな」かまわずに老人が話し続ける。「わしにもかつて、二つの生き方があったんだと思う」

ティム老人はそう言いながら、亜樹さんの方を見つめている。

しかし彼女は戸惑っている様子で、彼から目をそらしていた。

プログラミングを終えた沙羅華は、念のため、オートデバッグに取りかかっている。

ティム老人が、またゆっくりと語り始めた。

「二者択一じゃないとあんたは言うが、夢が大きいほど、両方同時は困難だろう。一つを得るために他のすべてを放棄するか、あるいはその逆かだ」

「そんなこと、聞かなくても分かるでしょう」と、両備さんが答える。

「しかし自己実現には、それなりの資質も必要だろうし、覚悟も求められる」

「けど今、他の道を選べば、この道での成功がないのは間違いない」

「そうかもしれないが、それで夢見るころを過ぎてみろ。下手をすると、何も残らない」

「資金はともかく、あなたの生き方まで押しつけるのは、勘弁していただきたい」

ティム老人が、ため息をもらす。

「そんなに名声が欲しいのか？」

「失礼ながら、あなたが手にできなかったものが何だったにせよ、それはあなたの人生です。俺《おれ》にはまだ、可能性がある」

「わしだって、誰彼の区別なく夢を捨てろと言っているんじゃない。せめてあんたには、自分探しを続けることで、かえって自分を見失うようなことにはなってほしくない」

「心配ご無用。自分の夢にエネルギーを費やすほど、他の可能性を切り捨てていくしかないのは覚悟の上です」

「だから、そこから違っているんだ。いいか？　二人で描く夢もある。一人だと、喧嘩もできないぞ。なあ、沙羅華もそう思わないか？」

オートデバッグの終了を確認した沙羅華は、両備さんのノートパソコンにプログラムの転送を始めたところだった。

「私に聞かれても困ります」と、彼女が答える。「私だって、これでいいと思ってやってきている。研究によって分からなかったことが分かるようになるわけだし、それでいいじゃないですか」

「いや、君もTOEとやらに対して、過剰に期待していないか？　それで自分のかかえている問題までもが解決すると思い込んでいないだろうか。あんただって……」

ティム老人は、両備さんを指さして続けた。

「ワームホールに対して、過剰な期待をしていないか？　その向こうに、この現状にはない何かがあるというような……。一方で、なかなか成果の出せない研究の先に待っているのは、破滅かもしれないということも分かり始めている。実に危険な状態だ。本当は心のどこかで、解放されたいと思っているんじゃないのか？　タイムマシンにいくら情熱を注いでも、タイムマシンはあんたのことを愛してはくれないぞ」

両備さんは「すみません。今、忙しいので……」とつぶやくと、老人から目をそらした。

8

沙羅華と両備さんが、それぞれグラスビュアとスマホを取り出し、通信機能の調整作業を始めていた。

二人に相手をしてもらえず、仕方なく一人でタブレットを見ていたティム老人が、いきなり声をあげた。

「おい、〝ハウリング〟のことは聞いていないぞ。プレゼンテーションのときに、どうして説明してくれなかった？」

「ワームホール型タイムマシンにおける、電磁波の共振現象のことを言っているのですか？」沙羅華が冷静に答える。「それなら心配はいりません。電磁波は分散されるので、ハウリングは起こさないと考えられています。そもそも今回の実験は、ワームホール型じゃありませんし」

「違う」老人はタブレットの操作を続けている。「ネットで調べてみると、過去へ送るのが情報だけだとしても、理論的にはハウリング現象が懸念されているそうじゃないか」

沙羅華と両備さんは顔を見合わせて、ちょっと気まずそうにしている。

ハウリングについてはよく知らないものの、ティム老人が指摘した点に関しては、どうも二人とも前から気づいていたのではないかと僕は思った。

「どういうことだ？」

僕は沙羅華にたずねた。

「ある時間旅行者が、過去を書き換えてしまったとする。分かりやすい例としては、〝自分殺し〟なんかだな。そうした影響が、時間旅行の出発時点の状況そのものにも及べば、彼が書き換えてしまったはずの過去にもまた、否応《いやおう》なく影響が及んでいく。そんなフィードバックを延々とくり返すうちに、時空間が崩壊をきたしてしまう。それがハウリングだ。

情報時送においても、未来から届いた情報によって過去を書き換え、その影響が何らかの形で送信者にも及ぶようなことなどがあれば、ハウリング現象が起きてしまう可能性は、確かにある」

ティム老人がうなずきながら聞いていた。

「つまり今回のケースでも、たとえば未来のコスチャから送られた情報を、アンナが直ちにコスチャへ伝えたとする。それを見たコスチャが、アンナに送る予定の情報を意図的に変更してしまうか、あるいは送信のタイミングをずらしたり、送信しなかったりすれば、ハウリング現象が起きてしまうかもしれない、ということだな？」

「相対する事象の時空間が近ければ近いほど、ハウリングの危険性は増します」と、沙羅華が言う。「量子世界の曖昧《あいまい》さを拡大するわけですから、何からの問題が起きてくるのはむしろ当然かもしれません。ハウリングは、その一つにすぎないということです。一旦ハウリングが起きてしまえば、制御は困難でしょうね。最悪、因果律に生じた矛盾点は、際限なく広がっていくかもしれない」

「つまりこの実験……」僕は思わず、つぶやいた。「下手をすると、宇宙崩壊なのか？」

「そう深刻に考えることはありませんよ」沙羅華は老人に向かって言った。「パラレルワールドがあるとすれば、それぞれ無数に存在する世界の一つとして位置づけられるようになり、致命的な干渉を起こすことはないかもしれない」

「しかしパラレルワールドだって、存在するという確証もないんだろ？」

「今回の実験では、送信する情報にも大きな問題はないと考えます。ワンタイム・パスワードなら、仮にコスチャが送信前に知ったとしても、それによって彼が行動を変えることは、ほとんど考えられない。だとすれば、ハウリングも起こり得ません」

「本当か？」

「実際のところは、やってみないと何とも言えないですね。そもそも情報時送の実験そのものが、まったく未知の領域なんですから。ただしハウリング防止のためにコスチャとアンナは、情報の送受信の直前から一切連絡を取り合わないようにします。またアンナは、届いた情報を、実験終了までコスチャを含めて誰にも伝えない。このようにコスチャもアンナも、不用意な行動は決して起こさず、ハウリングが生じる余地を与えないよう心がけます」

「しかし想定外の事態が生じれば」老人が首をかしげる。「ハウリングが起きてしまう可能性は、ゼロではないわけだろ？」

「そう言われても想定外の事態なら、それ以上の対策は立てられない」彼女は口をとがらせ、老人を見つめた。「どうします？　出資はおやめになりますか？」

「いや、ここまできたんだ。続けよう。ただタイムプロセッサの使い方には、確かに細心の注意が必要なようだな。あんたたちはすでに感じていたのかもしれないが、ある意味で、核兵器よりも恐ろしい。そもそも時間のような基本的な宇宙の摂理を操作しようというのだから、ハウリングみたいな問題が生じてくるのも当然のことかもしれないのだが……。とにかく、慎重に進めてくれ」

「分かりました」そう答えながら、沙羅華は申し訳なさそうに、老人に顔を近づけた。

「実は、ティムさんにまだお話ししていなかったことが、もう一つ……。むしろそっちの方が、現実的な驚異になるかもしれません」

「何だね？」と、老人がたずねる。

「ネットを検索していて見つけたんですが……」

彼女は老人のタブレットを借りて操作を始めた。

僕もディスプレイをのぞき込んでみると、あるサイトに〈〝むげん〟で秘密改造〉というトピックが立っていた。その首謀者があの天才少女、穂瑞沙羅華だというので、ちょっとした騒ぎになっているのだ。

〈何のために?〉、〈何の役に立つの?〉〈費用は?〉といった書き込みをながめているうちに、〈改造〝むげん〟でブラックホール⁉〉という見出しが目に飛び込んできた。さらにそれが〈地球が吸い込まれる?〉、〈人類滅亡?〉といったデマに発展していて、今なお書き込みは続いているようだ。

僕は沙羅華に忠告した。

「こんなのを放置しておけば、マスコミがかぎつけて、騒ぎになるかも」

「いや、すでにその動きはある。近いうちに週刊誌か何かに出るかもしれないな。時間がたつほど、大きな問題になりそうな予感はしている」

「でも加速器でできるブラックホールなんて、すぐに蒸発してしまうんじゃなかったのか? 書き込んでいる連中が、無責任に面白おかしく騒いでいるだけじゃないか」

「しかし今、うかつに反論できない」と、彼女は言う。「ネットの連中にすれば、それこそウエルカムで、炎上さえしかねない。そうなるとEPSテストができなくなるばかりか、下手をすると、タイムプロセッサ計画までばれてしまう」

両備さんもタブレットをのぞき込みながら、首をひねっていた。

「しかし書き込みを見ていると、なかには内部の人間しか知り得ない情報もあるようだが……」

そう言われてみると、そうかもしれない。そしてこんなことを書き込みそうな奴《やつ》は……。

僕はブラックホールの記事の隅に、〝ペッパー警部〟と記されているのを見つけた。あの須藤がよく使うハンドルネームだ。

「おい、ゴシップの出所は、須藤じゃないか？」

僕は沙羅華にそう告げた。

「彼が書き込んでいるのは間違いない」落ち着いた声で彼女が答える。「しかし彼は、別に悪気があったわけじゃなく、トピックを立ち上げた人間に、まんまとのせられただけじゃないかと思う」

「じゃあ、最初に書き込んだ奴は？」

「それは私にもまだ分からない」

「ただの中傷記事のようにも見えるが」両備さんがあごに手をあてて言う。「もしかするとこれは、実験妨害じゃないのか？　君のＥＰＳは、他の企業も狙《ねら》っているんだろ？」

「いや、ひょっとして、タイムパトロールが……」と、僕はつぶやいた。

「時間警察なら、こんな形では歴史にかかわってこないだろう」沙羅華が笑いながら答える。「しかしこれだけ拡散してしまっていては、犯人探しに時間を費やすのも無意味かもしれない。何かしらの対策を考える方が先だ」

「そのようだな」と、老人が言った。「とにかくこんな状況で、次回のテストで何らかのトラブルでも起きれば、ＥＰＳどころか、君もＪＡＰＳＳも終わりだ」

沙羅華が苦笑いを浮かべる。
「それどころか、予定通りにテストできるかどうか……」
書き込みの件を須藤に確かめてみようと思っていたとき、僕のスマホが鳴った。
発信者を見ると、アメリカにいる沙羅華の父、森矢滋英教授からだった。
僕は緊張しながら着信ボタンを押し、「ご無沙汰《ぶさた》してます」と言った。
〈挨拶はいい〉森矢教授が低い声で言う。〈ネットで見たんだが、うちの沙羅華が、また
おかしなことをやってるんじゃないかと思ってな〉
さっきの書き込みのことではないかと、僕は思った。
〈沙羅華に電話しても、ずっとつながらないんだ。それで君の方に連絡してみた。ちょっ
と娘に代わってくれないか?〉
「いや、ここにはいないんですけど」
彼女を見ると、黙ったまま手をふっている。
僕は教授にそう答えた。
〈そうか……。そもそもあいつはこの前、IJETO日本支部に行ったみたいだが、一体
何のためだったんだ? 〝むげん〟の改良工事でバタバタしているはずなのに〉
「いや、夏休みなんで、ちょっと海水浴に行って、ついでに見学を……」
沙羅華がずっとこっちを見ているので、僕はベッドルームに場所を変えて電話を続けた。

〈君たち、また何かたくらんでいるんじゃないのかね〉と、森矢教授が言う。〈さしずめ、改良後の〝むげん〟で予定されている実験からして、すでに怪しい〉

「いえ、そんな」僕はスマホを握りしめたまま、もう片方の手を激しくふった。「先生の思い過ごしです」

〈ただ彼女の場合、実験を止める方がもっと危険かもしれないな。君も知っているだろう。どんな手段を使ってでも、彼女なら実行するからな……。とにかく、帰国する。くわしい話は、そっちで聞こう〉

森矢教授は、そう言い残して電話を切った。

「やっぱり父さんか?」

沙羅華がベッドルームをのぞき込みながら、僕にたずねる。

「ああ」と、僕は答えた。

「それで、何て言ってた?」

「今から帰国すると……」

沙羅華の顔色が、一瞬にして変わる。

「今、父さんに踏み込んでこられたら、何もかも知られてしまう……」

彼女はあわてて、自分のバッグからスマホを取り出す。

「どうするつもりだ?」と、両備さんが聞いた。

「父の帰国が止められないのなら、実験を早めた方がいい。今、実験は九月三日の月曜日、午前九時からの予定になっているが、一日の土曜日からでもいいか?」

　自分のスマホで確認しかけた僕は、思わず声をあげた。

「一日って、明日じゃないか」

「テスト運転中とはいえ、すでに何十人というスタッフが〝むげん〟にいる。問題なくできるはずだ。実験の前倒しは、私にとっても有り難い。三日からは新学期だし、森矢沙羅華としての生活も始めなければならないからね」

「俺はかまわない」と、両備さんが答える。

　沙羅華はうなずきながら、坂口主任に電話を入れていた。EPSテストを前倒しにする表向きの理由を、彼女は産業スパイ対策だと説明している。

　スケジュールの変更はすぐに決定し、坂口主任の方から大至急、関係スタッフにも伝えるという。表だろうが裏だろうが、沙羅華のやることは相変わらず無茶苦茶だと思って僕は見ていた。

「タイムプロセッサの実験も、一日目からやった方がいい」

　スマホをテーブルに置いて、彼女が言う。

「準備不足じゃないのか?」と、僕はたずねた。「ハウリングのリスクを高めるだけでは?何か問題が起きると、今度こそお前の研究者生命は……」

「リハーサルをちゃんとしておけば、大丈夫さ」

　そう言い切る彼女の肩を、両備さんが微笑みながら軽くたたいていた。

僕たちがホテルを出ようとすると「ちょっと待ってくれ」と、ティム老人が声をかけた。

「投資するのは、わしだ。そのわしが実験中、ホテルで留守番はないだろう。実験による真実を、できればこの目で確かめておきたい。君たちとも、もっと話がしたいしな」

「けれども〝むげん〟には、入りたくないんですよね」沙羅華は、両備さんを見つめた。

「すると、コスチャ側でもよろしければ……」

「しかし、こっちにはアキティがいる」と、両備さんがつぶやく。「狭い車内に三人だと、かえって動きにくくないか？」

決めかねている様子の彼を気づかうように、亜樹さんが言った。

「じゃあ、私がホテルで待機していましょうか？　私では、お役に立てないかもしれませんし」

「今さら、何を言い出すんだ」

両備さんが彼女を叱りつける。

「でもその方が、皆さんにもいいかもしれないと思って」

「だったら、好きにすればいい……」

「いや、申し訳ない。わしの参加希望は、聞かなかったことにしてくれ」ティム老人は、自分の頭に手をあてた。「それより両備君、いい加減に決めるべきじゃないのか？」

「何をですか？」彼が、首をかしげる。

「さっきも言った選択だ。世間に評価されることと、たとえ一人であっても誰かに信頼されることの、どっちを選ぶか。あんたは考えているようでいて、目先の足し算と引き算でしか考えていない。真っ白なカンバスを見て、何も描いてないから気に入らないと言っているようなものだ。絵を描くのはこれからじゃないか。自分の見果てぬ夢にこだわって、この先も一人で生きていくつもりなのか？」

老人は、急に手を一つたたいた。

「そうだ、コスチャ側は、あんたが辞退するという手もある。そうすれば、わしは、彼女と二人で……」

「何を馬鹿な」

両備さんの大声に、老人は驚くようなそぶりを見せた。

「すまん。冗談だ」

横で聞いていた僕は、計画を後押しするどころか、考え直させようとしているかのような老人の言動に、何かしら違和感をおぼえ始めていた。

両備さんが、眉間《みけん》に皺《しわ》を寄せている。

「出資は大変ありがたいんですが、もう本当に勘弁してもらえませんか」

「何がだね？」と、ティム老人はたずねた。

「だから、俺のプライベートなことにまで口をはさむことですよ。はっきり言って、迷惑なんです」

「しかし、わしは、あんたが幸せになれるんなら、わしなど、どうなってもかまわないと思って……」

「他人のあなたが、何故そこまで？」

両備さんにそう詰め寄られた老人は、その場でしばらく考え込んでいた。

「やはり、言わないわけにはいかないようだな……」

その時、急に沙羅華が両備さんの肩に手をあてて、ドアの方へ誘導する。

「それより私たち、早く準備しないと……」

僕もドアへ向かいながら、どうして彼女が急に老人の発言をさえぎるようなことをしたのか、疑問に思っていた。

そしてホテルの部屋を出て、沙羅華たちの後について行った僕の頭の中に、突拍子もない考えが思い浮かんできた。

まず、例の〝むげん〟における、幽霊騒ぎについてである。それは沙羅華の事務所、SHIで彼女が隠していたシールドスーツがもし、あの老人のものだとすれば、すべての謎がつながっていくのではないかというものだった。

老人がやって来たのはアメリカからではなく、ひょっとして未来からだとすると、どうだろう？　そんな老人を、沙羅華がサポートしているのだとすれば……？

考えてみれば、今回の件における沙羅華の異常行動は、〝むげん〟での両備さんの実験終了後、アラームが鳴ったビームダンプを、一人で調査しに出てから一気に加速したように思う。幽霊騒ぎも、あの直後のことだ。

沙羅華は一体、ビームダンプで何を見たのだろうか？　ひょっとすると彼女は、あの老人の秘密を知っていて、二人で何かたくらんでいるのかもしれない。ただ、あまりにも突飛な思いつきだったので、自分でも否定せざるを得なかったのだが……。

9

両備さんの車には、助手席に沙羅華が、そして僕と亜樹さんは後部座席に乗り込んだ。

車で〝むげん〟まで送ってもらった後、両備さんと亜樹さんは一旦、自分たちのホテルへ戻り、それから深夜に実験のリハーサルをすることになっている。車の中でも僕たちは、リハーサルの確認をしていた。

「送り手のコスチャは、午前零時ちょうどに信号を送ることにしよう」と、沙羅華がみんなに言う。「受け手のアンナが、その三秒前にそれを確認すれば、実験は成功だ」

「三秒前？」と、僕は聞いた。

「ああ。あまり自慢できることじゃないから出資者にもはっきり言わなかったが、今回の実験で過去へ戻れるのは、実は三秒だけだ」

「三秒……」僕はくり返した。「ウルトラマンでも、三分は戦えるのに」

「本当は一秒から始めたいところなんだが、アンナ側のインスペクターで情報を読み取ってからも、ノイズとの区別や解析などにコンマ数秒が必要なので、やはり最初の実験では三秒を目標としたい」

「ワンタイム・パスワードのサービスが三秒前に分かるというだけでも、相当凄いことだぜ」車を運転しながら、両備さんが言う。「プレゼンテーションで穂瑞さんが言っていたように、株投資などの強力なツールとなる。計画が軌道に乗れば、初期投資の経費も回収できる」

「ただし、少なくともこの三秒の間を含めて一分程度、コスチャとアンナは通信を切っておくことにしよう」と、沙羅華が言う。「下手に干渉すると、ハウリングの危険性が増してしまうからね。とにかく、くれぐれも慎重に進める必要がある。でないと、マジで時間警察に狙われるかもしれない……」

　両備さんの運転する車は、間もなく〝むげん〟に到着しようとしていた。

「あなたに話しておきたいことがある」助手席の沙羅華が、急に改まったような口ぶりで両備さんに語りかけた。「この実験がうまくいけば、そしてあなたに研究を続ける意志があるのなら、将来的にも、私の共同研究者であってほしい。今度は、私の方からお願いする」

　沙羅華が両備さんに向かって頭を下げるのを、僕と亜樹さんは、後部座席から見つめていた。

「大切なのはやはり、タイムマシンの研究には、パートナーが必要ということなんだ」と、沙羅華が続ける。「私はこれまで、あなたが研究のパートナーとしてふさわしいかどうかを、ずっと見極めようとしてきた。そして今、あなたの念願であるワームホール型タイムマシンについても、一緒に研究してもいいと考えている。研究のためにアメリカへ行くかどうかも含めて、この実験の後で相談させてほしい。実はタイムマシンに関して自分なりのアイデアもあるんだが、恒久的な共同研究に合意してくれるのなら、あなたを信用して、すべてをお話ししてもいい」

両備さんはハンドルを握りしめながら、「とにかくまず、情報時送の実験を成功させよう」とだけ、彼女に答えていた。

後部座席で見ていた僕は、失恋にも似たショックをおぼえながらも、これは当然の成り行きで、沙羅華にとってはむしろいいことではないかとも思っていた。

彼女にすれば、兄を別にすると、自分に見合ったパートナーが研究の世界で初めて得られるかもしれないわけである。

そんな二人の様子を、亜樹さんも後ろの席で、「恒久的な、共同研究……」とつぶやきながら見つめていた。

〝むげん〟に戻った沙羅華は、まず中央制御室へ行き、ＥＰＳテストの前倒しについて坂口主任らと最終確認をしていた。鳩村先生や相理さん、それからアプラＤＴ社の小佐薙さんたちには、主任から伝えておいてくれたという。

　別れ際、坂口主任は、「まったく、彼女の〝トロン好き〟にはかないませんね」と、グチをこぼしていた。

　彼らスタッフは、明日のテスト準備を終えて帰宅していったが、沙羅華と僕は、これからタイムプロセッサの実験のリハーサルをしておかなければならない。

　ところがSHIに到着後、両備さんから沙羅華に電話が入る。

　その内容については、僕も彼女に教えてもらった。

「え、亜樹さんがやめる?」

　僕は思わず、大声を出した。

　沙羅華が一つうなずく。

「IJETO日本支部には、すでにメールで辞表を提出したらしい。ついては、こっちの実験についても、リハーサルから出席しない。両備さんが慰留しているみたいだが、ホテルの部屋に閉じこもったきり、出てこないそうだ」

　それで今日はもう遅いので、明日の午前中にホテルをチェックアウトして、昼過ぎの特急で帰る予定らしいという。そして両備さんが〝むげん〟にいるうちに、彼の研究室に置いてある自分の荷物を整理して、鍵は守衛室に預けておくつもりらしい。

「でも、どうしてこのタイミングなんだ」と、沙羅華がつぶやく。

ただ妙なあてこすりでも何でもなく、彼のために黙って消えようとしているぐらいのことは、僕も感じていた。

そう言えば沙羅華が以前、両備さんと共同研究の相談をしていたとき、「情的な成分は早い段階で切ってしまうに限る」と言っていたのを、僕は思い出した。亜樹さんはそれを察し、二人の共同研究のために自らを切り捨てることにしたのかもしれない。

しばらくして、僕のスマホにも亜樹さんからメールが入る。僕への感謝の言葉と、明日の正午過ぎの特急に乗り、故郷に帰って両親と暮らす決心をしたという主旨のことが書かれた、短い文面だった。

すぐに返信を送ったが、予想通り、返事はない。

「故郷に帰って、それから、どうするんだろう」と、僕はつぶやいた。

ただ、両親と暮らす決心をしたということは、前に彼女から聞いたように、お見合いして、結婚するということかもしれない。

「こんなことで、リハーサルの予定を遅らせるわけにはいかない」

沙羅華が壁の時計に目をやる。

そして亜樹さんの代わりとして、急遽《きゅうきょ》コスチャ側の助手を、ティム老人に務めてもらうことに決めたのだった。

その日の午後十時過ぎ、アンナ側の沙羅華と僕はＳＨＩで、コスチャ側の両備さんとティム老人は、イーストサイド側リニアコライダー直下の空き地にとめた車の中で、それぞれリハーサルの準備を進めていた。僕たちは携帯をグループ通話モードにして、お互い自由に会話できるよう、セッティングしておく。スマホにつないだ僕のヘッドカムからも、コスチャ側にいる二人の声がよく聞こえていた。

　亜樹さんの辞職の件は、当然、ティム老人にもすでに伝えられている。そしてノートパソコンのセッティングなど、黙々と準備を進める両備さんの横で、老人は独り言のように話し続けているようだった。

〈彼女が一体、何をしたというんだ。確かに時間の謎について語り合えるような人ではないかもしれない。しかし真理に届いていないのは、誰だって同じだろう〉

　望み通り実験に参加できたにもかかわらず、老人は出資者の強みからか、両備さんに言いたいことを言っているようだった。

〈あんたはいずれ、後悔することになる。研究によってようやくたどり着いた成果でさえ、それを癒《い》やしてはくれない〉

〈しかし今、研究をやめてしまえば〉と、両備さんが言う。〈俺は世間から馬鹿呼ばわりされ、無名のまま人生を送ることになってしまう〉

〈不在によって、本質に気づいたときには、もう遅いんだ。わしはそのことを、あんたに告げたかった〉

〈俺が選んだんじゃない〉両備さんが言い返していた。〈これは彼女が選んだんだ。アキティに会えなくなったのを悔やんでいるのは、むしろあなたの方では?〉

「ちょっと私の話も聞いてほしい」

沙羅華が二人に割り込んだことで、僕たちはこれからの段取りを確認しておくことになった。

「明日、〝むげん〟のEPSテストは九時からの開始予定だ。それに目処《めど》がついたあたりとすれば、コスチャは正午きっかりに送信、アンナはその三秒前の、午前十一時五十九分五十七秒に受信するのがいいと思っている。

本番でも、通信は今と同じく、携帯のグループ通話モードを使う。五十分前には回線テストを済ませておき、三十分前には常時接続しておくようにするが、ただしそれぞれ実験開始後、信号送受信の十分前には連絡を取り合うことを控え、遅くとも一分前には完全に切っておく。たびたび言っているように、不用意な情報によって実験に悪影響を与えないためであり、何よりハウリング防止のためでもある」

僕たちは午後十一時のリハーサル開始を確認し、それまでそれぞれ、待機しながら夜食をとっておくことにした。僕は、沙羅華と一緒に食べようと思って〝むげん〟のコンビニで買ったサンドイッチを、SHIのサイドテーブルに並べる。

しかし彼女は、「私はこれでいい」と言いながら、スティッキーを取り出した。パッケージからして今日は、マーブルスティッキーらしい。

コスチャ側の車内でも、ティム老人が〈気がきくだろう〉と言って、焼き肉弁当を両備さんに手渡しているようだった。

しかし両備さんは〈カロリーのことを何も考えてない〉と、つぶやいている。

〈明日の昼に決行だと、昼食がないな。また、コンビニ弁当でも買っておいてやるよ〉

老人がそう言うと、両備さんは素っ気なく答えていた。

〈いや、弁当は自分で買います〉

そして午後十一時、グラスビュアをかけた沙羅華が、説明を始める。

「警備員に怪しまれると困るのでリハーサルではやらないが、まずこの時点でアンナは、中央制御室にいる。ＥＰＳテストの方は、最も基本的な一軸による電子・陽電子衝突から始められている。裏実験に切り換えれば必ず引っかかると思われる安全装置やアラームは、私の方であらかじめ無効化《オーバーライド》しておこう。

　実験六十分前になったら、中央制御室にはダミーデータを走らせる。この時点から〝むげん〟は、中央制御室ではなく、自動的に起動させたＳＨＩのコンピュータによって制御されることになる。その切り換えが問題なく行われたことを確認して、アンナはＳＨＩへの移動を開始する」

「本当に大丈夫なんだろうな？」と、僕はたずねた。

「実験はプログラム通りにコンディションを変えて自動的に進んでいくんだが、前にも言った通り、中央制御室でマニュアルに切り換えたりしない限りは、大丈夫だと思う。さて、ＳＨＩに到着したアンナは、情報時送実験の前に、ＥＰＳの初期のテストデータが確保されているかどうかを確認しておかないといけない」

彼女はデスクトップ・パソコンを起動させた。

つまりエンタングルメントによる粒子衝突の状況を、ＳＨＩでまずチェックするというのだ。ＥＰＳテスト本来の目的であるこの段階をクリアしておかないことには、〝むげん〟はまたマスコミにたたかれるかもしれず、情報時送実験にも進めないと彼女は言う。

「ただしこの状況も、中央制御室ではすでにダミーデータを走らせているので、ＳＨＩでないと確認できない」

リハーサルでは、彼女はパソコンに、ＥＰＳテストのシミュレーションを表示させていた。

「データ取得には時間がかかることも考えられるから、実験の三十分前でも、念のためＥＰＳテストを継続しておいた方がいい」と、彼女は言う。「とにかく実験準備を進めながら、ＥＰＳのデータの確認も怠りなく進めておく」

沙羅華は自分の腕時計に目をやった。

「そして十五分前、いよいよタイムプロセッサの実験に切り換える。ＥＰＳテストに、強引に割り込んでいくんだ。コスチャ側もスタンバイしておいてほしい」

彼女の説明によると、ここでからみ合い状態にある電子と陽電子を二つのリングにプールし、速度差をつけたまま、約十分間回転させ続けるという。

「デコヒーレンスを考えると、今はそれが限度かもしれない」と、彼女は言う。「裏実験にはこの電子・陽電子群を使う。そして信号送受信の十分前には、それらを各リングへ送り込んでおく」
　沙羅華はデスクトップ・パソコンの右隅に、小さなウインドウを表示させた。同じもの
がコスチャ側のノートパソコンにもあることを、両備さんが報告してきた。
　どうやらこれは、コスチャとインスペクター間の、無線ＬＡＮによる接続状況を示すも
ので、青だと通信良好、黄色は不良、赤だと遮断となるらしい。今は青色なので、まった
く問題はないようだ。
「これは送信する情報の内容には関与しないから、ハウリングの心配はない」と、沙羅華
が説明した。「ちなみに、送信する情報の最初と最後にも、それぞれ送り始めと送り終わ
りを示す信号を入れておく。これも私の方でセットした。その間に、肝心のワンタイム・
パスワードの情報をはさみ込む。しつこいようだが、送受信一分前には、通信を切ろう」
〈切り忘れたりしないよう、自動的に切れるようにしておいた方がいいんじゃないか？〉
と、両備さんが提案した。
「そうだな。そしてアンナは、十二時三秒前にウエストサイドのインスペクターを作動さ
せ、情報を読み取る。一方コスチャは、十二時ちょうどにイーストサイドのインスペクタ
ーによって信号を書き込む。これにもアラームになるようなものを仕掛けておいた方がい
いかもしれないな」
　その後僕たちは、沙羅華の指示通りに行動し、無事にリハーサルを終えた。

まさに一発勝負だと、僕は思っていた。

〈大体の流れは分かった〉と、両備さんが沙羅華に言った。

〈実験終了が十二時〉と、ティム老人がつぶやいている。〈とすると、ここから駅まで車で十分ちょっと……〉

〈何の話ですか？〉と、両備さんがたずねた。

〈いや、メールで教えてもらったんだが、彼女は十二時十五分の特急に乗るらしい。実験が終了してから追いかけても、間に合うかどうかだな〉

両備さんは吐き捨てるように、〈余計なことを……〉と、老人に言っていた。

リハーサルの後、僕たちはティム老人のスイートルームに再集合し、反省会を開いた。

「実験のカウントダウンの状況は、もう少し分かりやすくならないか」と、両備さんが言う。「時計を見ればいいようなものだが、目の方は計画の遂行で一杯一杯だし」

「そうだな」沙羅華があごに手をあててつぶやいた。「すると耳から入る情報がいいかもしれないが、ただのカウントダウンだけだと、味気ない気もする。クラシック音楽を一緒に流すというのはどうだ？」

「クラシックを？」

「ああ。BGMでもないと、お互い気がめいるだろう。私が中央制御室を出たあたりからカウントダウンを始めるとなると、六十分前後の曲が望ましい」

「じゃあ、俺の好きな『さすらい人幻想曲』では、ちょっと短過ぎるかな」

「〝幻想〟と言えば……。ベルリオーズの『幻想交響曲』はどうだろう」彼女はスマホで検索し、冒頭から曲を再生し始めた。「トータルで六十分弱だから、ちょうどいいかも」

僕も自分のスマホで調べてみた。

五楽章まであって、カウントダウンと重ねるとなると……。第一楽章の『夢、情熱』が始まると、信号の送受信まで六十分弱。第二楽章が『舞踏会』で、それに切り替わればあと四十分弱。第三楽章が『野辺の情景』、あるいは『野の風景』という楽章で、あと三十分。第四楽章が『断頭台への行進』で、あと十五分。そして第五楽章が『魔女の宴《うたげ》の夢』、あるいは『魔女のロンド』とか『ワルプルギスの夜の夢』とか呼ばれている楽章で、それが流れ始めるとあと十分ということになる。

あこがれの人に自分の思いをうまく伝えられない主人公が夢の中で死刑に処せられそうになるあたり、まったく悪趣味な沙羅華が選びそうな曲ではないかと僕は思っていた。

そして交響曲の第五楽章の最後の一音が奏でられる瞬間を、アンナが受信するタイミングに、また観客が「ブラボー！」と叫びながら拍手し始めるタイミングを、コスチャが送信するゼロ秒に合わせておくと彼女が言う。ただしラスト一分は通信を切らないといけないこともあるので、それぞれのスマホから自動的に流れるようにプログラミングしたアプリを沙羅華が送っておくという。

また信号を送受信するタイミングを〝パーティ〟と呼ぶことも、みんなで話し合って決めておいた。

「もう一つのカウントダウンの方は、どうする？」ティム老人が、両備さんの方を向いて言った。「今ならまだ、間に合うかもしれないぞ」

「いや、それより実験をしっかりやらないと。それができるのは、今しかない」

「そんなに研究が大切なのか？」

老人がそうつぶやいても、両備さんは何も言い返さなかった。

「やはり、過去は変えられないか……」

苦笑いを浮かべながら、老人はリビングルームの隅にあるミニバーへ行き、ウイスキーをグラスに注いでいた。

「飲んでいるときだけ今を忘れ、過去の思い出にひたることができる。これがわしの〝タイムマシン〟さ」

そうつぶやきながら、彼はベッドルームに向かっていった。

「私たちも、少し休んでおこう」

沙羅華がみんなにそう言ったのをきっかけに、今日はもう解散することになった。

別れ際、僕は両備さんに、「じゃ、明日の実験、よろしく」と声をかけた。

「いや、もう日付は変わっている」

彼は腕時計を指さしながら、先に部屋を出ていった。

4　衝突

1

九月一日の早朝、僕たちはまたティム老人のスイートルームに集合し、計画の最終確認をしておいた。そして解散する前、各自の時計を合わせておく。

両備さんが使っている腕時計は、確か以前、亜樹さんがプレゼントしたものだということを僕は思い出していた。

コスチャ側の二人と別れ、僕と沙羅華は午前九時前に、〝むげん〟の中央制御室へ入った。すでにエンタングルメント《E》・プローブ《P》・システム《S》のテスト準備が、着々と進められている。坂口主任はもちろん、鳩村先生や相理さん、アプラＤＴ社の小佐薙課長の他、村上《むらかみ》清《きよし》所長をはじめとする役員たちの顔も見受けられた。

今日は沙羅華が言っていたように、電子と陽電子がからみ合った状態で、エンタングラー電子銃《EEガン》から射出される。電子同士の衝突よりも、効果が顕著に現れることが期待されるからだという。

最初のテストではまず、ＥＥガンならびに、イーストサイドとウエストサイドにあるエンタングルメント・インスペクターが、うまく機能しているかどうかが調べられる。さらに、電子と陽電子のからみ合いによって、従来の衝突実験とどのような違いが出るかについてもデータを取り始めることになっていた。

「くれぐれも慎重にね」鳩村先生が、沙羅華に向かって手を合わせている。「しつこいようだけど、このテストの成否に、〝むげん〟のみならずJAPSSの命運がかかっているんだから」

沙羅華はそんな先生を横目で見ながら、黙ったままうなずいていた。

予定通り、九時ちょうどにEPSテストが開始される。正面のメインディスプレイには、電子と陽電子の衝突パターンなどが表示され続けていた。

しかし、エンタングルメント効果として期待しているようなパターンは、まだ現れてきていない様子だった。

「EEガンのパワー不足でしょうか」坂口主任が首をかしげている。「当初から不安視されていたことですが……」

「まだEPSのシステムチェックの段階で、いわばウォーミングアップみたいなものじゃないですか」と、沙羅華が言った。「もう少し様子をみましょう」

ディスプレイ上にさほど目立った動きがみられないまま、やがて時刻は、十一時を過ぎる。

中央制御室の表示は、自動的に沙羅華の仕掛けたシミュレーションに切り替わったはずだが、誰も気づいている様子はなかった。

まったくのポーカーフェイスでそれを見つめていた彼女は、坂口主任に「私はしばらくSHIで観測を続けます」と告げ、中央制御室を出た。

僕も彼女の後に続く。

駐車場に向かって早足で歩きながら、沙羅華はバッグからグラスビュアを取り出し、それを装着した。いよいよ、タイムプロセッサ計画の始まりである。

僕たちはクロスポイント下にある駐車場まで車で移動し、エレベータで最上階に向かった。


エレベータの中で、僕はスマホにヘッドカムを接続する。

すぐにベルリオーズ作曲『幻想交響曲』の印象的な第一楽章、『夢、情熱』の最初のフレーズがヘッドカムから聞こえてきた。愛する人のことを想《おも》い続けている主人公の感情の高まりや、それと相反するような不安感を表現しているという。

それをBGMにしながら、沙羅華はグラスビュアで、コスチャ側の両備さんに最初の連絡を入れていた。回線に問題ないことを確認し、彼女が一旦《いったん》、通信を切るのとほぼ同時に、エレベータのドアが開く。

「今、〝むげん〟で起きているリアルデータは、SHIでしか見られない。急ごう」と、彼女が言う。

腕時計を見ると、信号を送受信し合う〝パーティ〟まで、あと五十分を切っていた。

僕もSHIに向かって回廊を歩きながら、彼女と行動を共にしている自分に、何かしら違和感をおぼえていた。このタイムプロセッサの実験に成功すれば、彼女は両備さんと研究を続け、到底、僕なんかが踏み込めないような世界へ二人で行ってしまうかもしれないのだ。かといって実験に失敗すると、田無先生の依頼だけでなく、両備さんの依頼も成し得なかったことになり、僕は当然のようにその責任を問われる。おそらく、クビになるだろう。

彼女だって裏工作が発覚するようなことになれば、破滅してしまうかもしれない。やはりこのまま、実験は続けさせるべきなのだろうか。いや……。

そんなことを考えているうちに、僕たちはSHIの前に到着した。

しかし沙羅華は、セキュリティ・ボックスを見つめながら、首をかしげている。

「どうした？」と、僕はたずねた。

彼女は無言で、セキュリティ・ボックスの施錠サインのあたりを指さす。

見ると、SHIの鍵《かぎ》が解除されているらしいことが、僕にも分かった。

とにかくドアを開け、彼女と中へ入る。

室内はロッカーやキャビネットがすべて開けられ、書類なども散乱していた。

そして机のあたりに、警備員の制服を着た丸顔の男が立っている。

しかし彼が警備員じゃなさそうなのは、直感的に分かった。しかもその顔には、不確かながら見覚えもある。浜辺で沙羅華の写真を撮っていた男だ。

時間警察……？

僕がそう思っていると、丸顔の男は「もう戻ってきやがった」と言い、特殊警棒をつかんだ。

確かに僕たちはずっと中央制御室にいるはずだったから、彼にすれば意外なことに違いない。時間警察だとすると、もう一人いるはずだと僕が気づいたとき、ドアの背後に隠れていた長身で面長の男が、やはり警棒を手にして襲ってきた。

丸腰だった僕たちは、あっという間に後ろから押さえ込まれてしまう。

「おい、パスワードは？」

沙羅華の首を絞めつけながら丸顔の男が聞いても、彼女は首をふった。

「教えるわけがない」

男は彼女に、警棒を突きつける。

「言うんだ……」

僕は咄嗟《とっさ》に、自分を押さえつけている面長の男の腹を肘《ひじ》で突き、沙羅華の方へかけ寄った。

丸顔の男がそれに気をとられている隙《すき》に、彼女も辛うじて男から離れる。

男はあわてて、沙羅華に向かって警棒をふり下ろそうとしていた。

「危ない！」

僕は彼女をかばいながら、男がふり降ろす警棒を自分の体で受け止めていた。鈍い音とともに肩から全身に激痛が走り、僕はその場にうずくまる。殴られた衝撃で、装着していたヘッドカムも飛んでいってしまった。

「綿さん！」

そう叫びながら沙羅華は、床に転がっていたダンベルをつかみ、二人の警備員をにらみつけている。

「パスワードが分からないなら仕方ない」

面長の男は何を思ったか、デスクトップ・パソコンをつかみ上げ、壁に向かって放《ほう》り投げた。

派手な音を立てて、パソコンが火花を飛ばしながら、壁から床へ転がり落ちていく。

そして丸顔の男に目配せをすると、それぞれＳＨＩから出ていこうとした。

僕はよろよろと立ち上がった。

「奴《やつ》らをつかまえないと……」

「いや、ＳＨＩの修復が先だ」と、沙羅華が言う。「でないと、何もかも駄目になる」

僕が非常ベルに手をのばそうとすると、彼女はそれも止めた。

「警報も鳴らすんじゃない。実験ができなくなるだけじゃなく、私たちの計画までバレてしまうぞ」

彼女はＳＨＩのドアを内側からロックすると、僕のそばにかけより、声をかけた。

「大丈夫か？」

「ああ、多分……。肩を痛めただけだ」

「君は馬鹿《ばか》だ」僕の肩に触れながら、彼女が言う。「何故《なぜ》君は、そうまでして私にかかわってくるんだ？　もし警棒でなく、ナイフだったら、殺されていたかも分からないのに……。私には、君のそういうところが分からない」

「でも、君を守らないと」と、僕は答えた。

「だから、何で自分を守らないで、私を守る？　その判断基準は、一体何なんだ？」

僕もどう答えていいのか、分からなかった。

「それは……」

僕が返事をしかけたとき、沙羅華が首をふる。

「時間がない。早くここを修復しないと……」


僕は外れたヘッドカムを、再び装着した。

すると『幻想交響曲』の第二楽章、『舞踏会』が聞こえ始める。恋い焦がれる人の踊る姿を夢の中でながめているという状況を描いているらしい。その軽妙で優美なワルツとは対照的な状況に、僕たちは陥っていた。時計を見ると、パーティまで四十分を切っている。

沙羅華は、男が投げ捨てたデスクトップ・パソコンを、サイドテーブルに戻した。

「直せそうか？」

僕がたずねると、破損した接続ケーブルの先を握りしめながら、沙羅華が首を横にふる。

「何でこんなことを?」

「システムに侵入できなかった報復のつもりじゃないか? 今は〝むげん〟の制御能力をSHIに移行したにもかかわらず、ここからではまったくコントロールできない」

相当危険な状況らしいのは、彼女の表情からもうかがえた。

「とにかく、デスクトップ・パソコンは駄目だ」と、彼女が言う。

「じゃあ中央制御室に戻って、制御能力を復活させれば?」

「タイムプロセッサの実験はどうする?」彼女が一度、舌打ちをする。「あるいは、ここを復旧させるかだ」

彼女はバッグから、自分のノートパソコンを引っ張り出し、即座に起動させた。

「プログラムのバックアップがある。そっちに接続してみる」

「けど、ケーブルも引きちぎられているのに?」

「このパソコンで直接ネットにつなげば、何とかなるはずだ」

「でもノートだと、処理能力に問題があるだろう……」

それに答えもせずに、彼女がキーボードをたたき始める。

しばらくして、机の内線電話が鳴った。内線番号を見ると、中央制御室からに間違いない。

「出ない方がいい」

ノートパソコンの小さなディスプレイを見つめながら、彼女が言う。

内線電話の呼び出し音は鳴り続けていた。

「でも、出ないとかえって怪しまれるんじゃないのか？」

「用件は大体、分かっている。坂口主任か誰かが、中央制御室の自動操作プログラムとディスプレイが微妙に連動していないことに気づいたんだろう。ここが正常に機能していれば自動調整していたはずのことが、さっきからできていないんだ」

「向こうでマニュアル操作に切り換えてみたとすれば、メインディスプレイとは余計に合わなくなるはずだ……。それで君に電話を？」

「ああ、まずいことになってきた」

「まずいことも何も、これで間違いなく、スタッフの連中がここへ押しかけて来るぞ」

「うろたえるんじゃない」キーボードをたたきながら、彼女は声を荒らげた。「実験は、強行する」

2

内線電話だけでなく、沙羅華のスマホも僕のスマホも鳴っていたが、僕たちはマナーモードに切り換えて無視していた。

パーティまであと三十分を切り、ヘッドカムからは第三楽章『野辺の情景』が流れ始めている。牧歌的なメロディが、恋人への思いをつのらせながら野をさまよう主人公の心情を表現しているらしい。

スマホを見ると、両備さんからもメッセージが届いていたので、沙羅華にも伝えてつなぐことにした。

〈どうかしたのか?〉と、彼が言う。〈通信開始の予定時間を、少し過ぎているようだが〉

「ちょっとバタバタしているけど、大きな問題はない」と沙羅華は答えた。「パーティまでには間に合わせる」

以後パーティの直前まで、通信はオンのままにしておくことにする。コスチャ側の二人には、僕が沙羅華の代わりにこっちの状況を要約して伝えておいた。

〈そう焦ることはない〉車の中にいるらしいティム老人がつぶやいている。〈実験に成功することが喜ばしいこととも限らんしな〉

〈どういうことですか?〉と、両備さんが聞き返した。

アンナ側の復旧待ちをすることになったコスチャの二人は、どうやら手持ち無沙汰《ぶさた》の様子で、特にティム老人は両備さんにあれこれ話しかけている。

〈自分のやりたいように生きるのが幸福だったとしても、わしに言わせればそれは、二番目の幸福でしかないということだ〉

〈二番目の、幸福?〉

〈ああ。そっちに何もないとは言わんが、最初から二番目を目指して走っているようなもんだ。いくら追いかけても、そのコースじゃ一番には届かない。見果てぬ夢だって、いつかはかなうのかもしれん。しかしそのときは年老い、しかも独りだ。わしなんて、何か違っていたのではないかと思いながら、そうした思いを酒でまぎらわせている。

　あんたたちだって、いずれ宇宙の真理にたどり着けたとしよう。しかしそれは、たった一つの方程式にすぎないんじゃないのか？　成功がどのような形であったとしても、それで世界のすべてを手に入れることはできない〉

〈じゃあ、あなたの考える一番は？〉と、両備さんがたずねた。

〈そもそも、何が真理だ？　誰かを悲しませてまで得たものを、果たして真理と呼べるのか？　そうまでして、一体何を得たいというんだ。あんたたちの探しているものは未来だけではなく、現在にもあるんじゃないのか？　身近にいる人と同じ時間を共有して、それで幸せになれる術《すべ》もあるだろう。どうしてわざわざ、違う時間に行く必要がある？　〝愛〟なんて言うと口幅ったいが、きっとそういうものじゃないのかね？　あんたの迷いを言い換えれば、〝真理の探究〟か、〝真実の愛〟かということになるのかもしれんが、その両方を得ることは、少なくともわしには無理だった〉

〈でもそれは、あなたのお話でしょう？〉

　両備さんは、そう反論していた。

〈そう、確かにこれは、わし自身の話だ。あのとき、別の道を選んでいれば、成功していなかったかもしれないが、わしは救われていたかもしれないんだ。ありきたりで平凡な日

常が、こんなにも遠いものだったとはな……〉

ティム老人と両備さんが話をしている間も、沙羅華は修復作業を続けていた。

しばらくして、誰かがＳＨＩのインターホンを押した。

「どうせテストのスタッフだ」と、沙羅華が言う。「出るんじゃない」

僕は彼女に言われて窓の遮光カーテンを閉め、中の様子が外から見られないようにした。

ドアは施錠されたままにしておき、もちろん、鳴り続けるインターホンにも応答しなかった。

〈こんなわしだからこそ、忠告してやってるんじゃないか〉コスチャ側では、ティム老人の話が続いている。〈何が名誉だ。何が自分の存在証明だ。幸福と引き換えにして、何を成そうというんだ……。あんただけの問題じゃない。あの人の幸せも、あんたという一点にかかっているんだ。それとも、わしのようになりたいのか？　あのときああしておけばと思い続けながら、残りの人生を生きたくはないだろう。たった一つでも真実を得たとするなら、他に何を望むことがある。だから本当は……本当はわしが行って、彼女を抱きしめてやりたい〉

〈どうして実験の邪魔をするようなことばかり……〉両備さんは、老人に詰め寄っているようだった。〈大体あなたは、実験に出資する意志があるんですか？〉

〈出資話を打ち切ればいいだけかもしれない。しかしそうすれば、あんたたちは新たな出資者を探すだろう。そもそもこれは、わしの問題じゃない。あんたたちにとって、どっち

が幸せなのかということだ……〉

老人が話している間にも、SHIの周囲はさらに騒がしくなり、「穂瑞先生」と叫ぶ声や、ドアをたたいたりする音が聞こえていた。異変に気づき、他の研究者たちも集まってきているらしい。

「中央制御室の表示とは異なることが、〝むげん〟で起きているようなんですが」ドアの外からは、坂口主任の大きな声も聞こえてくる。「何かテスト予定と違うことを、そこでやっていませんか?」

鳩村先生も、「お願いだから、とにかくそこから出てきてちょうだい」などと沙羅華に呼びかけていた。

「心配無用だ」ノートパソコンのキーボードをたたき続けながら、彼女が僕に言う。「あのドアからだと、ちょっとやそっとじゃ入ってこられない。窓だって、特注の強化ガラスだ」

また、SHIの電源をうかつに切れないことは、外の連中もよく理解しているはずだと僕は思った。沙羅華がどんなトラップを仕掛けているか、分かったものじゃないからだ。

そのうちに、今度は床の片隅から聞き慣れない物音がし始めた。どうやら、下階の実験施設と通じている、鉄製の四角いハッチ付近かららしい。その端の一点が次第に赤くなったかと思うと、火花を飛ばしながら少しずつ溶解し始めている。

「おい、ハッチをバーナーで焼き切ろうとしているぞ」僕は思わず大声を出した。「そんなものまで用意していたとは……」

「おそらく、父さんの入れ知恵だったんじゃないか？」

ノートパソコンに向き合ったまま、彼女が苦笑いを浮かべている。

ハッチが分厚いこともあって作業は思うようにはかどっていないようだったが、このままだと侵入されてしまうのは時間の問題だと思えた。

「ハッチが開けられないよう、上に何かものを置いておくか？」

僕がそうたずねると、彼女は首をふった。

「やめてくれ。可燃物に引火して煙が出ると、スプリンクラーが作動して何もかもがずぶ濡《ぬ》れになるぞ」

いつの間にかＢＧＭは、第四楽章『断頭台への行進』に変わっていた。楽章のタイトル通り、夢の中で恋人を殺してしまった主人公が断頭台へと向かって歩んでいくという、死刑寸前の情景描写だ。

「もう無理じゃないか？」僕は、次第に焼き切られつつあるハッチを横目で見ていた。

「パーティまでだって、あと十五分もない」

「いや、続行する」と、沙羅華が言う。「今、中止すれば、私の何もかもが終わってしまう気がするんだ」

〈何もかも、というのは間違いだな〉僕たちの会話を聞いていたらしいティム老人が、つ

ぶやいていた。〈得るものは、何かあるはずさ……〉

「よし、暫定《ざんてい》復旧だ」

沙羅華が、机を拳《こぶし》でたたく。

〈じゃあ、タイムプロセッサの実験に取りかかれるんだな？〉と、両備さんがたずねる。

「いや、すっかり遅くなってしまったが、まず、EPSテストの結果を確認しておく。それに成功していなければ、私は本当に破滅してしまう」

沙羅華はキーボードのエンターキーを押し、データをディスプレイに映し出す。その直後、彼女はディスプレイに顔を近づけ、眉間《みけん》に皺《しわ》を寄せた。

「駄目だな……。私たちが期待しているようなエンタングルメントの効果を示すパターンは、まだ確認できていない」彼女がため息をもらす。「このままでは、何時間稼働させてもデータは取れないかもしれない」

「さっき坂口主任が言っていたみたいに、EEガンの問題なのか？」と、僕は聞いた。

「それも確かに理由の一つではある。EEガンの供給能力は、設計時に期待していたほど上がっていない。出力を上げる手段がないわけじゃないが、この状況でできることは限られてしまう。また、デコヒーレンスの不安があるから、今の段階ではどのパートでも加速をセーブしているので、そういう面でのエネルギー不足も考えられる」

「じゃあ、加速してみれば？　ここでコントロールできるようになったんだろ？」

「そこがジレンマさ。EEガンにしろリニアコライダーにしろ、今言ったみたいに、デコヒーレンスを誘発してしまうおそれがある。あと数分で結果を出さないといけないのに、そんなリスクは冒したくはない。かと言って、もう時間もない……」

沙羅華は、グラスビュアをかけ直した。

「よし、ルミノシティを下げてみよう。それならこれ以上、出力を上げなくてもできる。いずれEEガンの調整などが進めば通常の衝突でもいいはずだが、応急措置としてやってみる価値はある」

彼女がこれからやろうとしていることは、実は僕にも大体の想像はついていた。何故なら彼女は、以前にも似たような操作をこの〝むげん〟でやったことがあるからだ。正面衝突させていた電子と陽電子のコースをごく微妙にずらし、故意にニアミスさせて、時空間のひずみのエネルギーを蓄積させるのだ。

「それだと粒子衝突によらなくても、クロスポイントのごく限られたエリアのエネルギーを上げることができる」

再びキーボードをたたき始めながら、彼女が言う。

しかしそれは、彼女だけが調整技術を習得していて、しかもひょっとすると、加速器によって宇宙創世寸前までいったかもしれないという、ある意味で禁断のセッティングなのだ。〝むげん〟における安全装置やリミッターのたぐいは、すでに沙羅華の手によってオフにされているはずだった。

「でも、そのセッティングは……」

そうつぶやく僕にかまわず、彼女は入力作業を完了させ、エンターキーを押した。

「これでしばらく、様子を見るしかない」

彼女はバッグからマーブルスティッキーを取り出し、そのうちの一本を口にくわえた。

〈自分の夢を捨て切れないと言うのならば、未練など消し去り、その夢に殉じるだけの覚悟があるかどうかだ〉

僕たちアンナ側の焦燥感をよそに、コスチャ側ではティム老人が話し続けていた。

〈それがどうだ……。あのとき、わしがイエスとさえ言っていれば、それ以後、追い求める必要もさまようこともなかった。情けないことに、わしはそれを、いまだに思い続けている。わしが唯一、書き換えたい過去は、このときの判断なんだ。何でこのとき、黙って抱きしめてやれなかったのか。だから、わしは……〉

老人は、両備さんに向かって語りかけているようだった。

〈アキティの愛には、あんたも気づいていたはずだ。今、彼女のところへ行かなければ、自分の人生を捨ててしまうことになる〉

しかし両備さんは、返事をしようとしない。

老人は、声を震わせながら続けた。

〈幸せになろうとすればなれるあんたが、わしはうらやましい。こんなに老いぼれてから気づいても、もう遅いんだ。これからどんな成功を手にしたとしても、あの彼女にだけは、もう会えなくなるんだぞ〉

ずっと黙って聞いていた両備さんが、老人にたずねる。

〈あなたは一体、誰なんだ?〉

それを聞いていた僕は、また自分の突拍子もない発想のことを思い返していた。そしてひょっとすると時間警察が動いているのは、ティム老人のことも少なからず関係しているのではないかと想像していたのである。

その老人が、〈もう勝手にすればいい〉と言った直後に、車のドアが開く音が聞こえた。

〈まさか、アキティに会いにいくつもりじゃ……〉

両備さんがそうつぶやき、再びドアの音がする。

「持ち場を離れるんじゃない」

グラスビュアをかけた沙羅華が、両備さんに言った。

〈しかし……〉

その時、沙羅華のノートパソコンからアラーム音が鳴り響いた。ディスプレイのグラフィック・パターンにも、大きな変化が表れている。

〈何があった?〉車内に戻った様子の両備さんが、沙羅華にたずねた。〈EPSテストのデータが取れたのか?〉

「違う」沙羅華は首をふった。「むしろ、良くない状況だ。イーストサイドとウエストサイド——それぞれ衝突点付近のビームパイプに不純物が混入し、ビームの擾乱《じょうらん》が起きている」

〈不純物？　擾乱？〉と、両備さんがつぶやく。〈それで原因は？〉

「電子を加速するパイプに陽電子が、陽電子を加速するパイプに電子が、それぞれ突発的に発生しているようなんだが……」

二人が話している間にも、アラーム表示は消えたり再び点滅したりという、不安定な動きを続けていた。

〈どうしてそれぞれのビームパイプに、反粒子が……。マシン・トラブルなのか？〉

「いや、そんなはずはない」

〈じゃあ、他に考えられる理由は……〉両備さんが急に、指を鳴らした。〈マ《M》イクロ・ワ《W》ームホ《H》ール？〉

そのうわずった調子の声を聞いた途端、色めき立っている両備さんの顔が僕の頭に浮かんできた。

〈瞬間的であれ、ごく小さなワームホールが生成されたと仮定すると、一応の説明がつくじゃないか。君がコンディションを変更したことによって、〝むげん〟内部で人工ワームホールが生成されたんだ！〉

「少し落ち着きたまえ」と、沙羅華が注意する。

〈しかし擾乱は、明らかに電子と陽電子が、部分的に置換されたことによって生じている。それを可能にするのは、ワームホール以外に考えられない〉

彼が手をたたく大きな音がした。

〈そうか……。からみ合いの関係にある電子や陽電子を、加速器内でニアミスさせ続けると回転エネルギーが蓄積されて、マイクロ・カー・ワームホール《MKWH》が生成されるんだ〉

僕は以前、みんなとフードコートでタイムマシンの作り方について議論していたときに見上げた、天井のサーキュレータのことを思い出していた。そのときに僕がひらめいたカー・ワームホールのアイデアについても、みんなで話し合った記憶がある。

〈ただ、加速器の出力不足だけでなく、コンディションに不明瞭《ふめいりょう》な点などもあるから、せっかく生成されたワームホールも、小さ過ぎてすぐに蒸発してしまってるんだ〉

「そんなことぐらいで、驚くんじゃない」

キーボードを操作しながら、沙羅華が言う。

〈しかし安定させることは、不可能ではないはずだ。それに今回は電子と陽電子を使っているので擾乱が起きてしまっているが、電子同士、あるいは陽電子同士であれば、擾乱も防げてきっと安定したワームホールが得られる。そしてビームをその中心にとらえながら、リングを周回させておくことも可能なはず……〉

ワームホールを制御する方法についても、海水浴へ行ったときに、僕が海釣りをしている人の釣り糸を見てひらめいたアイデアなどをめぐって、みんなで話し合ったことがあった。

「ワームホールの話は、それぐらいにしておいてくれないか」と、沙羅華が言う。「EP

Sテストの方を、先に何とかしないといけないのでね」

〈けど、このままそのデータを収集し続けるだけでも、大きな成果じゃないか？　安全装置を外しているのなら、思い切って、ルミノシティを下げた状態で出力を上げてみれば……〉

「そんなことをすれば、伝導転移《クエンチ》の危険性も増してしまう」

〈でも、ベストのコンディションがきっとあるはずなんだ。この機会に探っていけないだろうか？〉

「それはできない」きっぱりと彼女が言う。「今はワームホールかどうかさえ、確認をしている余裕もない。私たちはまず、ＥＰＳで一応の成果を出さなければならず、それからタイムプロセッサの実験に進める。ワームホールは、さらにその先の話だ」

〈君はそう言うが、もしワームホールだとすると、ＥＰＳやタイムプロセッサの発明以上の大発見なんだぞ。俺《おれ》が想定していたような状況ではないにせよ、俺の夢が実現するかもしれないんだ。今の現象を精査して論文にすれば……〉

「ノーベル賞も夢ではない、か？」

〈少なくとも、物理学史に俺たちの名前が刻まれる〉

「いいか？　何度も言ったように、もしそうだとしても、このことは発表しない。しかもこのままのコンディションだと、擾乱現象のためにＥＰＳテストさえできない」

〈どうするつもりだ？〉と、彼はたずねた。〈クロスポイントに集中させているエネルギ

ーは、下げたくないんだろ？〉

「ああ。それで電子塊と陽電子塊――つまりバンチの方を調整してはどうかと思っている。ルミノシティをまた上げることになってしまうけれども、一つ一つの塊をスリムにして、その一方でピッチを上げて、ほぼ切れ目なくバンチが続いていくようにするんだ。これも私独特のやり方だが、それで擾乱は解消されるはずだ」

〈それは違うんじゃないか？　そんなことをすれば、せっかくつかんだ人工ワームホールの手がかりが消えてしまうばかりか、生成環境の確認さえできなくなる。ワームホールがより安定するコンディションを、今のうちに探るべきだと思う〉

「しかし擾乱現象という見方においては、ＥＰＳテストの障害でしかない。しかも早く再調整しないと、観測装置やビームパイプが破損してしまう。時計を見てみればいい。もう時間もないんだ。私たちが今、何を成すべきかを考えてみてほしい」

〈俺たちが？〉と、彼は聞き返した。

「そうだ。それはあなたにとって、何が一番大切なのかを考えることでもあるかもしれない。人工ワームホールの実験をする機会は、今後もある。ただ、夢をいだくのなら、その夢に殉じるだけの覚悟があるかどうかだ」

ティム老人と同じようなことを、彼女も口にしていた。

「それでもあなたが自分の夢を追い続けるというのであれば、この私のように生きるべきだし、私のやり方に従って、私と恒久的に共同研究を続けていく道を探るべきだと思う。

そうした自分の未来を思い描きながら、判断してくれればいい」

しばらく考えていた様子の両備さんは、短く答えた。

〈分かった……。君のやり方で続けてくれ〉

「すまない」沙羅華は苦笑いを浮かべていた。「あなたの判断を待っていられなかったので、すでにそうさせてもらっている」

確かに彼女の言う通り、ビームはさっきから安定し、アラームも消えていた。

そしてその直後、沙羅華が見つめるパソコンのディスプレイ上に、ＥＰＳのオリジナル・データの取得を知らせるメッセージが、ようやく表示された。

彼女はすぐさま、データのセーブに取りかかっている。

「これで少なくとも、ＥＰＳテストの感触はつかめた。誰かに怒鳴《どな》り込んでこられたとしても、胸を張ってデータを渡せるかな……」彼女は、焼き切られようとしているハッチに目をやった。「さて、もう時間がない。このままタイムプロセッサの実験に突入する」

3

沙羅華はノートパソコンを操作し、二つのリングをそれぞれ周回している電子と陽電子に、速度差をつける作業を進めていた。

ヘッドカムからは、第五楽章『魔女の宴《うたげ》の夢』が聞こえてきている。放浪の果てのような世界における、魔女や妖怪《ようかい》たちとの入り乱れた狂乱の宴を描く最終楽章だ。

ハッチはもうすでに、半分以上は焼き切られていた。ＢＧＭの『幻想交響曲』も残すところあと十分を切っているが、それまでもつかどうか……。

スタッフたちが侵入してくることも心配だったが、タイムプロセッサの実験そのものも、僕には気がかりだった。ハウリングが起きる可能性も、まったくないわけではないのだ。

そんなことを思いながらハッチを見ていたときだった。

「綿さん」と、沙羅華に小声で呼ばれた。

「どうした？」

「いや、何でもないが……」

彼女はグラスビュアのマイク部分を、手のひらで覆うようなしぐさをした。

そして、「少しだけ、そばにいてほしい」と僕に言う。

ひょっとして彼女も不安なのではないかと思い、僕はすぐ後ろで、彼女を見守ることにした。

そして彼女の背中を見つめながら、これからの僕たちのことを考えていた。実験前からすでに僕も気づいていた通り、この実験に成功すれば、沙羅華はさらに自分の研究を続けようとするはずだ。そのことで僕はクビを免れるかもしれないが、それは僕と彼女との距離を、今以上に縮めてはくれないと思う。

でもここまでくれば、実験の成功を祈ってやるべきなのだろう。その方が、天才として生きていかねばならない彼女にふさわしいのかもしれない。

いや……。本当に、僕はそれでいいのか？　また彼女は、それで幸せなのだろうか？　そのとき僕は、彼女自身がさっき両備さんに言っていた、「あなたにとって、何が一番大切なのか」という言葉を思い出していた。

「なあ、沙羅華……」相変わらず背中を向けたままの彼女に、僕は話しかけた。「事前の予想に近いＥＰＳのデータが取れたのなら、もういいじゃないか。タイムプロセッサの実験の方は、中止しては？」

僕を見ずに彼女が答える。

「私のやることに、口出ししないでほしい」

「でも簡単なことだろ。コスチャ側は計画通りに動いたとしても、アンナ側のインスペクターをオフにするだけで、実験は成立しなくなる」

「うかつなことを言うんじゃない」彼女は低い声で、僕を叱った。「私たちの会話は、まだコスチャにも聞こえているかもしれないんだ」

「別に聞かれたって、かまわない」

「でもいいのか？　実験を中止すれば、君はクビになるかもしれないんだろ？」

「それもかまわない。君が孤独のままますごすよりはましだ」

少し驚いたように、彼女は僕を横目で見た。

「けど答えを見つけるには、こうするしか他に……」

「君が求めている答えなんて、そんなふうに自分を追い詰めなくても、他の方法でも近づけるだろう。大体、一人でいくら考えたって、人生の喜びとか生きてる意味なんて、分かるはずがないんだ。誰かと一緒にいないことには……」

そしてできれば、僕と……。さすがにその一言は言い出せなかったのだが、それでも彼女に対して溜《た》まっていた想いを、ようやく外に出せたような気がしていた。

僕は彼女の両肩に手を添えて、ゆっくりと椅子《いす》から立ち上がらせた。

ややうつむき加減で、彼女がつぶやく。

「私だって……。研究なんかやめてしまって、いっそ……。いや、駄目だ」

また座りかける彼女の腕を、僕はつかんだ。

「答えが知りたいのなら、コンピュータじゃなく、こっちを向くんだ」

彼女は、頰《ほお》のあたりをやや紅潮させていた。

僕は、彼女がかけたままにしていたグラスビュアを外してやる。そのとき彼女の前髪が少し頰にかかったので、それも片手で戻してあげた。

僕が見つめていると、彼女も顔を上げ、少し目を瞬《しばた》かせながら、僕を見上げている。

「どうするつもりだ」と、彼女が言った。「私なんかと一緒にいたって、何も分かり合えずに、お互い辛《つら》い思いをするだけだぞ」

「そうじゃない。分かり合おうとする過程が大切なんだ」

彼女の体が小刻みに震えているのが分かった。彼女の息づかいも、僕の胸のあたりに伝わってくる。

「いや、違う」僕の腕の中で、彼女が首をふった。「これは〝穂瑞沙羅華〟のすることじゃない」

壁の時計に目をやり、パーティまであと一分だということに気づいた彼女は、グラスビュアを手に取り、コスチャとの通信が自動的に遮断されているのを確認していた。

僕はもう一度、彼女を立ち上がらせて、自分の方に引き寄せた。

「駄目だ……」僕の腕のなかで、彼女が弱々しくつぶやく。「私は、インスペクターを操作しないと」

「未来なんて、知らなくてもいい。一緒に今を生きればいいじゃないか。宇宙の真理も大事だろうが、まず君自身の幸福を選べ」

「でもこの実験に失敗すれば、私も破滅するかもしれない」

「破滅なんかさせない。君のことは、僕が守る」

僕を見上げながら、彼女がたずねた。

「守る……。どうやって？」

ハッチをこじ開けようとするバーナーの熱が、下から僕たちを照らしていた。間もなく、十二時になろうとしている。

沙羅華とこうしている限り、実験は成り立たなくなるかもしれない。それでもかまわないと思いながら、僕は、ゆっくりと目を閉じた彼女に顔を近づけていく。

その間隔が限りなくゼロに近づこうとしていたとき、僕の肩から腕にかけて、激痛が走った。そのため僕は、しばらく体を止めざるを得なくなる。時間警察に警棒で思い切り殴られたあたりだ。

そして何とか痛みをこらえながら、再び彼女に顔を近づけたその瞬間、室内にアラーム音が鳴り響いた。

沙羅華は即座に僕から体を離し、再びノートパソコンのディスプレイと向き合う。

アラームは、またしても彼女のパソコンから出ているようだった。

「今度は何だ？」と、僕はたずねた。

ディスプレイの右隅に注目すると、コスチャとインスペクターの接続状況を示すシグナルが、今までずっと青だったにもかかわらず、通信不良を意味する黄色に変わっていた。

「無線ＬＡＮが切れかけている」と、沙羅華がつぶやく。

「どういうことだ？」最悪の事態が、僕の頭をよぎる。「まさか、ハウリングが起きるのか？」

「そうじゃない。それはコスチャ側が、アンナに届いたデータを意図的に送らなかったり内容を書き換えたりしたような場合に起こり得る。この状態だとコスチャは最初から何も送れないし、そしてこちら側も受信することはない」

「何も送らず、何も受け取らず……。それだと実験は、不成立ということか」僕はスマホを握りしめた。「コスチャは一体どうなってるんだ？」

「駄目だ」沙羅華が僕からスマホを奪い取る。「今連絡したら、それこそハウリングを起こしかねない」

　BGMの『幻想交響曲』は、その直後に終了し、僕のヘッドカムには万雷の拍手が鳴り響いていた。念のため自分の腕時計も確かめてみたが、やはり時刻は予定の十二時を過ぎている。

「原因は何だったんだ？」僕は沙羅華にたずねた。「インスペクターの不具合？」

「そんなはずはない」彼女が首をふる。「シグナルが赤ではなく黄色ということは、誰かが回線を遮断したわけでもない。すると接続したまま、移動基地がイーストサイドから離れていったのではないかと考えられる」

「どういうことだ？」

「何らかの理由で、コスチャが持ち場を離れたんだ」

　ハウリングの心配もなくなったために、沙羅華は両備さんの携帯に電話を入れていたが、つながらないようだった。しかしグローバル《G》・ポジショニング《P》・システム《S》で調べてみると、彼を乗せた車は県道を走り、駅に向かっているのが確認できた。

　理由はもう、聞かなくても分かるような気がした。彼が、タイムプロセッサの実験を放棄したのだ。

「何ということだ……」と、沙羅華がつぶやく。

そして彼が向かっている先も、GPSで追うまでもなく、容易に察することができた。今から数分後の未来において、駅のホームかどこかで、彼は亜樹さんをしっかりと抱きしめていることだろう。

一方、沙羅華は直《ただ》ちにノートパソコンを操作し、EPSのデータをいくつか残しながら、タイムプロセッサの実験に関するデータの一切を消去していた。

そして彼女が、ゆっくりと席を立つ。

「さあ、パーティは終わりだ」

そう言うと彼女は、部屋のドアを自ら開けたのだった。

4

僕と沙羅華は、警備員によってその場で拘束され、所長たちから事情聴取を受けることになった。

沙羅華はそこで、スタッフの誰もがまだ目にしていなかった、EPSテスト初となる実データを公開する。坂口主任や小佐薙課長らによって、それがシミュレーションによるものでないことが確かめられると、関係者らはテストの成功を喜び合っていた。しかし、それで今回の問題が解決したわけではない。

所長らに、何故ダミーのデータを流したのかと問われた彼女は、「産業スパイ対策のためのカムフラージュだった」と説明した。中央制御室のコンピュータ・システムがハッキングを受けている形跡もあるという。

彼女は時間警察のことを産業スパイと説明しているようなので、僕も口裏を合わせておくことにした。

「実際、警備員に偽装した彼らに、ＳＨＩで襲われました」と、僕がつけ加える。

時間警察の二人組は行方《ゆくえ》をくらましたままだったが、おそらくもう、捕まることはないだろうと僕は思っていた。

警備員を装った連中の姿は監視カメラにも映っていたので、それでおおむね、所長たちには納得してもらえたようだ。ただ鳩村先生だけは、不審そうに首をひねっていたけれども、やはり彼らにとって肝心なのは、ＥＰＳテストの初期段階に成功していたことが、ちゃんと確認できたことだった。

また沙羅華は、開発コード名のままだったＥＰＳの正式名称を、その頭に〝森矢〟の〝Ｍ〟をつけた〝ＭＥＰＳ〟とすることを提案した。本来、〝穂瑞沙羅華〟の〝Ｈ〟か〝Ｓ〟を冠してもいいシステムだと思われるのだが、彼女は父への感謝と敬意を込めて、そのようにしたいという意向だった。正式名称は、所長ら上層部の許可を得た上で、テスト結果などとともに近く正式公開のはこびとなる。

彼女は僕だけに、「それで父さんのご機嫌が直るのなら安いものだ」と、つぶやいていた。

とにかく僕たちの事情聴取も一段落し、無事解放されることになる。

ただし須藤からは、「中でカーテンも閉め切って、二人で何をしていたんや?」と、しつこく聞かれた。

そのたびに僕は「何もしていない」と答えていたが、そっちの事情聴取は、その後もねちっこく続いていくのだった。

一方、タイムプロセッサの実験については、一切、報告されることはなかった。第一、実験そのものは未遂に終わったわけだし、その前に発生した擾乱のトラブルについても、それがワームホールによるものだったかどうかも確認されないままである。

「いいことばかりじゃなかったが、裏計画がばれるよりはましさ」と、彼女は僕に言った。

それは確かにそうかもしれない。少なくとも両備さんと亜樹さんにとって、今度のことは決して残念な結果ではなかったようだ。

あの後、二人は無事、駅で合流できたらしい。両備さんから届いたメールで、そのときの様子などをようやく知ることができた。

彼はタイムマシンの研究を断念し、アスタートロンへの転属申請も取り下げるという。あの実験中、ワームホールの生成を示すと思われるデータの追究をあきらめたときに、彼の気持ちはもう決まっていたのだろう。

それから僕と沙羅華は、時間警察が荒らしていったままだったＳＨＩの後片付けに取りかかる。

そう、彼女は自分の研究を、これからもここで続ける気なのだ。

しかしいつも強がってばかりの彼女も、さすがに落胆しているのは隠せない様子だった。EPSテストには成功したものの、その裏で進めていたタイムプロセッサの実験にしくじっただけでなく、共同研究者として期待していた両備さんにも去られてしまったのだから、それも仕方ないのかもしれない。


僕はSHIの整理を手伝いながら、奇妙な違和感をおぼえていた。

彼女をここで自分の胸に引き寄せたあのときのことは、僕の脳裏に焼きついている。しかしその先にあるはずの世界に、今、自分はいないのだ。まるで何事もなかったように、僕たちは黙々と作業を進めている。それがとても不思議なことに思えてならなかった。

もしもあのとき……。パソコンのアラームが鳴って接続状況を示すシグナルが青から黄色に変わらなければ——つまりコスチャ側の両備さんが亜樹さんを追いかけていかなければ、僕はおそらく、今とは違った光景を見ているはずである。

逆に、そこにいる僕からすれば、今のこの現実は、まったく異世界として映るはずだ。そして今、僕が見ているのは、僕が本来いるべき世界とは違ってしまっているのではないかという気さえするのだ。

これまでにも二つの人生を生きているような感覚はたびたびあったが、それはいかにブレていたとしても、一人の自分が振幅の激しい人生を生きているというだけのことだった。

しかし今感じているのは、並行世界——パラレルワールドの一方にもう一人の僕がいて、そこで別な人生を歩んでいるような感覚なのだ。

それにあのとき、時間警察にたたかれた肩に痛みが走らなければ、僕はもう少し早く、彼女への想いを遂げていたはずである。もしそうなっていれば、沙羅華が実験を放棄するという未来だって、あり得たのかもしれないのだ。それを妨害したという点で時間警察は何らかの使命を果たしたのかもしれないのだが、結局は両備さんの判断の方が、僕たちの未来にも影響を及ぼしてしまったようだ。

パラレルワールドの分岐点で見ると、送信側のコスチャの方が、受信側のアンナよりも〝上流〟にあったといえる。するとやはりこの世界では、未来の決定権では上位にいた両備さんが研究を放棄したことによって、一時的に重ね合わさっていた僕たちアンナ側の未来も、可能性が絞り込まれた形になっているのではないかと思う。

そして僕は今、〝こっちの世界〟——つまり両備さんが愛の方を選んだ世界にいるというわけだ。つけ加えるとするなら、そこは沙羅華が愛ではなく、研究の道を選んだ世界ということになるのだろう。

「でもワームホール生成の手がかりまで見つけておきながら、何故……」

僕がそうつぶやくと、沙羅華がいつもの無表情で答えた。

「言うまでもない。彼にとって、一番大切なもの……。それを自覚したんだろう。しかも急激に。誰が命令したわけでもない。彼自身の選択さ」彼女は僕を見つめて続ける。「前に私が、過飽和状態の話をしたのを覚えているか？」

　僕が首をふるのを見て、彼女はあきれていた。

「ウィルソンの霧箱を例にあげて、説明したじゃないか」

　そう言われて、僕もようやく思い出す。

「確か、両備さんと亜樹さんの研究室を訪ねたときか？」

「ああ。もっともあのときは、途中までしか話せなかったんだが……。過飽和状態だと、何らかのきっかけによって、よりエネルギー準位の安定した状態に移行するんだ。たとえばそれが液体の場合、異物が混入するなどのきっかけがあれば、たちまち結晶化してしまう。与える刺激によっては、一気に層転移を起こすことさえある」

　彼女の言おうとしていることが、何となく僕にも見えてきた。

「つまりあの二人も、研究生活を長く続けている間に、そんな過飽和状態にあったと？」

　彼女が大きくうなずく。

　物理現象に例える彼女の説明は相変わらず難しかったが、ニュアンスは分からないでもなかった。

「すると僕たちは、二人を結晶化させた、異物ということ⁉」

「そうなるかな……」

　僕の顔を見ながら、彼女が愉快そうに微笑《ほほえ》んでいた。

　そんなふうに言われても、僕としてはやはり考えてしまうのだった。

あのとき、両備さんの心変わりさえなければ、と……。ここと は別な世界で僕はしっかりと彼女を抱きしめ、彼女との距離をゼロにしていたのかもしれないのだ。

そっちの世界にいる僕は、今ごろ彼女とうまくやっているのだろうか？　そして彼女は、普通の女の子らしくすることができているのだろうか？　しかしその恋の進展は、パラレルワールドにいるもう一人の〝僕〟にまかせるしか、ないのかもしれない……。

僕は、次第に片づいてきた室内を見回してみた。また元の殺風景な部屋に戻りつつある。両備さんの研究室に、亜樹さんが小さな花瓶を置いていたことを、ふと思い出した。ああいうのがここにもあると、ちょっとはましなのにと僕は思った。

ところで、もう一人のキー・パーソンであるティム老人だが、あれ以来、連絡が取れなくなっている。ホテルも、すでにあの朝チェックアウトしていた。そう言えばＳＨＩのキャビネットに押し込んであったシールドスーツも、いつの間にかなくなっていた。

老人についてあれこれ考えているうちに、例の仮説が、また僕の頭をよぎる。

つまり老人は、タイムトラベルしてやってきた未来の両備さんで、その彼もかかわった今回の実験をめぐって、未来も変わってしまったのではないかということだった。少なくとも、タイムマシン研究に熱中していた両備さんと、亜樹さんの未来に関しては、劇的に変わってしまった……。そしてティム老人が姿を消したのも、そのせいかもしれないのだ。

消えたティム老人の代わりというわけでもないだろうが、その日の夜、急遽帰国《きゅうきょ》を決めた森矢教授が、空港に到着することになっていた。

部屋の後片付けの残りは明日することにして、僕たちは空港まで教授を迎えにいくことにする。

車の中で、今回のことをあれこれ思い返していたとき、僕は思わず、「やっぱり、そうだったんだ」と、つぶやいてしまった。

「何が『やっぱり』なんだ？」と、彼女がたずねる。

「何がって、ティム老人の正体さ」

「そのことだが」気まずそうに、彼女は顔を伏せた。「実は、綿さん……」

「いや、僕だって、それぐらい分かる」

そして僕は運転しながら、彼女に自説を披露したのだった。

「彼は、両備幸一の未来の姿だったんだろ？　そして両備さんが〝むげん〟で最初に実験をしたとき、未来の彼は、タイムトラベルに成功していたんだ。あのときのアラームも、ビームダンプでワームホールが発生したことを知らせるものだったんじゃないか？」

「しかし不審者の侵入は、記録されていない」と、彼女が言う。

「それが大きなポイントだ。確かに監視カメラには、何も映っていなかった。けど状況からして、おそらく映像データが操作されんだろう。しかしいくら未来からやってきたとしても、到着して間がない彼に、そこまでできるかどうかは疑問だ。すると協力者がいることになるが、そんな芸当ができる人物も限られる……。ひょっとして、君がそうなんじゃないのか？」

「私が？」

彼女は首をかしげた。

「ああ。シールドスーツを着てビームダンプに降り立った老人を、最初に君が発見した。ある意味、彼にとってそれはラッキーなことで、事情を理解した君は、監視カメラの映像を手際よく差し換えた上で、彼がビームダンプから脱出する手引きをした。この時代の衣服もタブレットも、君が与えたんじゃないのか？」

苦笑いを浮かべる彼女に、僕は説明を続けた。

「あとは言わなくても分かる。老人は君の協力を得て、出資者を装い、自分の未来を書き換えにかかるんだ。そう言えば実験前、老人が何か言おうとして、君が止めたことがあったよな。あれは、自分の正体を明かそうとしてたんじゃないのか？　けどそんなことをすると、確実に時間警察にマークされるので、君が止めた」

「君の仮説は、おかしくないか？」落ち着いた口調で、彼女が言う。「その通りだとすると老人は消えてしまう――つまり死んでしまうことになる。そんなことをするだろうか？」

「それが、彼なりの愛だったのでは？」と、僕は答えた。「そして実際、その通りになった。両備さんは亜樹さんを選び、その結果、タイムマシンは作られなかった。過去が変わったために、未来の両備さんである、老人が消えてしまった。もちろん、彼にはそれが分かっていた。それでも自分たちの真の幸福のために、それを実行したんだ。彼は消えざるを得なくなったが、おかげで彼の苦しみも、癒《い》やされた」

「要するに彼は、自分の運命を変えたくて、自らが発明したタイムマシンで過去に来たのだと？　そして過去を書き換えたことで、未来の存在である自分も消えてしまった……」

他人ごとのように彼女が言う。「考え過ぎじゃないのか？　単に、実験にしくじった私たちに、出資の価値がないと見なされただけかもしれない」

「それも分かってる」僕は彼女にそう答えた。「真実を話してはいけないんだろ？　今度こそ、時間警察に命を狙《ねら》われるから……」

そして僕も、これ以上このことについて彼女を問い詰めるのは、やめておくことにした。

実は、両備さんがアスタートロンへの転属申請を取り下げたことは、すでに依頼者である田無先生の耳にも入っていて、明日、直接礼を言いにくるという。

「とにかくこれで、一件落着だな」

「これで良かったのかどうかは、私にも分からない」夜景に目をやりながら、彼女がつぶやく。「それが分かるのは、きっと未来さ」

もっとも、両備さんが未来で平凡な幸せに何らかの不満をいだいたとしても、タイムマシン作りをやめたのならそれで戻ってくることもできないだろうと僕は思っていた。

空港のロビーで待っている間、沙羅華はずっとスマホを見ている。何だか知らないが、車に乗る前に自分であちこちに書き込んだ内容の、反応を確かめているようだ。

それで僕は、忘れないうちにみやげ物店へ行って、花瓶と造花を買っておくことにした。

予定時刻通りに、到着ゲートから森矢教授が姿を現す。その顔立ちからも彼の知性は感じ取れたが、沙羅華同様、何を考えているのか分からないような一面もある人だ。これから彼女を、厳しく問い詰めるつもりなのかもしれない。

しかし彼が、出迎えた沙羅華に「お前、また何か……」と言いかけた途端、早速かけつけていた数社のマスコミに二人は取り囲まれ、照明が当てられた。

そしていきなり〝ＭＥＰＳ〟についてのコメントを求められた彼は、「え、何だって？」と言ったまま、目を瞬かせている。

いち早くネットに流れた情報を、一部のマスコミがすでにかぎつけていたようだが、ずっと機内にいた森矢教授は、そのことをまだ知らない様子だった。

「近々正式発表いたしますが、これぐらいは言ってもいいかも」沙羅華が微笑みながら、記者たちに言う。「〝むげん〟に導入する新システムの名称は、皆さんすでにご承知のように、モリヤ・エンタングルメント・プローブ・システム——ＭＥＰＳとすることも検討しています」

すると記者たちは、次々と二人に質問をし始めた。

「ＭＥＰＳという名称には、お嬢様の、お父様への感謝と敬意が込められているとうかがっていますが、それについてお父様はどのように思われますか？」

「名称だけでなく、システムについても極秘にしていたのは、お父様へのサプライズ発表という目的もあったのでしょうか……？」

沙羅華は記者たちを穏やかに制止しながら、「テストも順調で、正式発表も間もなくですので、もう少々お待ちください」と言う。

そして写真撮影を求められた森矢教授は、まだ事情がよくのみ込めないまま、沙羅華と並んで引きつった作り笑いを浮かべていたのだった。


九月二日の日曜日も、僕は朝からSHIの片付けを手伝っていた。時間警察に壊されたデスクトップ・パソコンは、沙羅華が買い換えると言う。

僕は昨日買っておいた一輪挿しを、キャビネットの上に置いてみた。確かに、何もないよりはましかもしれない。そこに挿す造花を何にするかは少し迷ったものの、ピンクのコスモスを選んだ。花言葉は何だか知らないが、〝コスモス〟は〝秩序ある宇宙〟の意味でもあるらしいので、沙羅華にはお似合いかなと思ったのだ。

何とか室内は、来客があっても驚かせない程度には片づいてきた。バーナーで中途半端に焼き切られたハッチも、来週には業者が来て交換することになっている。

予定通り午前中に、今回の依頼者である田無先生がSHIにやってきた。

そして「ありがとうございました」と言いながら、僕たちに何度も頭を下げたのだった。

「両備君も柳葉君も、IJETO日本支部を辞職する意向のようです」田無先生は、満面の笑みを浮かべて言った。「いや、しかし、二重契約が先生のご作戦だったとは……。先走って失礼なことを申し上げてしまい、大変申し訳ございませんでした。まあ、いろいろありましたが、『終わり良ければすべて良し』ですな」

髪が薄くなった頭に手をあてながら、彼が続ける。

「真の依頼者……いや、先生のように優れた洞察力をお持ちの方に名前を伏せるのは、もう無意味かもしれませんが、真の依頼者も、この結果には大層喜んでおられます」

〝洞察力〟というより、〝ハッキング能力〟と言った方が、彼女の場合は正解かもしれないと思いながら、僕は聞いていた。

「もちろんお約束のプラスアルファ分もお支払いさせていただきますが、それで、いかほど用意すればよろしいでしょうか？」

沙羅華にそうたずねる田無先生を見つめながら、僕は今まで会社へ行くのが憂鬱《ゆううつ》なときもあったけれども、このことは胸を張って、社長に報告できると思っていた。

しかし沙羅華は、何故か首を横にふる。

「いや、報酬は一切、必要ありません」

僕は一瞬、自分の耳を疑った。けれども彼女の気持ちは、まったくその言葉通りのようだった。

「そもそも皆さんは〝二重契約〟と言うが、本契約の前に私が別な契約話を持ち出したものだから、まだどちらとも正式な契約はしていなかったはずです」

そう言われれば、確かにその通りだったかもしれない……。彼女が話を続ける。

「辞職願が提出されるのなら尚更《なおさら》でしょうが、パワーハラスメント《パワハラ》だと受け取られかねませんよ。もっとも、そのためにもあなたが間に入ったのでしょうが……。けれどもこんな依頼など、初めからなかったことにした方が、お互いのためじゃありませんか？」

田無先生は困惑した表情を浮かべながらも、無言で彼女の話を聞いていた。

しかし困惑しているのは、僕も同じだった。むしろ非常に困った状況に置かれてしまったと言ってもいい。

僕は思わず、「でも、お金をもらわないと……」と、彼女にささやいた。

「お礼ならまた改めて、別な形でお願いしたい」田無先生の方を向いて、彼女が微笑む。「真の依頼者――モンターグ機構長には、そのようにお伝えください」

「よく分かりました」と、彼が答えた。「ＩＪＥＴＯは、先生に大きな借りができたようですね」

その相手が沙羅華だと、きっと利子も高くつくのではないかと僕は思っていた。

「ご配慮、ありがとうございます」

田無先生は、また深々と頭を下げ、部屋を出ていった。

「だから大人は嫌なんだ」ドアが閉まった後、沙羅華がつぶやく。「けど取り引きとしては、悪くない。ＩＪＥＴＯが擁するアスタートロンだって、自由に使わせてもらえるかもしれない。彼が自分で言っていた通り、『終わり良ければすべて良し』さ」

「おい、何がいいんだ」僕は彼女に詰め寄った。「僕はどうなる？　お金が入ってこなかったら、また社長に叱られるどころか、今度こそクビじゃないか……」

「けど、考えてみればいい。ティム老人はともかく、そもそも私がしたことは依頼者の意向とは違っていて、両備さんが研究をやめるよう説得したつもりも、そう仕向けたつもりもない。情報を提供しただけだ。あとは、彼が自分で選択した」

「それはそうかもしれないが……」

「しかも今回、依頼は一つじゃなかったはずだ」

「しかしそっちはそっちで、依頼には応《こた》えられなかっただろ？」

「さあ、どうかな……」そう言いながら、彼女が微笑む。「週明けに確認してみればいい。両備さんからの入金があるはずだ」

その旨、ついさっき彼からメールが届いたと、彼女は言う。その一部を、彼女は僕にも見せてくれた。

実験を放棄したことを丁重に詫《わ》びた後、彼はこのように記していたのだ。

〈当初、私がお願いしたこととは逆の結果ではありますが、感謝の気持ちとしてご査収ください。アキティも些少《さしょう》ながらお支払いしたいと申しておりますので、それはプラスアルファの成功報酬分としてお受け取りいただければ幸いです……〉

読み終えた僕に、沙羅華は、「私たちが提供した情報に対する謝礼だと思って、有り難く頂いておいたらどうだ？」と言った。

「でも、プラスアルファはもらい過ぎなんじゃないのか？」

「そう思うのなら、結婚祝いのタイミングで少しお返しすればいい。でもメールで見る限り、彼ら二人は、お金もあまりいらないようだ。何だか知らないが、愛というのは不思議なものなんだな……」

「愛、か……」天井を見上げながら、僕はくり返した。「すると確かに、結果は逆でも彼の依頼には、応えたということになるかもしれないな」

「どういうことだ？」

「彼の問題を解決するのに、君の情報が役に立ったということさ」

「彼の問題？」と、彼女がくり返す。

「自分の存在証明とか何とか、言ってたじゃないか。まわりの人たちともうまくかみ合っていなかったみたいだし……。けど誰にとっても、生きることの面倒くささは何かを育もうとしているのではないかとも思う。彼が何か気づいたとすれば、そういうことかもしれない」

「だから、どういうことだ？」彼女は首をかしげている。「私にはよく分からない」

「君に分かってもらうのは、彼のケースより難しいかもしれないが、つまり君が囚《とら》われている疑問は、人の存在を通して明らかになるものじゃないかということだ。自分一人のことだけを考えていても分からないし、幸せになんかなれない」

沙羅華はつまらなそうに、机のノートパソコンに目をやった。

「やっぱり、私にはよく分からないな」

「君だと、物理か何かにたとえた方がいいのかな」僕はパソコンを横目で見た。「〝自分とは何か〃よりも、たとえば〃時間とは何か〃の方が、分かってもらいやすいかもしれない……。もっとも時間の謎《なぞ》なんて、僕には分からない。けどそんな僕でも、感じることがある。

　つまり、一人で流れる時間はないということなんだ。時間もいわば、コミュニケーション・ツールの一つみたいなもので、複数のエレメントが情報交換することで、初めて流れ始めるんじゃないのか？」

「複数？　エレメント？」

　彼女はまた首をひねっている。

「要するに、そうだな……。数学だと、連立方程式みたいなものかもしれない。僕たちはみんな、単独では答えが出てこない不完全な式にすぎないけれども、疑問をかかえる他の似たような存在と助け合うことで、解ける疑問もあるんじゃないのか？　つまり、Ｙがいてくれないことには、解けないＸもあるということだ」

「連立方程式か」彼女はそうつぶやき、パソコンのディスプレイを見つめていた。「すると、セオリー《T》・オブ《O》・エブリシング《E》も……」

「何？　ＴＯＥだ？」僕の声が、一瞬ひっくり返る。

「そうだ、ＴＯＥも、一つの式ではあり得なかったとも考えられる。連立方程式ということは、そうか、行列式か……」

　沙羅華は独り言をつぶやきながら、目の前のノートパソコンに何やら打ち込み始めた。

「そして時間とは、ビッグバンによって異なってしまったものが、再び同化していくプロセスなのかもしれないな……」

「僕はそんなつもりで、たとえ話をしたわけじゃないんだけど……」

　ひたすらキーボードをたたき続けながら、彼女が僕に言った。

「ここでやっておきたいことがある。君がいると集中できないので、今日はもう帰ってほしい」

　いや、しかし……。と言いたいところだったが、ＴＯＥについて探究し始めた彼女に何を言っても無駄だと思い、彼女の希望通り、今日はもう退散することにした。

　そしてＳＨＩを出た後、しばらくしてふり返った僕は、やはり沙羅華が普通の女の子になるなんてことは、あり得ないのかもしれないとも思っていた。

　とにかく来週にでも入金を確認すれば、今回の仕事は無事終了である。沙羅華の高校も、明日から新学期が始まる。これからしばらくの間は、再びめぐってきた〝退屈な日常〟とやらに支配されるのかと思いながら、僕は自分のアパートへ戻ることにした。

　しかし今回の仕事は、他言してはならないことが多いので、それも注意しておかなければならない。下手《へた》にしゃべると、また時間警察が……。

　駐車場へ向かいながらそんなことを一人で考えていたとき、僕のスマホにショートメールが入る。僕はまず、その差出人を見て率直に驚いていた。

　何とそれは、この世界からは消滅したはずの、ティム老人からだったのである。

5

メールの指示に従い、彼が泊まっていたホテルへ向かう。

ロビーにいたのは、確かにティム老人だった。

「今さら出てきちゃ、具合が悪かったか？」老人は、僕を見つめて苦笑いを浮かべている。

「あんたの理屈で具合が悪かろうが、存在しているんだから出てこないわけにはいかないしな」

僕は彼にたずねてみた。

「しかしあなたは、あなた自身の未来が変わったので、消失したんじゃ……」

「消失も何も、ティムなる老人は、最初から存在していなかった」

「でも沙羅華の事務所のキャビネットに、シールドスーツが……」

「あんなもの、３Ｄプリンタがあれば、もっともらしいのが作れる」と、彼が言う。「あのスーツは、疑われたときのために、沙羅華が作っておいたんだ。そんなもので引っかかる奴はいるのかとわしは思ったが、あんたは引っかかったみたいだな。このサングラスもマスクも、両備君に似ているのを隠すためではなく、似ていないのをごまかすためのものだった」

彼はその場でサングラスとマスクを外し、素顔を見せた。

「改めまして。〝シン・ウエムラ〟というのが、わしの本名だ。別れ際に自己紹介するなんて順序が逆だが、話がタイムマシンがらみなら、それも仕方ないか……。わしもそろそろ、アメリカへ帰る。その前に、あんたにはもう一度、会っておかないといけないと思ってな」

僕は率直に、彼に聞いてみることにした。

「あの、ウエムラさんは、あの沙羅華とどんな関係なんでしょうか？」

「一言では言えんが、まあ、あんたよりは、ずっと長くて深い付き合いかな」

「長くて、深い？」

「そう心配するな。話せば長いというだけのことだ。何しろわしは、彼女の生みの親兼ベビーシッターみたいなものだったんだから」

「生みの親兼、ベビーシッター……？」

驚いている僕に、彼はさらに意外なことを話し始めた。

「もっともベビーシッターと言っても、彼女をちゃんと製品として、クライアントに届けるのが役目だ。彼女から聞いたことがあるかもしれないが……」

僕が首をふると、彼はスマホを取り出し、沙羅華の生まれたころの写真を見せてくれた。

確かに若いころの彼も、その横に写っている。

「当時わしは、ゼウレトという会社で、生物工学を研究していた。いつかは生命の謎を究め、自分の手で不老不死の完全なる生命体を生み出してやろうという、大きな夢をいだいてな。言うまでもなくゼウレトは、精子バンク・サービスによって天才児などを生み出していた企業だ。そこに就職したわしは、彼女が誕生するきっかけとなる顕微授精も行った」

だとすれば、まさしく彼女の生みの親だと僕は思った。

しかし、生物工学をそうした形でビジネスに応用していることが、社会的な批判を浴び始め、彼が責任を取る形でゼウレトを辞職したのだという。

「沙羅華を見ていて少しは察してもらえるかもしれないが、我々がこの世に生み出した天才たちをめぐってさまざまな問題が生じ、マスコミなどから随分と責められてな。このときの葛藤《かっとう》を話し出せばまた長くなるが、結局わしが会社を辞めることにした。けれども、個人的な付き合いはその後も続いたんだ。彼女が学校に行くようになってからも、わしのところへは、よく遊びにきてくれたし、実はつい先月も、アメリカまで会いに来てくれてな……」

先月というと、彼女と一緒にアメリカへ出張して、僕だけ先に帰ってきたころのことかもしれない。

ティム老人は、その後彼女からの電話で〈ちょっと手伝ってほしい〉と言われ、両備さんにまつわる事情とともに、彼女の思い描いている計画について聞かされたという。

「彼女らしいと言えば彼女らしいが、常識外れのシナリオに、正直、ためらいがなかったわけではない。しかし考えてみれば、研究分野こそ違うものの、わしも研究に没頭した揚げ句、今は一人暮らしの身だ。若いころには好きな人もいたが、結局、一緒にはならなかった。それを後悔していることを、沙羅華に話したことも確かにあった。

それに沙羅華も、両備君を説得しろとは頼まなかったんだ。今の思いを、正直に話してやってほしいとだけ、わしには言っていた。わしにしたって、沙羅華が今どんな暮らしぶりなのかも見てみたかったし、そもそも彼女に頼まれると、昔から嫌とは言えない質《たち》でね。それで一芝居打つことに決めた」

そう言った後、彼は急に笑い出した。

「始めてみると、人の気持ちがうまく理解できない彼女だからこそ思いつくような、何とも奇抜で手の込んだ作戦じゃないか。それでも引き受けた以上は、しっかりやり通さないといかんと思っていた。何せ、彼女があんなふうになってしまったことについては、わしにも〝製造責任〟があるからな……」

老人にかかわる経費は、すべて沙羅華のポケットマネーだったという。彼がＩＪＥＴＯ日本支部にも〝むげん〟にも立ち入らなかったのは、もちろんセキュリティ・チェックに引っかかるからである。老人がよく見ていたタブレットには、沙羅華が用意したシナリオや用語解説が収められていて、物理や経済の話になると、彼はそれを参考にして話していたようだ。

また森矢教授が帰ってくると、ティム老人の正体がばれてしまうおそれがあるというのも、沙羅華が実験を前倒しにした理由の一つらしい。

しかし彼の話の通りだとすると、沙羅華は老人が来日する前――両備さんが〝むげん〟で最初の実験を行ったころから、もうこの計画を始めていたことになる。それ以来、僕はずっと彼女に一杯食わされ続けていたわけだ。

「わしにとっては、一世一代の大芝居だった」と言って、老人が微笑む。「しかし演技のはずが、次第にわしもマジになっていってな……。それもそのはずだ。経歴はまったくの嘘《うそ》っぱちでも、あんたらに語ったことに嘘はなかった。わしの心からの叫びだったんだ。ただしわしがもっと早くに研究をやめていたら、沙羅華も生まれていなかったかもしれないんだがな」

「今度のことはすべて、彼女の思惑通りだったというわけですね」

「いや、そうとも言い切れん。彼女にとって計算外のこともあったと、わしは見ている。その一つは、わしの言葉が両備さんだけでなく、彼女の胸にも響いていたらしいということかな。わしもあれ以上続けると、カミングアウトして何もかもぶち壊しにしていたかもしれない。シナリオ通り、消えるにこしたことはない。

ただ帰国する前に、あんたには真実を話しておきたかった。あんたをこれ以上、だまし続けるのは申し訳ないし、今までのことも、心からお詫びしておきたい」

彼は、僕に向かって、深々と頭を下げた。

「あんたに声をかけたのは、もう一つ理由がある。それは沙羅華のことだ。やはりいろいろ無茶《むちゃ》をやって迷惑をかけているようだが、本当はもっと荒れているんじゃないかと思っていたので、わしとしては、ちょっと安心もしているんだ。その理由をあれこれ考えていて、思い当たったのは……」

彼は、僕を見つめて話を続けた。

「彼女の誕生にかかわった者として、もう一言、言わせてほしい。あの沙羅華を、どうか幸せにしてあげてくれませんか？　お願いします」

そのときの僕は、無条件にイエスとは言えない心境だった。

「でも彼女の場合、〝幸せとは何か〟から教えないと……」

「できますよ、あなたなら……。いくら可愛《かわい》くても、彼女はわしの娘じゃないし、わしももう年だ。だからこの想いは、あんたのような若者に託すしかない。大変だろうが、どうか沙羅華のことをよろしく頼みます」

彼は涙声でそう言うと、僕の手をしっかりと握りしめていた。


ホテルの玄関でタクシーに乗り込んだ老人を見送った後、複雑な気持ちのまま、僕は車に戻った。

沙羅華については、老人の気持ちにも応えてあげなければと思う反面、彼女にだまされ続けていたということが引っかかっていて、それを考えるとどうしても怒りが込み上げてきてしまうのだった。

とにかく彼女にかけ合うために〝むげん〟へ戻ろうとしたとき、須藤からメールが入った。

〈幽霊の正体?〉というタイトルで、警備員に化けていた産業スパイが逮捕されたというニュースに、リンクが張られていた。

写真を見てみると、あの面長と丸顔の、時間警察の二人組に間違いなかった。

彼らはもう自白し始めているらしく、要するにアプラＤＴ社のライバルであるＡＴＮＡ社が、低迷する業績回復の焦りから、ＥＰＳの機密を狙ったというのだ。それで産業スパイを雇い、少し前から沙羅華と〝むげん〟などの関係機関をマークしていたらしい。テスト前にネットを飛び交ったブラックホール《ＢＨ》のデマも、イメージダウンを図るつもりでＡＴＮＡ社が流したようだ。

ただし名指しされたＡＴＮＡの広報は、今のところノー・コメントとしている。産業スパイとはいえ、当局は一切関知しないという、まるで映画そのままの世界だという気がした。

けれども逮捕にいたったいきさつは、相当間が抜けている。これは、あの須藤もやりたいと言っていたことではあるが、沙羅華の水着姿を無断で撮影し、その生写真をネットで販売しようとしたというのだ。沙羅華が被害届を出した上に、捜査にも全面的に協力し、そこからアシがついたという。

すると彼女は、連中をしくじらせるために、僕たちとの海水浴デートに合意したということになるのだろうか。そしてあの目立ちやすくて際どい水着も、そのために用意した彼女の捨て身の作戦だったのかもしれない。

逮捕された二人は、取り調べでは口をそろえて、「あの女には二度とかかわりたくない」と言っているらしく、それですべてを自白する気になったようだ。

時間警察どころか、ただのスケベなおっさんだった二人の産業スパイに、僕は少しばかり同情していた。


ＳＨＩの前で一度深呼吸をしてから、僕はインターホンを押した。

しかし、応答はない。

セキュリティ・ボックスを見てみると、ロックがかかっているようだった。

沙羅華がいるのは間違いないと思ったので、暗証番号を入力してみる。彼女が変えていなければ、四桁《けた》の十六進数、〝二二一Ｂ〟のままのはずだ。

何の問題もなくドアが開き、中へ入ってみる。

ふいに入室してきた僕に驚いた様子で、沙羅華は一瞬、自分の顔を隠した。

僕も、彼女の様子には随分驚かされていた。パソコンに向き合っているとばかり思っていた彼女が、手鏡を見ていたからだ。そして机には、いくつかの化粧品が並んでいる。

彼女はそれらを自分で試していたようだったが、観念したように顔を上げ、恥ずかしそうに僕を見つめた。

口紅も頬紅もやや濃いめで、童顔の彼女には、ちょっと大人っぽ過ぎるように僕には思えた。

彼女の方も、僕の様子がいつもと違うことに気づいたようだ。

「どうした？　怖い顔をして……」と、彼女が言う。

「どうして言ってくれなかった？」

僕がそう聞いただけで、彼女はすべてを察したみたいだった。

「別に嘘をついたつもりはない。君が勝手に勘違いしただけだ。大体〝ティム・マーティン〟なんて名前、〝タイムマシン〟をもじっただけの偽名だということぐらい、もっと早くに気がついていても、おかしくはないはずだ」

「でも僕には、本当のことを言ってくれてもよかったのに」

「それも最初にことわっておいたはずだ。君に言うと、すぐ顔に出るから駄目だと。少々手が込んでいるが、できないことはないとも私は言った。私のような小娘が話しても、両備さんが聞いてくれないことは始めから分かっていたからね」

「それで、あの老人に？」

「そもそも、そのヒントをくれたのは、君じゃないか」

彼女が僕を指さした。

「僕が？」

「ああ。『人が何を言っても駄目』とか、『自分自身で気づくのが一番いい』とか。それで、あの作戦をひらめいた。ちょうど知り合いに、両備さんと背格好が似ている人がいたので、やってみたら面白いかなと思ったんだ」

シールドスーツも作ってみたが、さすがにやり過ぎだと思って、誰にも見せずにしまっておいたのだと彼女が言う。

時間警察についても、僕の勘違いだと彼女は言い張った。

「時間警察ならコンピュータのパスワードを聞いたりしないだろうし、それで逆ギレして暴れたりするもんか。大体、そう易々《やすやす》と時間移動ができたりするはずがない。タイムプロセッサだって、両備さんが計画通りシグナルをよこしてきたとしても、また私の気持ちがブレたりしなかったとしても、成功していたかどうかは分からなかった」

また沙羅華は、僕はともかくとして、両備さんは彼女の仕掛けに気づいていたのではないかとも言っていた。

「作戦会議のときなど、老人の横には、常に私がついていたからね。でも彼が理解してくれたのは、老人の語る言葉に、何かしらの真実を感じ取ったからだと思う」

沙羅華が一度、大きく息をはき出す。

「これで分かったか？　そもそも血液型も指紋も確かめないで、どうして同一人物かもしれないなんて思い込めるんだ。君だって知らないはずはないだろう。独断専行型の、私のやり方を」

「開き直るな」

僕は彼女に注意した。

「けど、知られたのなら、かえって話は早い。シールドスーツの材料代や、老人に依頼した分も必要経費として提出しよう。交通費はもちろん、宿泊代も」

「あの高級ホテルのか？　そんなものまで勘定に入れたら、逆に赤字になってしまう」

「じゃあ、それは私の方で精算してやってもいい」

僕は、彼女にだまされていた自分にも腹を立てていた。

「どうしてそう、いつも勝手にものごとを進めようとするんだ。一体、人を何だと思っているんだ」

「人か？　忌まわしき不随意な代物、かな」と、彼女がつぶやく。

「それだけか？　それだけだなんて、悲し過ぎるだろう。人とはわいわい騒いで、ときにぶつかり合って、それが生きてるってことじゃないのか？」

「だったら、まったく今がそうだ。君とぶつかり合ってる」

「そうじゃない。愛し合うことだってできると言ってるんだ。あの実験の終了間際にここで起きたことも、お前には不随意な出来事だったというのか？」

「それは……」彼女が唇をかむ。「でもお互い、自分が最善と思うものを選択できたんだ。両備さんは、亜樹さんと一緒になれた。君は、依頼を完遂できた。そして私は、自分の研究に専念できる時間を得た。それでいいじゃないか。それが分かったら、もう出ていってくれ」

「じゃあ、お前の幸せはどうなるんだ⁉」と、僕はたずねた。

「君には関係ないことだ」

「関係なくはない。こうやって、お前とここにいるんだから」

「そんな面倒なことを言うなら、君とはもう絶交だ」

「僕を切り捨てても、お前はかまわないというのか？」

「かまわないね。大体、前にも言ったと思うが、君のポテンシャルは低過ぎる」

「物理用語なんか使わないで、はっきり言え」

「知能が低い」

「そこまではっきり言うな」僕は反論した。

「しかし今度のことも、何でも鵜《う》呑《の》みにしてしまう君の知能が低いという、それだけのことじゃないか。根本的なレベルで、私とは話が合わない。はっきり言って、邪魔なんだ。早くここから出ていってくれないと……」

「もういい、好きにしろ！」

僕はそう言い捨てて、部屋を飛び出していった。

閉まるドアの向こうで、「綿さんの、馬鹿」と叫ぶ声が聞こえたような気がしたが、僕の空耳だったかもしれない。

車を走らせながら、僕は彼女の言い分も少しは分かるような気がし始めていた。考えてみると彼女のしたことは、正しいかどうかは別として、目的のためには手段を選ばないという、あの沙羅華のやりそうなことばかりなのだ。やはりそれに気づいてやれなかった、僕が間抜けなだけなのかもしれない。

彼女だって、本当は僕に対して、申し訳ないと思っていたはずだ。けれども彼女のプライドが、それを言わせなかったのだろう。そんなことも分かってやれずに僕が頭ごなしに怒るから、彼女もむきになって反論するのだ。

今回は彼女も、思いがけず計算外のことに遭遇し、それには随分と翻弄《ほんろう》されていたようだ。しかし愛がもたらす計算外のことなんて、研究一筋の彼女には、やはり忌まわしき不随意な代物でしかなかったのかもしれない……。

晩飯を食べようと思って一人で駅前の繁華街をうろついていた僕は、街で見かける人にあの老人の姿が重なるという錯覚を何度か経験して、ちょっと困っていた。身の丈に合わないような大きな夢を追い求め、やがては老いていったあの老人と通じるものを両備さんにも見てしまい、勝手に早とちりした自分は確かにバカだが、あの老人に似た人が街中にこうも多いと、それも分からないでもないという気もするのだ。

僕は思わず、コンビニのガラスに映る自分の姿をながめ、しばらく足を止めていた。

その夜、両備さんから沙羅華宛《あて》のメールが、カーボン《C》コピー《C》で僕のところにも送られてきた。

亜樹さんとのツー・ショット写真が添付されている。

僕たちへの感謝の言葉に続いて、メールには次のようなことが記されていた。

〈穂瑞先生とのお約束は、必ず守ります。共同研究中に見聞きしたことは、決して他言いたしません。また今回のことでは、とても贅沢《ぜいたく》な選択をさせていただいたと思えてなりません。

もしもあのまま実験を続けていれば……と、考えないと言えば嘘になります。けれどもそれで自分の夢を実現させることができたとしても、あの老人が言っていたように、それは自分にとって〝二番目の幸福〟だったのかもしれません。

かつての自分が思い描いていたような成功をつかみ取ることは、私にはもうないでしょう。しかし自分がどのように成功していたとしても、唯一、得ることのできないものを、私は今、手にしようとしているような気がしています。またこうなってみると、今まで自分は、一体何を悩んできたのかとさえ思えるのです。

今後はアキティと、彼女の実家のある田舎《いなか》で暮らすつもりです。その準備や退職がらみの雑事に追われ、今は以前のような自分の時間はありません。けどそれは、言い換えると彼女と二人の時間をすごしているわけで、少しも違和感はないのです。

研究についても一人で随分と難しく考え込んでいましたが、〝時間〟というのは単に、お互いが生きていることを喜び合うためのものだったのかもしれませんね――。

末筆ながら、お二人のご多幸をお祈りします〉

〝ご多幸〟と言われても、もう絶交したのになあ……と、僕は思っていた。

しかし彼もメールに書いていた〝二番目の幸福〟というのは、僕にも何となく分かるような気がする。じゃあ一番は何なのか、ということになるのだろうが……。それは科学の世界で言う〝真理〟とは違うのかもしれないけれども、彼らは、沙羅華や僕よりも先に、そうしたものに届いたとも考えられるのだ。

ただし科学的事実などとは違って、それも人それぞれなのだろう。たとえば沙羅華にとって何が一番なのかは、僕にも分からないし、もう僕には関係のないことなのかもしれない。

また極論すれば、おそらくそうしたことは〝選択〟でもないのかもしれない。その道しか見えず、それによって燃焼し尽くすことができれば、それがその人にとっての〝一番〟なのではないのだろうか……。

両備さんへの返信メールを書きながら、僕は、濃い化粧のままむくれていた沙羅華のことを思い出していた。そして彼女にも、短いお詫びのメールを送ることにする。

けれども絶交を宣言した彼女からの返事が、僕に届くことはなかった。

6

九月三日の月曜日、ようやく時間ができたので、僕は朝から〝むげん〟にある小さな畑の草取りをすることにした。精算や両備さんとの契約などの事務作業が残っているものの、そっちはもう、そんなに急ぐ必要はない。守下さんに、出社は午後になると連絡しておいた。

夕方には、倉内さんのカウンセリングの講座もある。彼に沙羅華のことを何と伝えればよいのかは少々悩ましいものの、ありのままを報告するしかないかなと思った。

実は、沙羅華に頼みたい次の仕事のリストも、すでに僕の鞄《かばん》の中に入っているのだが、それもどうしたものかと思う。肝心の彼女は今日から二学期が始まるし、この〝むげん〟にもいないのだった。〝むげん〟にできたかもしれないワームホールはすぐに消滅したようだが、僕の心には、ぽっかりとワームホールが開いたままになっていた。幸福を得た両備さんたちとは対照的に、何もかも失ったような気分である。

黙って草取りをやっていると余計に落ち込むので歌でも歌おうとしたところ、何故か『ケセラセラ』という歌が頭に浮かんでくる。未来なんて分かるわけがない、というような内容だったと思うが、歌詞はよく知らないので、メロディを鼻歌で歌っていた。

こんなふうになるのなら最初から依頼を引き受けなければ良かったようなものだが、彼女が海水浴デートのときに自分で理由を語っていたのを、僕は思い出していた。やはり彼女は今回、両備さんの研究のことより、彼と亜樹さんを通して、愛について知りたかったのかもしれない。何故ならそれは、天才として生きることを運命づけられた彼女には、理解し難いものだったのではないかと思えるからだ。結果的に二人の愛の行方は沙羅華も見届けたわけだが、それが彼女なりの理解につながったのかどうかまでは、僕には分からないのだが……。

そんなことをあれこれ考え出すと、どうしても〝あのとき〟のことを思い返してしまう。タイムプロセッサの実験がクライマックスを迎える直前、両備さんが持ち場を放棄して亜樹さんのところへ向かっていなければ、今この瞬間においても、僕は沙羅華と結ばれているのかもしれないのだ。

そんなパラレルワールドがどこかにあるとしても、もう僕には手の届かない世界のように思えた。こっちの世界の僕は恋愛成就どころか、大喧嘩《おおげんか》の果てに絶交を宣告され、一人でくさるしかないわけである。

しかし、せめてあのとき、僕の肩が痛まなければ……いや、僕がもう数秒でも早く彼女を抱きしめてさえいれば、今、僕が見ている世界は、まったく違ったものになっていたはずなのに……。

さっきから、草取りの手が止まってしまっていることに、僕は気づいた。

さて、いつまでも過去のことばかり考えていても仕方ない。時計を見るとそろそろお昼なので、コンビニ弁当でも買いに行こうかと思ってゆっくりと立ち上がる。

何気なく〝むげん〟のクロスポイントを見上げた僕は、あの場所で彼女とすごした時間のことを、また思い出していた。

彼女は、あのときに発生したと思われるマイクロ・カー・ワームホールについても、また研究するつもりだろうか？

でも、からみ合いの関係にある粒子群のルミノシティを故意に下げてニアミスさせることでワームホールが生成されるというのは、両備さんだけでなく、僕にも意外なことだった。あのとき両備さんが言っていたように、電子と陽電子ではなく、電子と電子をニアミスさせていたら、擾乱のような問題も回避できるだろう。

　それに双子で生成されるはずのワームホールの制御には、一般的な構造の加速器よりも、リングが二つある〝むげん〟が適しているような気がする。そして高エネルギーの電子塊という〝エサ〟で、それぞれ別のリングを周回させておくこともできるかもしれない。僕はそのアイデアを、海水浴デートのとき沙羅華に言ったことがあるが、彼女もそれは否定していなかったと思う。

　そこまで考えた僕は、ちょっと待てよ……と思った。

　沙羅華がタイムプロセッサのときに提案したアイデアを、そのままワームホールにあてはめてみればどうなるだろうと考えたのだ。発生した二つのワームホールをそれぞれ別なリングにふり分け、そして回転速度を変えれば、ワームホールに時間差を生じさせることもできるのではないだろうか。

　すると〝むげん〟は、ワームホール型タイムマシンの製作に必要なハードルを、ひとまずクリアできていることになるのだ。

　またビームダンプでは、電子の急激な進路と速度の変更がマイクロ・カー・ワームホールの回転エネルギーにも影響を与えるのだとすると、瞬間的な拡張も起こり得るのかもしれない。

僕が想像していたようなタイムマシンとは大分違うものの、確かに使い方によって、〝むげん〟は、タイムマシンとしても機能するようだ……。

しかし〝むげん〟が偶然、タイムマシンの条件に合致したというのも、僕には考えられなかった。ダブルリングというような特殊構造は、タイムマシンという目的のために、すでに設計段階から組み込まれていたとは考えられないだろうか。

いや、そもそも沙羅華は、最初からタイムマシンを作るつもりで〝むげん〟の設計に関与していたのではないのか……？

標準的な規格よりもはるかに太いビームパイプや、大きなビームダンプ。そして改造されたEEガンと、新たに装備されたインスペクター……。こうした『〝むげん〟の七不思議』といわれているもののいくつかは、〝むげん〟をタイムマシンとして機能させるためのものだったのかもしれないのだ。

そうすると〝むげん〟は、タイムマシンとしてほぼ完成していることにならないだろうか……。本格的な実験は、出力がアップされる第二期工事を待たねばならないのかもしれないが、ひょっとすると人間はともかく、超小型機械《マイクロマシン》程度ならすでに時送可能なレベルに達しているのかもしれない。

もしそうだとすれば、両備さんの夢は最初からかなうはずがなかったことになる。何故なら、沙羅華がそれをすでに成し得ていた可能性があるからだ。彼女も、両備さんが最初の発明者にはなり得ないことは指摘していたが、「タイムマシンができない」とは言っていなかったと思う。

　ただし僕の貧弱な物理知識による推理だから、どこまで合っているかは分からないのだが、あの沙羅華なら、やりかねないことには違いない。そして彼女は虎視《こし》眈々《たんたん》と、〝むげん〟改修による出力アップのタイミングを待っているのかもしれないのだ。

　ただしこのことは、彼女も発表できないのだろう。自分で言っていた通り、影響が大き過ぎるからだ。

　そして彼女は、その秘密の重みにずっと独りで耐えてきたのではないのだろうか。転機となり得たかもしれない両備さんとの共同研究も、結局は実現しなかった。

「それが穂瑞沙羅華の運命なのだ」と、彼女は自分で言っていたことがある。

　けれども、それで彼女はいいのだろうか？

　もっとも彼女自身、そんな自分を変えたくて、そして「自分とは何か」を知りたくて、タイムマシンの研究を始めたのかもしれない。そうしたマシンの秘密を孤独に耐えて守り抜いているのだとすれば、それも彼女らしいジレンマと言えるのだろう。自分を変える方法なら他にもあると、僕なんかは思ってしまうのだが……。

　ただし、真相は分からない。何せ、あの沙羅華のことだから、実験を含むすべてのデータを操作していたことだって考えられるのだ。

人の気配にふり返ると、こっちへ向かって走ってくる女子高生の姿が見えた。

そんなはずはないと思ったが、やはり沙羅華に間違いない。学校の鞄の他に、トートバッグを下げている。

「良かった、間に合った」荒い息づかいを、彼女は徐々に整えようとしていた。「電話しても出ないし、守下さんに聞いたら、ここじゃないかって……」

「携帯は鞄に入れたままにしていたからな」僕は鞄からスマホを取り出し、着信を確かめた。「お前こそ、学校は？」

「始業式で、今日は午前だけなの。それより綿さん、こんなところに突っ立って、何を一人で妄想してたんだ？」

「余計なお世話だ。ようやく時間ができたんで、畑の草取りをしてたんじゃないか」

しかしどうやら、僕がこうしてぼんやり考え事をしていたおかげで、彼女とすれ違いにならずにすんだみたいだった。

「一人じゃ、はかどらないだろう。手伝ってやる」と、彼女が言う。

「別にいいよ。そんな格好だと制服が汚れるし、君は君で忙しいんだろ？　それに、僕とは絶交したんじゃないのか？　ポテンシャルが低過ぎて話が合わないとか何とか……」

「確かに、君のポテンシャルに高さの要素はない。ただ、それでも侮れないものが他にあったということのようだ」

「どういうことだ？」

「ポテンシャル・エネルギーは、定数に高さと質量をかけて求められる。私にとって君は、高さはないが、どうやら質量に相当するエレメントは大きかったのかもしれない」

沙羅華の言い回しは分かりにくかったが、ひょっとして僕は彼女にとって、レベルは高くないが、重要な存在だという意味なのかもしれない。見方によっては、背が低くて太っているという意味にも取れるのだが、そっちの方ではないと僕は信じたかった。

「後片付けがすんだＳＨＩに、小さな花瓶が置いてあったんだが、あれは君なのか？」と、彼女がたずねる。

「産業スパイが置いていったと思っていたのか？」

沙羅華がそれに気づいただけでも、たいしたものではないかと僕は考えていた。

「あんな無駄なものを置いていくなんて、君らしい。何も機能していない」

彼女は、僕の方を見ずにそう言った。

「それより、両備さんのメールは見たか？」と、僕はたずねた「亜樹さんと、うまくいっているみたいだな」

「言っとくが、私は彼みたいに〝やわ〟じゃないからな」畑で仁王立ちしている彼女が、腕組みをする。「これからも私は、私らしくやっていくつもりだ」

「それは良かったな……。しかし、少しでも自分が二人の役に立ったかもしれないと思っているとするなら、君も少しは変わり始めているんじゃないのか？」

彼女はぼんやりと、空をながめている。

「そう言えば今度のことで、いくつか気づいたことがある……。たとえば前に、時間の相対性の話をしたよね」

「絶対空間がないように、絶対時間もないとかいう、あの話か？　すべては相対的に成立しているとか何とか……」

「ああ。それは時間認識についても言えるんじゃないかと、思えるようになった」

「時間認識？」僕は聞き返した。

「要するに、何者との相対によって、この時間が流れているのかということだ。私はそれを、ずっと宇宙の果てだと思っていた。時間が流れないその世界が、ここから光速で離れているからこそ、この世界の時間が流れているのだと。だから自分と相対している世界とは、決してめぐり合うことはないと思っていた。

けど考えてみれば、この世界から光速で離れているものは、宇宙の果てだけではないことに気づいたんだ。何のことはない、光がそうだ。ニュートリノだって、私のまわりをほぼ光速で飛び交っている。光子も光速故《ゆえ》に、それ自体に時間の経過はないに等しい。それら光との相対によって、私の時間は流れているとも言えるじゃないか。そしてこの世界は、光子に満ちあふれている。私の時間認識を支えてくれる存在は、私の身近にもあったんだ……」

「はっきり言って、僕にはお前の言ってることが、よく分からない」

「どうして？　単純なことなのに……。宇宙の果てとの相対というより、たとえば無数の光子との相対で、我々の時間は流れていると言っているだけじゃないか。そして光なら、今、ここにもある……。

同じように、自分と他人との相互作用によって、お互いの時間があり得ているのかもしれないと、私は思えたんだ。大体、君が言っていたことじゃないのか？　一人で流れる時間はないと……。言い換えるとこれは、他者によって、自分の時間も流れるということになる。時間に関しては、私にも分からないことがまだまだ多い。けどこのことだけは、そうかもしれないなって、今は思えるんだ。私の時間も、自分とは異質で身近な世界に支えられて、流れているのかもしれないとね……」

僕は首をかしげていた。

「お前の言うことは、相変わらず分かりにくいな……」

何せ僕は、自他ともに認めるボケ担当なのだから、それも仕方ないのである。けれども彼女が何かに気づき、一歩前へふみ出せたのなら、それでいいのではないかと僕は思っていた。

「それより綿さん、そろそろお昼にしないか？」

彼女はトートバッグから、ポリエチレン製のお弁当箱を二つ取り出し、そのうちの一つを僕に手渡した。

「早起きして作ったんだ。偉いだろ」

畑の畦《あぜ》に腰を下ろしながら、彼女が言う。

「わざわざ僕のために？」

「変な誤解はしないでほしい。TOEのヒントをくれたお礼だ」

あの沙羅華がお弁当を作ったということがうまくのみ込めずにいた僕は、お弁当箱を何度もながめ返しながら、彼女の隣に座った。

おそるおそるふたを開けてみたが、中身は意外とオーソドックスな感じがした。玉子焼き、ウインナー、から揚げといった定番のおかず類に、彩りとしてブロッコリーとプチトマトが添えてある。おかずとご飯の間はちゃんと仕切られていて、ご飯にはふりかけがまぶしてあった。

沙羅華もふたを開け、自分のお弁当の中身を僕に見せた。

「まず注目すべきなのは、地味ながら存在感のあるブロッコリーだな。断面は自己相似性によって、どんな小さい部分にも全体と相似した形が反復して現れているから、見飽きない。食べるのがもったいないぐらいだ。

ふりかけもなかなか気づきにくいが、ノリとタマゴが偏りなく散布されているだろう？意図的に分子をより分けるという〝マクスウェルの悪魔〟の不在を、実証するかのようじゃないか……」

彼女が亜樹さんから何かを学んだらしいのは僕も感じていたが、それにしても彼女のお弁当には、わけの分からない理屈が多いと僕は思った。

とにかく「いただきます」と言った後、僕はまず、から揚げから手をつけてみる。料理した彼女に似ているかどうかはともかく、見かけよりはかなりしょっぱかった。これでまた、僕の血圧が上がるのかもしれない。はっきり言って料理の腕前はまだまだのようだが、しかし心配はいらない。彼女が料理を修業するだけの時間は、これから十分にあるのだ。

僕は少し涙が出そうになるのをこらえながら、「おいしいよ」と彼女に言った。

「あ、それとこの、タコちゃんウインナー」彼女はそれを、自分の箸《はし》でつまみ上げる。「タコの脚が、フィボナッチ数をプロットして描かれる曲線に類似していると思わないか？フィボナッチ数列は自然界にもよく見られるもので、こっちの玉子焼きの切り口が描く螺《ら》旋《せん》に似た模様にも関係しているんだ。だから君は、どれもよく味わって食べないといけないんだぞ」

箸でつまんだウインナーを、まるで僕に食べさせてくれるかのように、彼女が僕の目の前につき出す。

それを口にすれば、きっと熱いキスと同じぐらい、胸にしみるのではないかと僕は思っていた。あの実験中にキスを交わしていたら行けたかもしれない並行世界ほどハッピーではないが、まあ、こっちの世界もそれほど捨てたものではないかもしれない……。

そんなことを考えながら、あ〜ん、と口を大きく開けて待っていたとき、彼女の声が聞こえた。

「あ、これは私の分だった」

そして脚がフィボナッチのタコちゃんウインナーは、より大きな相似形のフィボナッチ曲線を描きながら、彼女のキュートな口の中へ消えていったのだった。

あとがき

主人公の穂瑞沙羅華を中心に、これまで「自己愛」「動物愛」「家族愛」と続けてきた課外活動も、今回は「恋愛」がテーマです。

しかし彼女の相棒である綿貫君の台詞《せりふ》ではありませんが、愛をめぐる心の旅も、沙羅華のような物理の天才少女が主人公だと、なかなか一筋縄ではいかないようです。

ところで物理と言えば、二〇〇八年の十月、日本人のノーベル物理学賞受賞の発表が大きなニュースとなり、物理学が一躍脚光を浴びたことがありました。その瞬間から、「超対称性って何？」「クォークが六種類ってどういうこと？」「加速器って何をするためのものなの？」といった具合に、日本中が大騒ぎになったことを僕もよく覚えています。

実は、今回の主人公でもある穂瑞沙羅華の活躍を描いた映画版『神様のパズル』（三池《みいけ》崇史《たかし》監督）の公開は、そのわずか四か月前……。現代物理学の最前線の取り組みに対する一般社会の認知度が、まだほとんどないと言っていいときでした。

もしこのタイミングが重なっていたら……と、想像しなかったと言えば嘘《うそ》になります。勉強がちっともできない綿貫君たちが現代物理学に直面して悪戦苦闘するくだりにも、大いに共感していただけたかもしれません。本当に、タイミングというのは重要です。

もしタイムマシンがあれば、ノーベル物理学賞発表時の大騒ぎを知っている僕は、映画の公開を四か月だけ遅らせることを、強く進言したことでしょう。

それともせっかくのタイムマシンを、もっと他のことに使うでしょうか……？

漠然と作家という未来像を意識したのは、僕が二十歳のときでした。その後の人生で何か選択に迫られるときには、常にそのことが頭をよぎるようになります。

ところが生来怠け者の僕は、何も書かないくせに、作家という夢は断つことがないよう、常に道だけは空けておくという選択をくり返していました。結局、そうやってまわりの人にご迷惑をかけながら、またそうした選択で背負った心の傷を引きずりながら、ようやくデビューできたときには四十六歳になっていました。そして遅筆でまたまわりにご迷惑をかけながらも、何とか今にいたっています。

そんな僕ですが、「もし作家を夢見ていなければ」は、今でもときどき考えることです。

自分のしてきた数々の選択を思い返してみても、たとえば右へ行くか左へ行くか、扉を開けるか開けないか、あるいはイエスかノーか……。たったそれだけの違いで、今見ている景色の何もかもが、劇的に違っているはずなのです。

もし、その選択の場に今の僕が立ち会うことができたなら、どう助言したでしょうか。

いや、僕に限らず「あのとき、ああしていれば」は、誰でも思うことかもしれませんね。

いつもこのシリーズは、主人公の沙羅華や語り手の綿貫君を自分の分身のように思って書いていましたが、今回は後半に登場する老脇役にも思わず感情移入してしまいました。

それにしても映画の公開とノーベル物理学賞発表のタイミングが重なっていれば、僕もちょっとは、その〝おこぼれ〟にあずかれたかもしれないのになあ……。

などと考えるひまがあったら、はい、次回作考えます。

平成二十八年二月

機本伸司

解説（と蛇足）

眉村　卓

この一文は、解説というより、私自身が作品を読んでの、感想、それにつづいての独り言ということになるであろう。だからそういうことが鬱陶《うっとう》しいと思う人は、途中で読むのをやめて下さればいい。

実は私は、機本伸司氏の作品を読むのは、これが初めてなのである。

既に発行された本によれば、機本伸司氏は一九五六年生まれの、第三回小松左京賞受賞のSF作家であり、理学部の出身でありながら、理系・辺倒というわけではなく、文系的な学問に興味を持ち、出版社を経て映像制作会社に移った、とある。その作品は、人類や宇宙、文明とか時間の流れとかの、多くの人が「いかにもSFっぽいSF」としそうな方向にあるようだ。こういうのが本筋なのだと言うファンも居るであろう。やはり小松左京賞の受賞者だ、との観もある。

あれはいつのことだったか……私は、自分が講師を務めている教室の一つである毎日文化センターの一階の店で、講義前の昼食をとっていた。すると頑丈そうな体型の男性がやって来て、

「眉村卓さんですね」

と、問いかけたのだ。

はあと答えるとその人物は、

「私、機本と言います」と自己紹介をし、付け加えたのだ。「第×回の（よく聞こえなかった）小松左京賞をもらいました」

少し、記憶が怪しく、正確でないかもしれないが、そんな感じ。

もちろん私は小松左京賞のことや、それがSF界においてどういうものであるか、位のことは知っていた。だが後述するような事情で、それ以上の関心はなく、受賞作も受賞作家についての知識も、ろくになかったのである。

そのとき機本氏は、毎日文化センターでの、私の講座とは関係のない、別の、哲学の講義を受けている、と言った。SFを書く以上哲学も勉強しようと考えたから、というわけである。私は、この人もこの人なりに、自分のSFの中にどっぷり漬かっているのだなあ、と思ったのであった。

――とまあ、そんなこともあったから、今度この『恋するタイムマシン』のゲラを読んで、ふむふむ、なるほどな、と、頷《うなず》いたのである。

こういう作品傾向が好きな人や、こんなつくりの好きな人には……あるいは、そういう時期にある人には、この『恋するタイムマシン』は、きっと、面白くて面白くて仕方がないのに違いない。それならそれで、言うことはないのだ。

この先は、「現在の」私の感想と、それにつづいての独り言である。読みたくない人はここでやめて欲しい。

この作品を読んでいると、作話的には、二つのテーマが絡み合っているのが感じられる。①は、天才少女沙羅華の存在が象徴するこれからの世界であり、②は、沙羅華、綿貫、両備、亜樹といった人々の人間関係のありかただ。（他にもいくつか論点にしたい事柄があるけれども、ここではそっちまで広げている余裕はない）このどっちが主たるテーマなのだろうなどと言うのはアホで、絡みのかただちだから面白いというファンが少なくないだろう。だが、いささか端折《はしょ》って述べるならば、沙羅華の天才性が輝けば輝くほど、月並みな人間性からの離脱がはっきりし、こうした天才の究極は、もはや人間ならざるAIの世界ではないか、との気がする。意地の悪い質問をすると、作者は、そういう超天才が独り君臨するのと、誰もかれもが超天才になった世の、どちらを描きたいのだろうか？　この①のテーマは、正にSFの主要な問題の一つである。で……②に行くと、これはまあ、作者が意図的に書いたのであろうが、言い方は悪いけれどもほとんど「いわゆるラノベ級」の認識と会話のてんこ盛りなのである。この①と②の奇妙なアンバランスが実は狙《ねら》いだ、と言われてしまえばそれまでだが。どっちを主眼にした読み方をするか、というような「型」での読みを、拒否しているのであろうか。

いや、ここで言いたいのは、そのことではなく、その先なのである。私は、沙羅華の天才性と人間としての未発達性を、これでもかこれでもかと見せられてゆくうちに、待てよ、この沙羅華がかりに、信じられないほど世故に長《た》け、人たらしの天才でもあったらどうなるか——を考えずにはいられなかった。人間がそうなるのかAIがそうなるのかは知らない。両方ともそうなるとしたら、どっちが勝つのか、そこまで視野に入れて、あらためてこの作品を読んだら、これはまだこれからの、もっと極端な状況の以前にある世界、という不思議な読み方ができるのではあるまいか。

今の私は、SFの何に惹《ひ》かれて読みだしたのか書きだしたのか、記憶も定かではないのである。食べ物や読む本の好みが変わってゆくのに似て、人間、書きたいものや書くものも変わってくるのであろう。（物書きを五〇年もやっていると、そうなってしまう。ならない人は、頑固なのか意地なのか成長を拒否しているのか、私にはわからない）そして、SFとは何か、どういうことがSFなのか、世の中で何でもかんでもSFと呼ぶようになって、ますます怪しくなってきた。だから、書くものがSFであろうとなかろうと構わず、書きたいものを書いている。気がつくと、たしかにかつてはSF作家だったらしいが、今は自分でも何者か断言できない。――そして、それでいいのだという気がする。

SFは酒だ、と言ったのは、平井和正だ。酒ばかりで生きてゆくことはできない。でも飲みたいのであって、どういう酒を飲みたいのかは、その人間の、過去・現在・未来で決まるので、それぞれ、それでいいのである。

（まゆむら・たく／作家）

本書は、ハルキ文庫の書き下ろしです。

ハルキ文庫

き 5-9

恋《こい》するタイムマシン 穂瑞沙羅華《ほみずさらか》の課外活動《かがいかつどう》

著者 機本伸司《きもとしんじ》

2016年3月18日第一刷発行

発行者 角川春樹

発行所 株式会社角川春樹事務所
〒102-0074 東京都千代田区九段南2-1-30 イタリア文化会館

電話 03(3263)5247(編集)
03(3263)5881(営業)

印刷・製本 中央精版印刷株式会社

フォーマット・デザイン 芦澤泰偉
表紙イラストレーション 門坂 流

ISBN978-4-7584-3986-2 C0193 ©2016 Shinji Kimoto Printed in Japan
http://www.kadokawaharuki.co.jp/[営業]
fanmail@kadokawaharuki.co.jp[編集] ご意見・ご感想をお寄せください。